हुड़कलुल्लु

(कहानी-संग्रह)

हुड़कलुल्लु

पंकज मित्र

राजकमल प्रकाशन

ISBN : 978-81-267-1553-4

मूल्य : ₹ 495

पहला संस्करण : 2008
पहली आवृत्ति : 2023
This book is printed on **Print on Demand** Technology : 2025

प्रकाशक : राजकमल प्रकाशन प्रा.लि.
1-बी, नेताजी सुभाष मार्ग, दरियागंज
नई दिल्ली-110 002

शाखाएँ : अशोक राजपथ, साइंस कॉलेज के सामने, पटना-800 006
पहली मंजिल, दरबारी बिल्डिंग, महात्मा गांधी मार्ग, प्रयागराज-211 001
1, अनमोल सोराबजी संतुक लेन, धोबी तलाव, मरीन लाइंस, मुम्बई-400 002

वेबसाइट : www.rajkamalprakashan.com
ई-मेल : info@rajkamalprakashan.com

HUDUKLULLU (Short-Stories Collection)
by Pankaj Mitra

लिजा, अनिंद्य एवं अयन के लिए

क्रम

आज, कल, परसों तक...

तीन तरह की संगीतमय आवाजें एकसाथ ही कानों में घुसने की होड़ में थीं–एक निब्बू यानी निवेदिता की सुरलहरी–'तोहे सँवरिया नाही खबरिया' गाती हुई पूछ रही थी कि हमारे खबरिया चैनल के लिए इस गाने के मुखड़े के साथ 'सिर्फ खबरिया नहीं नजरिया भी'–ये नई पंचलाइन कैसी रहेगी, जबकि पंचलाइन डिसाइड करनेवाले हम कोई नहीं थे। दूसरी मोबाइल की टिर्र-टिर्र वाली 'कल हो न हो' की धुन जो नए मोबाइल एटीकेट के तहत माँग कर रही थी कि लोगों के बीच से उठकर तुरन्त भागकर बाहर जाऊँ जैसे कि लग रही हो मानुषगंध या खुद को 'अतिविशिष्ट' की श्रेणी में शामिल कर लूँ तुरन्त और तीसरी धुन थी 'मेरे अंगने में तुम्हारा क्या काम है' जो इनपुट एडीटर चमननाथ खत्री के कमरे के बाहर लगे कॉलबेल की। तय था कि वह हमारा स्वागत अपने तरीके से करने को आतुर थे, जिन्हें हम उनके गायबाने में 'चूतियानंदन खत्री' पुकारकर सन्तुष्ट हो लेते थे...इन तीनों आवाजों में पहले मोबाइल एटीकेट का ही पालन करना था क्योंकि फोन पर घर यानी तकरीबन डेढ़ हजार किलोमीटर दूर था, उसके बाद कम होती दूरी के हिसाब से सी.एन. खत्री का नम्बर आता था फिर अन्त में निब्बू का क्योंकि वे ही सबसे नजदीक थी मेरे बतर्ज़–ये नज़दीकियाँ :

–हलो! शिब्बू कैसा है तू? –ये मम्मी थी।

–ठीक हूँ। इस वक्त फोन? दिन में? ठीक है सब?

–नहीं, वो तो चैनल पर सुना था कि जमनापार एरिया में भूकम्प हुआ है इसीलिए...

–अरे, वैसा कुछ नहीं था, हल्का झटका था, हमको तो पता भी नहीं चला, सोए रह गए हम तो।

–तेरे पापा चिन्तित थे इसलिए....

–ठीक है, पापा से बोल देना चिन्ता की कोई बात नहीं है, रखो अब।

और सीढ़ियों से उतरते हुए एक नई पंचलाइन दिमाग में उभर रही थी–'खबरें पहुँचाएँ आपके बाप तक, देखते रहिए...' सोच ही रहा था निब्बू को बताऊँगा, लेकिन तभी उसे घुसते देखा सी.एन. खत्री के कमरे में और अधखुले दरवाजे से चू.न. खत्री का स्वागत भाषण जारी था...

—तो कहाँ हैं आपके ग्रेट कॉरेस्पांडेंट, शिब्बू और निब्बू की जोड़ी, हुँह! कुछ पता रखते हैं। गाजियाबाद के पास हीरापुर गाँव है, वहाँ एक आदमी ने शायद सुसाइड कर लिया है और नोएडा में एक प्लास्टिक के खिलौनों की कम्पनी के गेट के सामने सेल्फ इम्मोलेशन का केस हुआ है...ये देखिए, आ ही गए। क्यों साहब! फ्लावर शो का खुमार उतरा नहीं क्या अभी तक? सारे चैनलवाले पहुँच जाएँगे तब जाके क्या उखाड़ेंगे आप...पता नहीं किन चूतियों ने आपको कॉरेस्पांडेंट बना दिया है, ब्रेकिंग न्यूज लग चुकी है, स्क्रॉल पर आ रहा है, अभी तक ओ.बी. भी नहीं जा पाई है, आप ही लोगों की वजह से आउटपुटवालों की सुननी पड़ती है हमें, नहीं तो हम तो उनकी माँ...दें। तुरन्त हरिसिंह को लेके ओ.बी. वैन से निकल पड़िए—'क्राइम टाइम' में जाना है रात को ही!

हरिसिंह ड्राइवर यानी एक जिन्दा हरी-भरी मुसीबत, और फिर क्राइम टाइम दूसरी मुसीबत।

—लेकिन क्राइम तो...

मेरे अल्फ़ाज को हलक में वापस ठेलते हुए चू.न. खत्री—हाँ, अमीन देखता है, लेकिन वो फिलहाल है नहीं। तो क्या हाथ-पे-हाथ धरे बैठे रहें? आखिर कितनी देर तक 'खबर पे खेल' सकते हैं हम भी। क्राइम टाइम का टी.आर.पी. मालूम है न आपको, ओह अमीन भी जाने किस...में घुस गया है। कान्टैक्ट ही नहीं हो रहा। चलिए, तब तक आप लोग ही निकल पड़िए। अब वक्त बरबाद मत कीजिए... जाइए...

निब्बू कन्धे पर कैमरा रख चुकी थी। लेकिन हरिसिंह? कहीं पर बैठकर नाक के बाल तोड़ रहा होगा। यह उसके फुर्सत के लम्हों का प्यारा शगल था और निब्बू का मन घिनघिना जाता था हर बार, जब एक बाल तोड़कर बड़े प्यार से देखता था, जैसे किसी बड़े प्यारे से बिछड़ रहा हो फिर निस्संग भाव से फेंककर दूसरे पर लग जाता था। कैमरा कन्धे पर लिए निब्बू घंटे भर खड़ी रह जाए वह गाड़ी से ट्रायपोड लाकर नहीं दे सकता था और हर बार अन्त में यह शुभ कार्य मुझे ही करना पड़ता था आखिर—'ये नज़दीकियाँ' का भी तो...स्पॉट पर पहुँचते ही वह जैसे हमारे चैनल की नौकरी से इस्तीफा दे देता था और इधर-उधर घूमकर अपनी 'बड़ी प्यास' के बन्दोबस्त में लग जाता था। लेकिन हम बर्दाश्त करते थे उसे क्योंकि ड्राइवर बड़ा जोरदार था। किसी भी हालत में सही-सलामत स्पॉट पर पहुँचने या गाड़ी निकाल ले जाने में माहिर। 'क्राइम टीम' की ओ.बी. वैन का परफेक्ट ड्राइवर...

वैसे क्राइम टाइम का पूरा कैप्शन था 'क्राइम टाइम जागते रहो' और कई वजहें थीं इससे चिढ़ की हमारी। नम्बर एक वजह थी इसकी टी.आर.पी. जो थी सबसे ज्यादा और टी.आर.पी. एक ऐसा मन्तर था, जिसका जाप सबसे ज्यादा जो करे उसी की नौकरी सबसे सुरक्षित। नम्बर दो वजह—इस प्रोग्राम को हम नहीं अमीन पेश करता था और उसकी अपनी बकरदाढ़ी पर घमण्ड से हाथ फेरना और कोटरों में घुसी आँखें

मिचमिचाकर हँसना नापसन्द थी हमें यानी निब्बू और शिब्बू को। नम्बर तीन वजह थी इसकी स्टिंग और बैकग्राउण्ड, जो रामसे ब्रदर्स की हॉरर फिल्मों की तरह घटिया होते थे। झींगुरों की आवाजों के बीच में एक लालटेन पकड़े अमीन अँधेरे से निकलकर कहता था–'चैन से सोना है तो जागते रहो।' इसके घटिया नाटकीय प्रजेंटेशन से भी नफरत थी हमें लेकिन आज फँस गए थे हम। अब एंकरिंग करेगा अमीन अपने ही तरीके से और वहाँ से लाइव काटना, बाइट्स अपलिंक करना, फोनोथ्रू करना–सब करना पड़ेगा हमें–सब टी.आर.पी. की महामाया...

टिर्र-टिर्र...कल हो न हो...

यह चू.न. खत्री था...हाँ! शिब्बू? वैन दचक-दचककर हिचकोले ले रही थी। सिग्नल रह-रहकर कट जा रहा था बिल्कुल खत्री के स्वभाव की तरह।

हाँ! निब्बू तो बाहर देख रही थी, मेरी तरफ देखकर मुस्कराई। मैंने उसे घूँसा दिखाया।

हाँ तो! जाते ही स्टोरी की...मत मार देना। क्राइम का एंगल देना है, समझ गए ना?

–अगर न हो कोई एंगल तो...शिब्बू की शंका, खत्री की खौखियाहट से मोबाइल थरथराने लगा–" 'कर डाला न चूतियापा।' अरे एंगल न हो तो डाल। ये साला अमीन भी इसी टाइम, कुछ भी कर किसी को खड़ा कर। कुछ भी बुलवा, यहाँ साला टीज़र जा रहा है–'हत्या या आत्महत्या'। किसी पुलिसवाले को पकड़ फोनोथ्रू करवा डाल. ..फिर देखेंगे...'टिप' "...खत्री ने खतरनाक मोड़ पर खतम कर दिया। गाड़ी अब हीरापुर के धूल भरे रास्ते पर थी। खेत शुरू हो चुके थे, हरियाली गायब थी...भूरे-धूसर ललोंछ लिए खेत–कहाँ खेत बारिश की बाट जोह रहे थे तो खबरिया चैनल की गाड़ी ने सड़क की धूल उड़ाकर गेहूँ के अधजले पौधों पर छिड़काव कर दिया। निब्बू कैमरे को तौलिए में लपेट रही थी। शायद तांबई खेतों के बाइट्स ले रही होगी...

–लो जी, आ गया आपका हीरापुर–हरिसिंह ने किनारे वैन खड़ी कर दी और अपने प्रिय शगल, वही नाक के बाल तोड़ने में लग गया और शायद झुँझलाहट की वजह से तेजी से तोड़ रहा था। इस अन्देशे से कि गाँव में तो होगा गमी का माहौल और शायद बन्दोबस्त न हो पाए उसकी बड़ी प्यास का...बच्चों ने वैन की घेराबन्दी कर ली थी। निब्बू को कन्धे पर कैमरा रखे वैन से उतरते देख बच्चे शोर मचाने लगे।

–ये बलराम सिंह जी का घर?

–चलो, हमारे साथ, हम बता देते हैं–कई बच्चों ने एकसाथ प्रस्ताव रख दिया।

–आज सुबे-सुबे मौत हो गई उसकी तो साब! बच्चे शायद निराश थे कि मरे हुए आदमी को ढूँढ़ रहे हैं कैमरा लटकाए।

–कैसे हुई मौत?

–सो तो मालूम नहीं साहब। जहर खा लिया बताते हैं।

–क्यों।

—मालूम नहीं...एक तेज-तर्रार से बच्चे ने हाथ उलटते हुए जवाब दिया। अब शायद बलराम सिंह का घर नजदीक था क्योंकि रोने की आवाजें करीबतर आती जा रही थीं और लोगों की आवाजाही बढ़ गई थी।

—आ गए भैनचो गिद्ध—कोई मरा नहीं कि बस मँडराने लगे—स्वागत भाषण हमारे लिए था और हम इसके उतने आदी नहीं थे। शायद क्राइम टीमवाले होते होंगे, हमारा तो पहला ही अनुभव था। निब्बू जल्दी ही अभ्यस्त हो जाती थी और उसने तो बाइट्स लेने भी शुरू कर दिए थे—फटी-फटी आँखों से देखती हुई एक औरत—मालूम हुआ मृतक के बड़े बेटे की पत्नी, सिर मुँडा हुआ एक छोटा-सा बच्चा, भीड़-भाड़, पड़ी हुई लाश—बलराम सिंह, उम्र साठ के आसपास, बड़ी-बड़ी सफेद मूँछें, आदमी मजबूत हड्डियोंवाला और खुशदिल रहा होगा। इसकी तस्दीक भी जल्दी ही हो गई।

—बड़ा ही खुशदिल आदमी था साब, कोई यकीन भी नहीं कर सकता है कि ये ऐसा करेगा।

—कैसे—मतलब।

—वही सल्फास और क्या।

—वजह।

—कर्ज काफी हो गया था और फसल तो आपने देख ही ली। गैरतमन्द आदमी था। कितना बर्दाश्त करता और कल की घटना के बाद तो एकदम टूट ही गया।

—सरकार ने तो क्रेडिट कार्ड वगैरह...

—अरे जाने दीजिए...भैनचो क्रेडिट कार्ड, हफ्तों से तो बैंकों में जाके एड़ियाँ रगड़ रहा था बेचारा...

यानी मामला विशुद्ध आत्महत्या का ही था। मैंने निब्बू को देखा—"कहो अब ये एंगल। क्राइम एंगल कहाँ से लाके दें चूतियानन्दन खत्री को?"

टिर्र-टिर्र—'कल हो न हो'—शैतान का ख्याल आया कि शैतान का फोन हाजिर।

—क्या कुछ सुराग मिला कि अभी तितलियाँ ही पकड़ रहे हो बेटा शिवकुमार।

—नहीं अभी तक तो नहीं, सुसाइड का ही मामला।

—अरे सुसाइड क्राइम नहीं है क्या। वजह खोजो। घर में खोजो, बाहर खोजो, आउटपुटवाले चिल्ला रहे हैं। कितना खेलेंगे इस न्यूज से हम। एक्सक्लूसिव की टीजर जा रहा है। अच्छा सुनो, कोई दूसरा साला तो नहीं पहुँचा अभी तक वहाँ, अरे पकड़ो किसी पुलिसवाले को, किसी का भी फोनोथ्रू तो करवाओ कम-से-कम। ओह अमीन होता तो धुएँ से आग पैदा कर देता...

—हाँ और तेरे पिछवाड़े लगा देता वही आग—कहने ही वाला था मैं कि फोन कट गया।

—'क्या एक्सक्लूसिव लग गया'—निब्बू ने लोगों की आँख बचाकर आँख मारी। कब वह व्यूफाइण्डर में देखती कब आँख मारती, ये सिर्फ मैं ही समझ पाता था।

—हाँ टी.आर.पी. मैया को भोग लग चुका है एक्सक्लूसिव का।

जैसे फिल्म इन्डस्ट्री में एल्फाबेट का 'एस' अक्षर अभी सबसे आगे दौड़ रहा था, एस फॉर सेक्स एण्ड एस फॉर शाहरुख। वैसे ही छुटके पर्दे पर की टी.आर.पी. वर्णमाला हम लोगों ने ईजाद की थी। ऐसी ही ओ.बी. वैंस में कई बार यात्राएँ करते हुए–ए फॉर अल्माइटी एण्ड एडवर्टाइजिंग, बी फॉर बिजनेस एण्ड बाजार, सी फॉर क्राइम एण्ड क्रिकेट, डी फॉर देशभक्ति एण्ड दंगा, ई फॉर एक्सक्लूसिव एण्ड एकता कपूर, एफ फॉर फिल्म एण्ड फैशन...एफ फॉर फक। निब्बू की कान बचाकर ये चार अक्षरों का निषिद्ध अंग्रेजी शब्द उगल दिया था मैंने–ओ.बी. वैन से मुँह निकालकर थूका था कई बार...।

औरतों के रोने की बैकग्राउण्ड साउण्ड के साथ मेरा स्टैण्ड अपर, हाथ में माइक, कैमरा फोकस किए निब्बू, कान में इयर प्लग, न्यूज एंकर पूछ रहा था–

–हाँ तो अमीन! क्या सूचना है उस मामले में आपके पास।

–हाँ संजय! मैं अमीन नहीं, शिवकुमार बोल रहा हूँ। अभी तक जो सूचनाएँ हैं हमारे पास उसमें बलराम सिंह, जिनकी मौत हुई है उन पर कर्ज़ा काफी था। बारिश नहीं होने की वजह से फसल भी सारी बरबाद हो गई। कई हफ्ते दौड़ने के बाद भी बैंक से क्रेडिट कार्ड भी नहीं मिला और कल इनके परिवार में कोई बड़ा हादसा हो गया–खिर्र-खिर्र-कट,

–लगता है हमारा सम्पर्क ठीक तरीके से हो नहीं पा रहा है, हम दिखाएँगे आपको इसी खबर से जुड़ी एक्सक्लूसिव जानकारियाँ इस ब्रेक के बाद–

'ड्रिंग-ड्रांग...' ओए सोहणियाँ...आमिर खान गन्ने के खेतों में बने कुएँ से ठण्डा कोला निकाल रहा था...तुस्सी ग्रेट हो जी, ही-ही खिल-खिल दाँत निकालू हँसी। क्या आप क्लोजअप करते हैं...सहगल की ऐसी-तैसी करते हुए...आँ! हाँ!

–'आइए-आइए, दीवान साहब...' किसी थाने के मुंशी को पकड़कर ला रहे थे कुछ लोग। निब्बू फोकस कर रही थी तो मुंशी भागने को तैयार...कुछ बोलेगा नहीं, कैमरे पर...बड़ी मुश्किल से माना फोन पर बात करने को...

–हाँ तो अमीन माफ कीजिए, शिवकुमार क्या जानकारी है आपके पास अब।

–हाँ संजय, आपकी बात हीरापुर थाने के इन्स्पेक्टर से करवा रहा हूँ, अभी पुलिस के बड़े अधिकारी भी पहुँचनेवाले हैं, अभी इनसे बात कीजिए। हाँ तो कहिए। फोनोथ्रू दीवान साहब का।

–वो क्या है जी, अभी तो कुछ बताना मुश्किल ही है जी। मर्डर है कि खुदखुशी है...पोस्टमार्टम होने दो फिर पता चल जाएगा।

–तो हम दिखाएँगे अपने एक्सक्लूसिव 'क्राइम टाइम जागते रहो' में ये पूरा कार्यक्रम–'हत्या या आत्महत्या' देखना न भूलिएगा रात्रि ग्यारह बजे और अब खास खबरें–प्रधानमन्त्री ने किसानों के लिए किया खास राहत का ऐलान...सुप्रीम कोर्ट ने दी चारा घोटाले में मन्त्री को राहत...दस लाख से भी अधिक किसानों को क्रेडिट कार्ड देने की योजना...और ऑफ द कैमरा–नहीं जी कोई राहत नहीं मिली। हफ्ते भर से

दौड़ रहा था वो क्या कहे हैं–किरेडिट कार्ड के लिए...फसल तो अभी खड़ी भी न हुई थी कि जल गई सारी। दोहरी मार पड़ गई बेचारे पे, जवान बेटे की ये हालत हो गई–

–नहीं जी, यहाँ तो बस बहू और सातेक साल का पोता था जी बस। घरवाली तो बहुत पहले ही...बड़ा वाला तो यहीं नोएडा में ग्लोप्लास्ट कम्पनी में था जी। उसे भी आठ महीने से तनख्वाह न मिले थी। कल रात उसने जला लिया खुद को कम्पनी के गेट के सामने ही। कुछ लौंडे गए हैं यहाँ से, डॉक्टरों ने तो जवाब दे दिया था अब दुआ का असर हो तो हो।

'ग्लोप्लास्ट' दिमाग में ग्लोसाइन की तरह जल रहा था। अरे! वहाँ भी तो कवर करना था। अब खुद ही तार जुड़ने लगे थे इस केस के भी वहीं से...निब्बू की राय आँखों-ही-आँखों में माँगी ही थी कि तभी हरिसिंह, एक तरफ से एक, आदमी के कन्धे पर हाथ रखे 'जनम जनम तेरे सनम' टाइप से आता दिखा। दोनों आगन्तुकों की आँखें लाल थीं। 'बड़ी प्यास' को तरल से बुझाने की बजाय धुएँ से बुझाने की कोशिश की गई थी। हरिसिंह ने शायद पहली बार अपने जीवन में हमारे काम में कुछ जोड़ा था–लो जी, साब ये तो कुछ अलग ही बात केह रिया है, इस केस के बारे में।

–अच्छा!...क्या?

उसने इधर-उधर देखा, हम उसे एक किनारे ले गए। निब्बू कैमरा लिए आ गई खिसककर।

–हाँ बोलो! डरो नहीं, बोलो।

–अरे साब, जवान बेटे की जवान बहू हो घर में अकेली तो नीयत कहाँ ठीक रह पाती है।

–कुछ होश में हो, जानते हो क्या कह रहे हो तुम–डाँटकर पूछा तो वह लटपटाती आवाज में हरिसिंह को कहने लगा।

–देखा न हरि भैया, तुमने फँसा दिया न मेरे को। हम तो पहले ही कह रहे थे–चला मैं। हरि भैया भी पीछे-पीछे चला उसके हमारी तरफ जलती आँखों से देखते हुए।

–क्या कहती हो–मैंने निब्बू से पूछा।

–तुम भी कमीने हो रहे हो धीरे-धीरे। अपलिंक कर दूँ बाइट्स।–निब्बू धीरे-से बोली। अमीन की तरह कमीन होकर सोचा–ठोक दो देखा जाएगा बाद में। कुछ-न-कुछ तो कुक अप कर ही लेंगे।

हमारे इयर प्लग्स में कुछ हलचल हुई।

–हाँ तो अमीन, क्या प्रोग्रेस है। नई सूचनाएँ क्या हैं इस सम्बन्ध में।

–हाँ संजय, मैं अमीन नहीं शिवकुमार बोल रहा हूँ, यहाँ जो मौत हुई थी उसके तार अब 'ग्लोप्लास्ट' प्लास्टिक के खिलौनों की कम्पनी है नोएडा में, उससे जुड़ने लगे हैं और इसमें नई जो बात हुई है कि बलराम सिंह के बड़े लड़के रणवीर ने

कम्पनी के गेट के सामने कल रात खुद को जला डाला है, सेल्फ इम्मोलेशन का केस है और इस सिलसिले में कुछ डाउटफुल बातें भी सुनने में आ रही हैं—''गंजेडी के बाइट्स—वैसे पूरी जानकारी के लिए थोड़ी देर में हम ग्लोप्लास्ट कम्पनी के पास होंगे।''

—धन्यवाद, और दर्शको हम आपको बता दें कि ये पूरी कहानी आज रात ग्यारह बजे आप देख पाएँगे हमारे प्रोग्राम 'क्राइम टाइम जागते रहो' में—एक्सक्लूसिव रिपोर्ट पर आधारित हमारी क्राइम स्टोरी—'हत्या या आत्महत्या' में, तब तक देखते रहिए खबरें इस ब्रेक के बाद...

ड्रैंग-ड्रैंग। मैकडॉनल्ड जाने का बहाना नं 420...जबर्दस्त चमकीला भारत...साथ ही चमचमाते दाँत...ये प्यास है बड़ी...ये भूख है बड़ी...ये हाजत है बड़ी...खाइए कायम चूर्ण। नित्यम चूर्ण—सुबह होगी खुशनुमा और अब खास खबरें...प्रधानमन्त्री ने हर साल एक करोड़ रोजगार देने का वादा किया...कई बड़ी कम्पनियों के विनिवेश का प्रस्ताव...भारत की सुन्दरी ने जीता विश्वसुन्दरी का खिताब...थोड़ी ही देर में देखेंगे हमारी एक्सक्लूसिव रिपोर्ट...न्यूज फ्लैश...ग्लोप्लास्ट कम्पनी नोएडा के सामने एक कर्मचारी ने आत्मदाह किया...

अभी चू.न. खत्री मानिटर के सामने बैठा होगा और मानिटर को ही अपने बदबूदार मुँह से चूम लिया होगा। यह उसकी बहुत सारी खराब आदतों में से एक थी। हर एक्सक्लूसिव पर वह जो भी चीज, आदमी, औरत, कुत्ता—आसपास होता उसे चूम लेता था, इसलिए हममें से बहुत सारे मानिटर पर एक्सक्लूसिव आते ही बड़ी तेजी से भागते थे। निब्बू तेजी से बाथरूम भाग जाती थी।

—क्या क्राइम रिपोर्टर, मुस्करा रहे हो, खत्री का रिएक्शन याद आ रहा है क्या।

निब्बू की आँखें तो कैमरापर्सन की थी हीं, छोटे-छोटे बारीक रिएक्शन पकड़ती थी हमारे वाइब्स भी मिलते थे।

—अरे! चौंककर कहा मैंने—काश! खत्री की तरह रिएक्ट कर पाता मैं भी—और हम दोनों हँस पड़े थे और ठीक उसी वक्त हरिसिंह ने एक हाथ से स्टीयरिंग पकड़े हुए दूसरे हाथ से अपना प्रिय शगल पूरा किया था। गाड़ी नोएडा के कंक्रीटजंगल में घुस चुकी थी और थोड़ी ही देर में हम ग्लोप्लास्ट कम्पनी के गेट पर थे। थमथमाहट का भाव था जैसे कुछ अनहोनी हुई थी...चेहरों पर तनाव...छोटे-छोटे गुच्छों में कुछ लोग जमा थे। फैक्टरी के गेट पर चिपकी एक नोटिस को कुछ लोग उचक-उचककर पढ़ने की कोशिश कर रहे थे—पूछने पर मालूम हुआ कि ये उन लोगों की लिस्ट थी जिनको पिछले दिनों कम्पनी से निकाल दिया था छाँटकर—बेच दो—बेच दो, सब माँ के...भैनचो लहँगा उठाके बुलाओगे तो क्या छोड़ देंगे...मार ही लेंगे। हालत तो खराब होनी ही है—एक आदमी एक किनारे खड़े होकर जोर-जोर से बक रहा था। शायद पिए हुए था—आज रणवीर मरा...कल' सब मरेंगे...

'रणवीर'—चौंका था मैं। इसी स्टोरी की तलाश में तो हम थे। बहला-फुसलाकर

एक किनारे ले गया। निब्बू फोकस करने लगी तो लोग जमा होने लगे।

–हाँ तो क्या रणवीर के बारे में।

–मर गया और क्या–जला लिया खुद को...कल रात...इतना काबिल वर्कर...डेथ वारंट में नाम जो निकल गया था–उधर सटा है...हर एक-दो महीने में निकलता है...भगाओ, आदमी भगाओ–बोझ है कम्पनी पर, चायना के माल से कम्पीट करना है...मादर...सब बेच देंगे साले...

–हाँ वो रणवीर वाला–मैंने टोका।

–उधर अस्पताल में बर्न वार्ड में पड़ा था–एड़ी रगड़कर मर गया। रात भर मेरे हाथ पकड़कर...चला था नौकरी करके बाप का कर्ज पाटने–आठ महीने से तनख्वाह नहीं मिली–हालत खराब है कम्पनी की–हालत...भैनचो...साफ-साफ बोलो न सब बेच देना है–बेच दो सबको...माँ-बाप को–जीभ लटपटाने लगी थी उसकी–सुर्ख आँखें और सुर्ख होती जा रही थीं।

–अच्छा कुछ लोग कह रहे थे कि उसके बाप ने उसकी औरत रख ली थी इसीलिए–मैं कमीनगी पर उतरने की कोशिश कर रहा था।

–कौन मादर...कहता है। लाओ उसको–टाँग चीर देंगे साले की, बाप का असली बेटा था रणवीर। अपनी परवाह नहीं की कभी। भाई को यहाँ रखकर पढ़ाया, कॉलेज में पढ़ाया...कम्प्यूटर लेकर दिया। धंधा पानी जमा सके...और कहते हैं...मादर।

वह चला गया। कई लोग जमा होकर कमरे में उचक-उचककर देख रहे थे। एक ने कहा–

–अरे साब! बुरा मत मानना थोड़ा खिसक गया है। कम्पनी ने हंकाल दिया है इसको भी। अब खाली पीता रहता है। रणवीर के साथ ही एक कमरे में रहता था। उसकी मौत बर्दाश्त नहीं कर पा रहा है–

–रणवीर की डेड बॉडी है कहाँ?

–अरे उसे तो गाँव ले गए। वहाँ उसके बाप की भी मौत हो गई है न।

–कैसा आदमी था रणवीर।

–बड़ा ही सीधा आदमी था साब। हँसमुख था, मदद करता था सबकी...जब से छँटनीवाली लिस्ट में नाम आया था उसका तब से एकदम चुप्पा-सा हो गया था। गेट पे आके लिस्ट को चुपचाप देखता रहता था बहुत देर तक...और चला जाता था।

–और भाई उसका?

–कौन तेजप्रताप? वो तो यहीं नोएडा में साइबर कैफे चलाता था न।

–चलाता था मतलब? अभी?

–अभी तीन दिन पहले ही पुलिस ले गई उसको। विपत्ति आती है तो अकेले थोड़े आती है साब। लौंडे ने कुछ गड़बड़ी की थी बताते हैं–क्या कहते हैं...

–'सेक्स रैकेट'–एक काइयाँ से दिखते आदमी ने कहा। उससे धीरे-से पूछा मैंने–उसकी औरत के बारे में कुछ मालूम है।

—पता नहीं साब—वह खिसक लिया।

'क्राइम टाइम—जागते रहो' का बुखार तारी हो रहा था मुझ पर भी...निब्बू ने बताया...ये सारी बातें पूछते हुए बिलकुल अमीन की तरह कमीना दिख रहा था मैं—कोटरों में घुसी आँखों से देखता हुआ, अपनी बात दूसरों के मुँह में डालने की हर पल कोशिश करता हुआ—कैमरे की आँख से निब्बू ने देखा है तो फाइन एक्सप्रेशन्स पकड़ा ही होगा।

—टिर्र-टिर्र 'कल हो न हो'।

चू.न. खत्री की नाचती-थिरकती आवाज—अरे जियो बेट्टा। क्राइम स्टोरी में सेक्स एंगल सुपरहिट जाएगी। तेरा प्रमोशन क्राइम में करवा दूँगा, लगे रहो—

ढ्रैंग-ढ्रैंग—लगे रहो—एल्पेनलिब्बे...प्यार का खुशनुमा एहसास, दे आपको एक्स्ट्रा टाइम। फलाँ कंडोम...देखना न भूलिएगा आज ही रात ग्यारह बजे हमारा 'क्राइम टाइम जागते रहो' में—सेक्स, हत्या और आत्महत्या, टीजर टीज़ कर रहा था और आज खास खबरें—प्रधानमन्त्री ने और ज्यादा विदेशी निवेश बढ़ाने के लिए प्रोत्साहन योजना की घोषणा की—सद्दाम हुसैन को चूहे की तरह बिल से बाहर निकाला अमरीकियों ने—अमेरिका में जश्न का माहौल। पूर्व मिस इण्डिया कलकत्ते के होटल में पकड़ी गई...नोएडा के साइबर वर्ल्ड में चल रहे सेक्स रैकेट में बड़ी मछलियों के भी शामिल होने की सम्भावना।

—हाँ तो क्या सूचना है अमीन, आपके पास नोएडा सेक्स रैकेट के बारे में।

—हाँ रीना, मैं अमीन नहीं शिवकुमार हूँ। इस वक्त तिहाड़ जेल के सामने से। बैकग्राउण्ड में जेल नजर आ रही होगी आपको। हम उस रैकेट के एक सूत्र तेजप्रताप से मिलने की कोशिश कर रहे हैं, वैसे एक बात और बता दूँ जो ज्यादा महत्त्वपूर्ण है कि ये तेजप्रताप उसी परिवार का है जिसके पिता की मौत संदिग्ध परिस्थितियों में हीरापुर में हुई और इसी के भाई रणवीर सिंह ने ग्लोप्लास्ट कम्पनी के सामने आत्मदाह कर लिया था आज ही। इस हत्या और आत्महत्या के तार भी इस सेक्स रैकेट से जुड़े होने की सम्भावना से इन्कार नहीं किया जा सकता। अभी वैसे स्पष्ट रूप से तो कुछ कहना मुश्किल ही है। लेकिन धुआँ है तो कहीं न कहीं आग भी होगी ही।

—तो ये थे हमारे क्राइम रिपोर्ट शिवकुमार तिहाड़ जेल से...पूरी कहानी हम दिखाएँगे आज रात ग्यारह बजे 'क्राइम टाइम जागते रहो—सेक्स रैकेट, हत्या और आत्महत्या' में।

टीज़र में बदलाव आ गया था और चू.न. खत्री का लार से सना बदबूदार मुँह किसी की तरफ जरूर बढ़ा होगा और वो बगटुट भागा होगा या कोई चहेता हुआ तो चूमने दिया भी होगा।

—"शिवकुमार भी भैनचो सीख गया लटके-झटके। अमीन साले का भाव भी बढ़ा हुआ था बहुत, हमारे पास कोई दूसरा था नहीं वैसा। अब उस भैनचो को दिखाऊँगा मैं..." कहा होगा उसने। निब्बू सारी बाइट्स अपलिंक कर ही चुकी थी। जेल के

ऑथोरिटीज ने कैमरा वगैरह ले जाने की परमीशन नहीं दी अन्दर। कुछ पी.आर. कुछ चैनल की धौंस यानी रसूख और रसोई जो पूँजी होती है हर चैनल के रिपोर्टर की, थोड़ा खर्च करके तेजप्रताप से मिल सके हम। सिसकियों, सुबकियों, टूटती आवाज, कई बार नाक सिनकने, दोहत्थड़ सिर पे मारने आदि को एडिट करके जो कहानी सामने आई हमारे और ऑन कैमरा नहीं हो पाई वो ऐसी थी।

रणवीर ने उसे एक साइबर कैफे खुलवा दिया था, कम्प्यूटर लोन पर, दुकान की पगड़ी-बगड़ी किसी तरह। इसे लेकर बापू और भाई में हमेशा झगड़ा होता। बापू कहता–खेती में हाथ क्यों नहीं बँटाता तेजू, लेकिन रणवीर का कहना था–उसे पढ़ने दो, खेती में अब रखा क्या है। सालों भर तो धूल उड़ती है। आजकल कम्प्यूटर का जमाना है, कुछ कमा खा लेगा। शुरुआत तो हो गई थी लेकिन इसी बीच भाई की तनख्वाह बन्द हो गई और आसपास इतने साइबर कैफे खुल गए–जैसे सारे कम्प्यूटरीकृत बेरोजगार आत्माएँ नोएडा के साइबर वर्ल्ड में भटकनेवाली प्रेतात्माएँ हो गई थीं। दिनभर में दुकान खर्च तक निकलना मुश्किल हो गया। ऐसे ही एक दुखभरे दिन में उसने चैटिंग के बहाने एक जोड़े को उसके कैफे के कमरे का दूसरा इस्तेमाल करते पाया। उस वक्त तो उसे बड़ा गुस्सा आया, डाँट-वाँटकर भगाया लेकिन जब इसके बदले में हाथ में हरे-हरे नोट आए तो दिमाग रौशन हो गया। उसके बाद उसने आँखें मूँदनी शुरू कर दीं। शुरू में लोग हिचकते, इधर-उधर की बात घुमा-फिराकर करते, लड़के-लड़कियाँ, अधेड़ जोड़े–फिर सबकुछ सेट हो जाता, बल्कि उसने कुछ सुविधाएँ भी बढ़ा दीं–कोल्ड ड्रिंक्स, चिप्स वगैरह रखने लगा। दरवाजों पर मोटे परदे लगवा दिए...अच्छी कमाई होने लगी। आदमी फिसलता है तो फिसलता ही चला जाता है। किराया बढ़ा दिया था उसने–ठण्डा-चिप्स के पैसे अलग। कंडोम मुफ्त देने लगा था...समय को पन्द्रह-पन्द्रह मिनट के स्लॉट में बाँट दिया। भाई समझता कैफे अच्छा चल रहा है–बस एक दिन अचानक शेयर मार्केट की तरह क्रैश कर गया सबकुछ–सेंसेक्स की तरह सारी इज्जत लुढ़क गई–रेड हुई, उसे क्या पता कि जो कस्टमर अच्छा पैसा दे रहे थे वे सादे कपड़ों में पुलिसवाले और वालियाँ थीं, ये तो बाद में उसे समझ आया कि आसपास के कई कैफेवाले कई सालों से ये धंधा कर रहे थे और हिस्सा समय पर पहुँचाते थे–लेकिन–"कुछ कीजिए साब, आप लोगों की तो बहुत पहुँच रहती है, कम-से-कम बापू और भैया का दाह-संस्कार तो कर देता–भाभी बेचारी अकेली औरत क्या करेगी।"–इसके बाद वह पूरी तरह टूट गया था और कुछ कह नहीं पाया। बात की तो मालूम हुआ कि आज तो किसी कीमत पर कुछ नहीं हो सकता। कल देखा जा सकता है। कल तक तो सबकुछ बीता हुआ कल हो जाएगा।

–टिर्र-टिर्र 'कल हो न हो'–बाहर आते ही।

–ओए, कितनी देर से कॉन्टेक्ट कर रहा हूँ। किसमें घुस गए थे हुजूर।

–अरे जेल के अन्दर था, वहाँ जैमर लगा है न, मोबाइल काम नहीं करता।

—कुछ बढ़ी कहानी आगे, कुछ रिलेट हुए स्टोरीज—चू.न. खत्री चहक रहा था।

—नहीं, ये तो एकदम ही अलग वाकया है।

—कुछ अलग नहीं है वाकया। अमीन ने कुक अप कर ली है सारी स्टोरीज। वापस आ गया है वह। तुम बस लौट आओ। फिर रात ग्यारह बजे।

ढ्रैंग-ढ्रैंग...बाल चमकाएँ लिवऑन, दाँतों की चमक के लिए...सहगल की ऐसी-तैसी करते हुए—क्या आप क्लोजअप करते हैं...आँ! हाँ!...आपकी त्वचा रहे हमेशा जवाँ—हे करीना...ये प्यास है बड़ी...ये भूख है छोटी...कुल सत्ताइस विज्ञापन...फिर रामसे ब्रदर्स जैसी भूतहा बैकग्राउण्ड, हॉरर म्यूजिक, अँधेरे से निकलकर हाथ में लालटेन लिए चुँधी आँखों, बकरदाढ़ी पर हाथ फेरता, अमीन—चैन से सोना है तो जाग जाइए—क्राइम टाइम जागते रहो—'सेक्स रैकेट, हत्या और आत्महत्या' में आपका स्वागत है। सालों ने स्टिंग में रणवीर की पत्नी की फटी-फटी आँखोंवाली तस्वीर लगा रखी थी—इस मासूम चेहरे पे मत जाइए। इसी के पीछे छुपी है सेक्स, हत्या और आत्महत्या की वो रोंगटे खड़े कर देनेवाली सच्ची दास्तान जिसको देखके आपकी रातों की नींद उड़ जाएगी...ये है बाप बलराम सिंह, बेटे रणवीर एवं तेजप्रताप की वो कहानी जिसमें हत्या और आत्महत्या की जड़ में है सेक्स और सेक्स रैकेट...इसके बाद रिइनैक्टमेन्ट—दृश्यों की नाटकीय पुनर्रचना...पूरी तरह काल्पनिक।

रणवीर, तेजप्रताप और बाप के बीच झगड़े का दृश्य, तेजप्रताप पर बाप के द्वारा हाथ छोड़ना, रणवीर की पत्नी का बीच-बचाव—बीच-बीच में गंजेड़ी के, पुलिसवाले के बाइट्स। ब्रेक के बाद फिर।

ढ्रैंग-ढ्रैंग, ठण्डा, गरम, चिप्स, भजिया, कुल सैंतीस विज्ञापन...आ! हा!

जैसा कि लोगों को शक था कि रणवीर की पत्नी और उसके बाप के बीच है अवैध सम्बन्ध लेकिन हमारे खोजी रिपोर्टरों ने सूँघ ली असली दास्तान—दरअसल, रणवीर की पत्नी के अवैध सम्बन्ध थे छोटे भाई तेजप्रताप के साथ...रोती हुई रणवीर की पत्नी के बाइट्स—बिना आवाज—तेजप्रताप चलाता था नोएडा में सेक्स रैकेट और रणवीर की पत्नी की भी रही होगी भागीदारी इसमें। यही बात नागवार गुजरी रणवीर को और उसने खुद को जलाकर कर ली खुदखुशी...किसी आत्मदाह के बाइट्स...शायद मणिपुर या कहीं के...क्या रफूगर है अमीन भी...

रणवीर की ये खबर सुनते ही रणवीर की पत्नी की राह में आखिरी काँटा बचा रणवीर का बाप बलराम सिंह—और उसी रात जहर देकर रणवीर की पत्नी ने हटा दिया अपने रास्ते का काँटा...रंग दे दिया आत्महत्या का, कीटनाशक खाकर, सोचा था शायद किसानों की आत्महत्या की चर्चा में ही गुम हो जाएगा ये अपराध उसका। धूल झोंक देगी सबकी आँखों में। लेकिन हमारे चैनल के खोजी रिपोर्टर शिवकुमार ने कैमरापर्सन निवेदिता के साथ पर्दाफाश किया इस पूरे मामले का और नतीजा है आपके सामने—प्रसाधन सामग्री के पिज्जा, बर्गर के, तेल, साबुन के, कंडोम के। (रात के साढ़े ग्यारह बजनेवाले हैं न!)—कुल सैंतालीस विज्ञापन—आँ! हाँ!

अभियुक्त तेजप्रताप तो जेल में ही है पिछले तीन दिनों से और अभी-अभी सूचना मिली है कि हमारे चैनल की एक्सक्लूसिव खबर के आधार पर छापा मारकर रणवीर की पत्नी, एक खतरनाक मगर मासूम दिखनेवाली मुजरिम को गिरफ्तार कर लिया है पुलिस ने–ये तो था हमारा आज का विशेष क्राइम टाइम जागते रहो–'सेक्स रैकेट, हत्या और आत्महत्या', अगले हफ्ते फिर लेकर आएँगे ऐसी ही कोई सनसनीखेज, क्राइम स्टोरी–रात ग्यारह बजे–इस कार्यक्रम के प्रायोजक थे–तेजी से बोले गए तकरीबन चौवन कम्पनियों के नाम–देखते रहिए–आज, कल, परसों तक...

बैल का स्वप्न

जेम्स खाखा को भी मालूम था कि लोग उसके पीठ-पीछे उसे बैल कहते थे, कुछ साहसी किस्म के लोग तो सामने भी कह डालने में हिचकते नहीं थे। अब जैसे उसी दिन चौधरी ने कह ही दिया–"बैल जैसा तो खटते रहे डिपार्टमेन्ट के लिए जिन्दगी भर, कोटा में होके भी तो बीस साल के बाद प्रमोशन मिला, तो क्या मिला?" और जेम्स खाखा हमेशा की तरह उस समय वो खिसियायी हुई हँ...हँ...हँ...करके चुप और फिर बाद में–"अजी जानते हैं न हम भी तो कहने सकते थे बहुत बात उसको, कि बेट्टा तुम्हारा बाप तो गेजटेड ऑफिसर था तुमको तो नहीं बनाने सका। हमारा बाप तो पूरब-पश्चिम (लँगोटी) पहन के अउर बहंगी में सब्जी ढोके भी हमको तो ऑफिसर बना दिया, लेकिन कहने नहीं सके, हर बार ऐसा ही होता था। बस कहने नहीं सकते थे जेम्स खाखा और रिटायरमेन्ट के जब कुछ ही महीने बचे थे उनके और जब उनके समकालीन 'आग लगे बज्जर गिरे आफिस पर' वाली गति को प्राप्त हो चुके थे, वह लगे हुए थे काम में। 'क्यों' पूछने पर बताते हैं, वही फादर अगस्टीन और वर्क इज वर्शिप वाली कहानी, जब फादर पहली बार सुदूर जंगल में बसे उसके गाँव पधारे थे–

इतना ऊँचा आदमी... बेट्टा आदमी सच का है कि क्या है इतना बड़ा आदमी होने सकता अउर हम तो बेट्टा नाटा बच्चा। इधर से देखें उधर से देखें (जब आप कल्पना कीजिए कि तकरीबन साठ साल को छूती हुई उमर का चार फुट छः इंच का आदमी बड़ी-बड़ी सफेद मूँछें, नाटकीय भंगिमाएँ दिखाता हुआ कभी उछलकर इधर कभी उधर जा रहा है)...फिर धीरे-धीरे आगे बढ़ा, पूरा चमड़ा गोरा लाल-लाल एकदम। हाथ में छूए, उधर छूए, जानते हैं न खी...खी...खी...अरे बेट्टा एकदम असली आदमी है इ तो, हम तो जाँघ तक भी नहीं पहुँचने सकते थे उसका। इतना बड़ा लाल हाथ बढ़ाकर समझे न। बोला, 'हैलो'...हम तो उस समय पढ़ते थोड़ा ही थे तो समझने नहीं सके। हम सब बच्चा लोग हँसने लगे, ताली बजाने लगे, तो फादर भी हँसने अउर बजाने लगा ताली। फिर पैकेट से चाकलेट दिया। कहाँ बेल्जियम का आदमी। हमारे गाँव में ही रह गया। पादरी था तो रहने सका। हम रहने सकते?...

फिर तो ये कहानी इतनी तफसीलों में जाती, इतनी कि सुननेवालों में धीरे-धीरे खिसकते जाने का सिलसिला चल निकलता–कोई जरूरी काम, कोई बाथरूम जाने के, कोई किसी बहाने तो कोई किसी बहाने। अब जिसे सूझा नहीं कोई माकूल बहाना या

फिर जेम्स खाखा से ही ओवरटाइम साइन करवाना तो सुनते पूरी कहानी...पाँचवीं... सातवीं...दसवीं न जाने कितनी बार...

फिर तो फादर अपने फादर से भी ज्यादा मानने लगे जेम्स को, और तब जेम्स कहाँ था उसका नाम। ये भी तो फादर अगस्टीन ने ही दिया था बपतिस्मा के बाद और सेंट जोन स्कूल में नाम लिखाने के बाद, उसके पहले तो कभी पूरब-पश्चिम (लँगोटी) पहनकर तो कभी नंगे ही 'चुडरू' (हाँ तब यही नाम था उसका, शायद नन्हें से चूहे की तरह होने के कारण) अपनी बहती हुई नाक, फूला पेट लेकर डहर-डहर डोलता रहता। सात भाइयों और तीन बहनों के बीच कहीं पर था चुडरू, तो उसका ख्याल भी कौन रखता। नाम की तरह ही फुर्ती भी थी चुडरू की। सड़ाप से इस पेड़ पर तो फिर उस पेड़ पर, पलक झपकते ही अपने हमउम्रों के हाथ से टपका हुआ आम या चुआ हुआ महुआ लेकर उड़न-छू, बाएँ हाथ से नाक पोंछकर टनाक से ढेला सीधे आम पर टप्प से नीचे, फादर अगस्टीन के काम दौड़-दौड़कर करता, लालच वही कभी बिस्कुट, कभी ब्रेड और सबसे ज्यादा चॉकलेट का...एकदम स्वाद लग गया था मुँह को जैसे। कभी-कभी शाहाना अन्दाज से अपने भाइयों-बहनों को भी ब्रेड में से हिस्सा दे देता...खासकर सोमरी, अपनी छोटी बहना को...

एक दिन उठा लिया फादर को जूठी प्लेट को धोकर रखने के लिए, तभी फादर ने दिया था वह मन्त्र–'नो! नो! नो! कीप इत, कीप इत देयर, आय शैल वॉश इत मायसेल्फ।'

समझ नहीं पाया चुडरू कुछ लेकिन कुछ फादर के इशारों, और उनकी व्यस्त मुद्राओं से आतंकित होकर प्लेट रख दी उसने ये सोचकर कि कुछ गड़बड़ी उससे हो गई है और आज तो अब चॉकलेट नहीं मिलनेवाली...

'वर्क इज़ वर्शिप माय सन'–नीले मखमल के कवरवाले सोफे पर बैठकर, आँखों में असीम करुणा का भाव लेकर बोला गया यही वाक्य मन्त्र बन गया। उसके लिए बाद में और फादर की करुणामयी मुद्रा बस गई। उसी दिन चुडरू के दिल में, कानों में गूँजने लगा मधुर घंटियों का स्वर–जिंगल बेल्स, जिंगल बेल्स, आँखों में बस गया था नीले मखमल की कवरवाला सोफा जिसे अक्सर वह सपने या जेम्स के शब्दों में कहें तो स्वप्न में देखने लगा।

ठीक यही वह वक्त था जब चुडरू के सपनों और हकीकत में घालमेल होना शुरू हो गया और जेम्स खाखा बन जाने के बहुत बाद तक बल्कि अब तक बदस्तूर जारी है। बहुत सारी घटनाएँ लगता है उसके सामने घटी हैं और किसी न किसी रूप में उसने हिस्सा लिया है उन घटनाओं में, बहुत सारे बयान लगता है उसी के हैं। हालाँकि निश्चित रूप से कुछ कहना मुश्किल ही है। मसलन फादर अगस्टीन का वह चमत्कार जब उन्होंने शीशे के दो बड़े बर्तन में पानी भरकर एक में डुबाया एक पत्थर जैसा सख्त माटी का ढेला और दूसरे में प्रभु यीशु की क्रूसविद्ध मूर्ति, थोड़ी देर के बाद ही एक छोटी-सी लकड़ी चुडरू के हाथ में देकर कहा–तुम लोग इसी पत्थर-पहाड़ की वर्शिप करता, देखो

तुम खुद देखो तुम्हारा गॉड कितना वीक–लकड़ी लगते ही फिच्च से रह गया माटी का ढेला और प्रभु की मूर्ति उसी तरह अटूट–लकड़ी से हिलाया तो टन से बजा शीशे की दीवार से टकराकर, इसके बाद जो बिस्कुट मिला उसका लाजवाब स्वाद अभी तक याद है उसे हालाँकि कुछ बदमाश लड़कों ने यह कहकर भड़काने-चिढ़ाने की कोशिश की थी कि साहब लोग कुत्तों को खिलाते थे वह बिस्कुट, फिर फादर अगस्टीन का बप्पा को कई बार मिलना और धीरे-धीरे बप्पा की आँखों में आती चमक और इसी चमक को फौलादी चमक में बदलते देखना जब गाँव के पहान और गाँव बूढ़ा उसे कुछ समझाने की कोशिश करते और जोर-जोर से बप्पा का सिर हिलाना और एक ही बात कहना–''ना चुडरू पढ़तो।'

लेकिन अब चुडरू कहाँ था वह...अब तो जेम्स खाखा...खाखा का मतलब कुडुख में होता है 'काला कौआ'–जब उसके बप्पा ने बताया तो उसे थोड़ा अजीब-सा लगा था शायद, शाहों वाले नाम जेम्स के साथ काला कौआ यानि खाखा का पुछल्ला...जैसे नीले मखमल के कवरवाले सोफे पर फटी मूँज की चटाई बिछा दी हो किसी ने...फिर दफ्तर में नाम बिगाड़नेवाले कितने ही तो रहते हैं, कोई खुन्नस...कोई नाराजगी...अब सामने के क्वार्टर में रहनेवाले क्लर्क प्रसाद को जब से समय से ऑफिस आने की याद दिलाई जेम्स ने तब से अपने बच्चों को जोर-जोर से डाँटता था–'खा-खाके परेशान किए हुए हैं खा-खाके, जब देखो खाता रहता है। जंगली कहीं का सब, सब जंगल से पकड़के हमरे ही माथे पर बैठाना था।'

जेम्स की आवाज में दर्द उभर आता–'जानते हैं न सब समझते हैं। लोग ऐसा कहता है वैसा कहता है। अब काम नहीं करेगा तो बोलना तो पड़ेगा और तो किसी का कुछ बुराई तो नहीं किए थे होंगे कभी, हम भी कहने सकते थे बहुत कुछ लेकिन कहने नहीं सके। छोड़िए बुरा मानता है तो माने।'

अब बुरा माननेवाली बात तो थी ही। भारत सरकार के एक दफ्तर में जहाँ अधिकांश लोगों का मानना था कि काम करना मतलब 'गुनाह बेलज्जत' वहाँ पर एक साढ़े चार फुट का मूँछोंवाला आदिवासी, जिसकी रिटायरमेन्ट में बस चन्द महीने ही बचे हैं, सुबह उठकर अपने हाथों से कुकर की कटोरियों में दाल-चावल-सब्जी बनाकर, घर-परिवार से साप्ताहिक नाता रखकर दस बजे रोज दफ्तर पहुँच जाए और काम करता जाए तो दफ्तर में कुछ इस तरह की बातचीत तो होनी ही थी–

–अरे मारिए, साला यही लोग तो सरकार का दामाद है काम करके होगा क्या, परमोशन तो पहले इन्हीं लोगों का होगा न–शर्माजी ने गुटखे का पाउच फाड़कर मुँह में डालते हुए कहा।

एकदोम ठीक, एस.सी. माने जानता है तो, एइ शोरमा, सुनो एस.सी. है सोना का चाँद और एस.टी. माने सोना का टुकड़ा–इ लोग सब सोना है हम लोग साला लोहा भी नहीं।

–चटर्जी बाबू ने सिगरेट सुलगाकर सुलगते हुए दिल को राहत पहुँचाने की कोशिश की।

–यही जंगलिया को देख लीजिए न, साला पहले आदमी था अब अण्डरसाइण्ड बन गया। औडर निकालने लगा। अण्डरसाइण्ड विल प्रोसीड ऑन टूर–बैल सार के...इसी को कहते हैं माय करे कुटान-पिसान, बेटा के फुटानिए बिहान–सिंहजी ने खैनी ठोंककर दबाया।

इन सबके बीच, सुनी-अनसुनी आवाजों के बीच, जेम्स खाखा अपने काम में मसरूफ हो जाता, यही मसरूफियत कई परेशानियों से निजात देने का अपना सेफ्टी मैकेनिज्म भी था। अभी पिछले ही हफ्ते घर से छोटा भाई आकर अपने सबसे छोटे बेटे को हवाले कर गया।

–भइया अब हम तो इसको पढ़ाने नहीं सकेंगे, आप तो करने सकते हैं कीजिए नहीं तो इ तो कॉलेज का मुँह नहीं देखने सकेगा पत्नी जेम्स की तरफ देख रही थी–अपने ही तो चार पहले से कॉलेज जा रहे हैं अब यह पाँचवाँ–और सिर्फ पाँचवाँ ही क्यों। जब से नौकरी कर रहा है जेम्स–भतीजों, भाइयों, बहनों, भांजों की परमानेन्ट सराय रहा है उसका घर। किराये के खपरैल घर से शुरू होकर यह यात्रा अपने अधबने घर तक तो पहुँची लेकिन इस कठिन यात्रा में सफर का सारा सरो-सामाँ चुक गया।

घर की सारी खाद्य-अखाद्य चीजें खत्म हो गई थीं उस वक्त जब बप्पा कई दिनों के लिए फिर गायब हो गया था, बीच-बीच में बप्पा ऐसा करता था। दरअसल उसका सपना था वैद्य बनने का जिसे लोग खब्त कहते थे। पहान ने भी उसे कई बार समझाया कि वह अपने काम पर ध्यान दे पर वह कहाँ माननेवाला था। जड़ी-बूटियों की तलाश में एक टाँगी लेकर पूरब-पश्चिम (लँगोटी) पहनकर निकल जाता तो कई दिनों तक वापस नहीं लौटता। ऐसे ही एक वक्त में फादर अगस्टीन ने घर जाकर सबसे मिलकर आने का छुट्टी दी थी, कहा–सुबह तक लौट आना, उस रात से ज्यादा लम्बी रात जेम्स ने कभी नहीं देखी, घर में खाने को कुछ न था, बीज वगैरह भी उबाल करके खाए जा चुके थे। सोमरी का बिलखना...उफ...मुँह अँधेरे ही उठकर आ गया। स्टोर रूम से बिस्कुट के कई पैकेट, ब्रेड लिए और जाने लगा, कुछ ही देर का तो रास्ता है। तुरन्त देकर लौट आएगा। फादर जग चुके थे, फूलों को पानी दे रहे थे–

–जेम्स! किदर जाता है फिर, अबी तो आया घर से।

–वो फादर मेरा भाई लोग, मेरा सिस्टर सोमरी भूका, अभी ये सब देके लौट आएगा–उसने हाथ फैलाकर बिस्कुट-ब्रेड दिखाए।

–नो-नो-नो माय सन! अभी मार्निंग में तुम्हारा बहोत काम बाकी। भूल गया आज सण्डे–ये सब तुम्हारा भाई लोग के लिए नहीं, जो गॉड के अम्ब्रेला के नीचे आया उसी के लिए, उसी को मिलेगा स्वर्ग का राज्य।

फादर ने छीन लिया था उसके हाथ से स्वर्ग का राज्य, चुडरू मुकुर-मुकुर देखता रहा उसकी समझ में नहीं आ रहा था कि रोज वह पढ़ता है कि गरीबों को ही मिलेगा स्वर्ग का राज्य, द फादर, द सन एंड द होली स्पिरिट–उस राज्य से उसके भूखे भाइयों को, सोमरी को बाहर कैसे फेंक दिया जाएगा। ईश्वर का हाथ नहीं काँपेगा ऐसा करते

हुए। आज वह छिप-छिपकर बैठेगा भी नहीं उस नीले मखमल के कवर लगे सोफे पर। नहीं देखेगा कभी भी स्वप्न में भी उस सोफे को। हाफ पैन्ट और टीशर्ट पहनकर... उसके भाई-बहन उसके सामने तक आ नहीं रहे थे। छिप-छिपकर देखते और खिल-खिल कर हँसने लगते...सोमरी को हँसते देखकर उसे इतनी लाज आई कि बस्स, आज रात सोते समय उसे वही दृश्य फिर से दिखे थे...शायद सपने में...वही खिल-खिल...जैसे सभी मज़ाक उड़ा रहे हों, उसका...बहुत देर तक बेआवाज रोता रहा था वह...

आवाजों से नींद खुली थी उसकी–खट! खट!

–बाबा...बाबा दरवाजा खोलिए! भैया सीढ़ी से गिर पड़ा है, सीढ़ी से...

साथ ही बैकग्राउण्ड में कुछ दबी आवाजें थीं। जॉन की आवाज...निक्की छोड़ दे–छोड़ दे न।

–धत् तेरे की। इतनी रात में छत में जाने की क्या जरूरत थी–आँख मलते हुए उठ बैठा था वह।

–क्या हुआ, ये चिल्ला-चिल्ली क्यों है–पत्नी भी जागकर चौकी से नीचे उतर रही थी।

–तुम्हारा लाडला सीढ़ी से गिर पड़ा है, देखो जाओ। ओह! सुबह डियूटी पर हजारीबाग भी निकलना है। अब इ लड़का झंझट कर दिया। पता नहीं क्या करने सकेंगे।

पत्नी दौड़ती हुई गई। जेम्स भी चश्मा ढूँढ़कर कमरे से निकला। उसका बड़ा लड़का जॉन दाहिने हाथ को पकड़कर कराह रहा था लेकिन जेम्स के आते ही कराहना बन्द कर दिया उसने और दर्द की तस्वीर उसके चेहरे पर छप गई, कुहनी के पास हाथ का ढाँचा बता रहा था कि डिस्लोकेशन तो है ही और भी कुछ हो सकता है। जेम्स ने कड़वी निगाह डालते हुए पूछा–रात में क्या करने गया सीढ़ी में?

कड़वी निगाह का जवाब जलती निगाह से जॉन ने दिया।

–आपको कौन बुलाया, सो जाइए जाकर।

–कैसे बोलता है, देखती हो, सीढ़ी में रेलिंग्स नहीं है जानता है। सीमेन्ट बालू सब रखा है वहाँ पर। सावधानी नहीं रखा।

–रेलिंग बनाए क्यों नहीं?–जॉन कहाँ चुप रहनेवाला था।

–जिम में जाके खाली मसल बढ़ाया दिमाग नहीं बढ़ाया। थोड़ा-थोड़ा कुँआ खोदते हैं तो पानी पीते हैं। फुटानी कैसा है साहब का। खाली टाइम जीन्स पहनने अउर जुल्फी बढ़ाने से होगा। कमाकर लाओ ना तब पता चलेगा।

–छोड़िए ना आप तो जानते हैं न, फिर भी–पत्नी ने सफेद झण्डा लहराने की कोशिश की।

–नहीं, क्या जानते हैं, ऐ क्या जानते हैं, तुम बोलो एइसा कहना ठीक है?–जेम्स ने सवाल की गोली दाग दी।

–हाँ ठीक है, यही अभी भतीजा-भतीजी का होता तो इधर-उधर नाचने लगते–जॉन के मन में न जाने कितने दिनों का जहर जमा था।

—चुप! शट अप्प—जेम्स दहाड़ा था लेकिन उसे खुद ही अपनी दहाड़ कमजोर-सी लगी थी।

—घर में तो एगो बाइक भी नहीं कि होस्पिटल जाने सकेगा आदमी—यह मँझले पीटर की छौंक थी।

—है कोनची (कौन चीज) इस घर में। आदमी आने से बैठाने भी सकते हैं? लाज भी आता है। कौन जमाना का लकड़ी का कुर्सी सब है। कोय कहने सकेगा कि एक ओफिसर का घर है। सब तो घुस गया दूसरे को बनाने में। कोय तो पूछता भी नहीं—बड़बड़ाता हुआ जॉन रात में ही बाहर निकल गया। जेम्स ने कातर दृष्टि से पत्नी की ओर देखा। पत्नी—ए जॉन! ए जॉन! करती रह गई।

करवट बदलते हुए जेम्स बोल रहा था—देखो जी! कल तो हम रूकने नहीं सकेंगे। जरूरी सब काम पड़ा है वहाँ ओफिस में। वहाँ भी तो देखना जरूरी है न। सुबह होस्पिटल ले जाना इसको। बैंक में जो होगा निकाल लेना, पता नहीं कितना लगेगा...नींद तो सोनचिरैया बनकर उड़ चुकी थी।

कुछ हद तक तो ठीक ही कह रहा है जॉन, बल्कि उसे खुद भी लगता रहा है और कहता भी है नई-नई नौकरी में आए लड़कों को फर्र-फर्र स्कूटर या मोटरबाइक पर उड़ते देखकर—'अजी आप लोग तो आते-आते स्कूटर ले लिए इतने ही दिन की नौकरी में। हम तो कुछ लेने नहीं सकें।'

मुँह लगे मिश्रा के लिए तो इतना काफी था टपक पड़ने को—''अरे सर! अब कार ले लीजिए। सीधे चार चक्का पर चढ़िए, दो चक्का पर का चढ़िएगा'—जेम्स ने इसे मिश्रा के सामान्यतया किए जानेवाले लल्लो-चप्पो के रूप में लिया। वैसे कभी-कभी मूड खराब रहने पर व्यंगवाले अर्थ को भी लेता था। और कारण भी तो था न! और अगर उस दिन बगलवाले कमरे में मिश्रा के उस भाषण को नहीं सुना होता उसने जिसमें उसके रिटायरमेन्ट पर किए जानेवाले सम्भावित फेयरवेल स्पीच की रूपरेखा थी—दोस्तो ये है जेम्स खाखा, जिन्दगी भर बैल की तरह खटे। जंगली थे फिर किरिस्तान बने। कौआ थे मोर का पंख लगाके मोर बने। प्रमोशन के पीछे साँड के आँड़ में पीछे घूमनेवाला सियार बने कि कभी तो ललका फल गिरेगा। सभी ही...ही...ही...

इसी ही...ही...ही...ने तो तन-मन सुलगा दिया था उसका और कोई अदृश्य शक्ति आ गई थी उसके अन्दर जब कॉलेज के दिनों में मुच्छड़ महतो को पटककर कलेजे पर चढ़ गया था—कहाँ छः फुटा मजबूत कदकाठी का महतो और कहाँ वह। लेकिन हमेशा 'का रे जंगलिया! का हाल है बेट्टा' से बात शुरू करनेवाला महतो और फिर वही ही...ही...ही...लेकिन बाद में उसे खुद इस घटना पर यकीन नहीं होता। एकाध बार बयान करने की कोशिश भी की है उसने, शायद यह जाँचने के ख्याल से भी कि वह 'स्वप्न था होगा कि हकीकत'—हमको बेट्टा समझा था कि नाटा हमसे सकेगा लेकिन हम भी तो हॉकी पिलियर थे। केतना बार बोले थे होंगे—ऐ बेट्टा महतो, मुँह सँभालकर रखो किसी दिन धोका खाओगे। एक दिन हॉकी खेल के आ रहे थे दो-तीन लड़का लोग के साथ महतो खड़ा है रास्ते में?

—का बे जंगलिया! बड़का धियानचन्द हो गया बेट्टा।

—एबे मुँह सँभाल—हमारा साथ का लड़का लोग तो गद्देदार (गद्दार) निकल गया। सब ले उड़ान, अब हम करने क्या सकते थे, मार दिए माथा से टक्कर पेट में, गिर गया बेट्टा महतो, समझने नहीं सका कि इ नाटा एटैक कर देगा।

—सुननेवालों के चेहरों पर विरक्ति का भाव एवं तिर्यक मुस्कान को महसूस कर उसे भी अपनी कहानी पर नायकीनी हो आती। शायद यही सपने और हकीकत के घालमेल का दौर रहा होगा। लेकिन एक बात तो स्पष्ट रूप से याद है उसे कि तभी उसने पहली बार गाली देना सीखी थी। खाली डायनिंग हॉल में जाकर चीखा था—अरे महतो चूतिया...या...की गूँज फैलती चली गई थी। लेकिन अब न तो वह उमर रही न वह बात अब तो ऐसे ही...ही...ही...वाले मौकों पर तन्हाई में बस वजनदार मोटी-सी पंचाक्षरी गाली बुदबुदाता है और सन्तोष का अनुभव कर लेता है।

सामने तो बस वही है...हँ...हँ और खिसियानी हँसी...लेकिन इस बार इस बात पर गौर करना ही होगा। वही जॉन ने जो बात कही...कुँआ खुदवाने, जगत बनवाने और जुआठ देने (कुएँ के अन्दर लगानेवाला जामुन की लकड़ी का कुन्दा) में ही काफी पैसा निकल गया जी.पी.एफ. का, नहीं तो इस बार सोचा था कि एक कामचलाऊ सोफा तो ले ही लेगा। घर के रास्ते में ही चमचमाते फर्नीचरों की दुकानें थीं...दाम-वाम भी पूछे और पीछे भी हटा था चौंककर। वजह भी बन रही थी भतीजे की चिट्ठी दिल्ली से आने पर।—निशा और बच्चे भी आएँगे दो दिन आपके साथ राँची रहकर तब गाँव जाएँगे।

खुशी से मन गनगना उठा था जेम्स का। आखिर उसे गर्व तो था ही उन पर रेलवे में ऊँचे अधिकारी थे दोनों। दिल्ली में राजधानी एन्कलेव में फ्लैट भी ले लिया था। जेम्स पिछले दिनों जब दफ्तर के काम से दिल्ली गया था तो टिका था एक दिन उनके साथ होंडा सिटी और मैकडॉनल्ड और जाने क्या-क्या बातें की थीं अब्राहम ने...

सारी बातें आँखों के सामने घूम जाती हैं रिवाइण्ड होकर। इसी अब्राहम को लेकर बड़े भइया आए थे राँची उसके डेरे पर—पढ़ने-लिखने में तो इ ठीक है जेम्स। लेकिन हमारा हालत तो तुम जानते ही हो—हम थोड़ा ही सकेंगे। उसके बाद अब्राहम के स्कूल-कॉलेज की फीस, खाना-पीना, कपड़ा-लत्ता, तेल-साबुन सब...रात-दिन मेहनत करता अब्राहम...''क्या करे अब्राहम! थक गया?—लाड़ से पूछता था वह। सर पर हाथ भी फेरता। कभी-कभी ड्यूटी से लौटकर उसे पढ़ाने भी बैठता लालटेन जलाकर चौकी पर, उन दिनों लोडशेडिंग भी ज्यादा होती थी। राजधानी कहाँ बनी थी राँची उस समय। अब तो एकदम स्वप्न जैसा लगता है अब्राहम।''

अगले हफ्ते आ रहा है। उसके पहले किसी तरह ड्राइंग रूम जिसमें सिर्फ पलस्तर तक होकर ही काम अटक गया और पलस्तर पर ही बच्चों के चित्र-वित्र लटका रखे हैं ड्राइंग नाम को सार्थक करने के लिए। ड्राइंग रूम में एक सोफा कामचलाऊ भी हो, लगा देना है। किसी से सुना था हल्की-सी याद है उसे। फादर के डेरे का कुछ फर्नीचर

बिक्री के लिए था–खैर, इसी बीच पता लगाएगा वह। नीले मखमल के कवरवाला सोफा भी हो सकता है बिक्री हो रहा होगा। कितनी कीमत रखी होगी पता नहीं। पैसे तो बैंक में डेढ़-दो हजार ही बच रहे थे। काफी पैसा तो जॉन के हाथ के इलाज में निकल गया। पहुँचा तो फादर वर्गीज फूलों को पानी दे रहे थे।

–गुड मार्निंग फादर।

–वेरी गुड मार्निंग, बोलो जेम्स, कैसा है?

–ठीक है फादर, एक काम से आया था।

–हाँ, हाँ, बोलो।

–सुना था वो कुछ फर्नीचर वगैरह...होने से हम लेने सकते थे...

नीले मखमल कवरवाले सोफे के वे सपने रंगीन धुंध बनकर छा रहे थे।

–हाँ, हाँ, सिक्स थाउजैन्ड रखा है प्राइस। इतना चीप में सोफा कहाँ मिलेगा। थोड़ा वेलवेट को इधर-उधर रिपेयर कर देगा तो परफेक्ट हो जाएगा।

–फादर...अभी तो सिर्फ टू थाउजैन्ट है बाकी नेक्सट मन्थ में देने चलेगा...

–ऊ, ठीक है जेम्स तुम गुड सोल। इसलिए एलाऊड। लेकिन नेक्स्ट मन्थ में दे देना जरूर फिर ये मनी तो पुअर वेलफेयर फण्ड में जाएगा।

और इसके बाद की कहानी तो बड़ी मुख्तसर-सी है। उस सोफे को ठेले पर लदवाए मूँछों पर विजयी मुस्कान चिपकाए जब जेम्स खाखा अपने अधबने घर के दरवाजे पर आए तो देखा छोटे बच्चे धमाचौकड़ी मचा रहे हैं। उसके दिल्ली निवासी भतीजा और बहू आ चुके थे, उसको अच्छा लगा।

–कब आया रे अब्राहम।–लड़ियाते हुए पूछा जेम्स ने। उसको देखकर वही गर्वबोध जो कुम्हार को सुन्दर बर्तन देखकर होता होगा।

–ये सड़ा हुआ सोफा कहाँ से उठा लाए–हाथ में प्लास्टरबॉरी जॉन ने वार किया। ठेलेवाले को पैसे देते हुए घूरकर देखा उसे।

–छह हजार में खरीदे हैं छह हजार में...तुमको सड़ा दिखता है।

–क्या छह हजार में, अरे मार्केट में तो दस हजार से शुरू करके कितना सोफा मिलता है वैरायटी भी रहता है। बड़ा ओल्ड फैशन का है यह तो।

–हाँ हम लोग तो डिजायनर सोफा लिए थे, आजकल तो मेटल का फैशन है। पैंतीस कि चालीस लगा था–यह बहू थी।

–क्या चाचा आप भी। सब काम संक्षेप में ही करते हैं। अभी भी रिटर्न कर आइए बैल समझके कोई सटा दिया है आपको इ सड़ा सोफा...भतीजा हँसते हुए अपने चचेरे भाई-बहनों के साथ थौल-थप्पा करते हुए अन्दर चला जा रहा था।

जेम्स खाखा मार खाए हुए बैल की तरह सर झुकाए मुकुर-मुकुर नीले मखमल के कवरवाले सोफे के उस जगह को देखे जा रहा है जहाँ से मखमल का कवर घिसकर बदरंग हो गया है।

फीमेल आई.डी.

बड़ा बदमाश आदमी है महेशचन्द्र प्रसाद भी। आदमी क्या है कम्प्यूटर वायरस है पूरा। जिसके पीछे लग गया बस फाइल पर फाइल करप्ट करता जाएगा। नज़र एकदम हैकरवाली कहाँ-कहाँ नहीं चली जाती है उसकी और फिर दूसरे ही दिन दफ्तर के हर आदमी के दिमाग में उसकी प्रोग्रामिंग हो गई समझिए। अब उसी दिन की बात, आफिस हेड मिश्राजी के बारे में...बात वैसे भी औरतों के बारे में थी तो कुछ ज्यादा ही कल्पनाशक्ति लिपटी थी उसमें, औरतें जितनी दफ्तर में काम करनेवाली थीं और कुछ तो कैजुअल्स के रूप में आना-जाना करती थीं, तकरीबन सभी महेशचन्द्र प्रसाद को 'एम.सी.पी. सर' कहती थीं और इसमें महेशचन्द्र प्रसाद को भला क्या उज्र हो सकता था। कहकर मुस्कराती भी थीं तो इसमें भी भला क्या उज्र, लेकिन उनके दिमाग में इसका विस्तार 'मेल शॉविनिस्ट पिग' होता था और यही मुस्कराहट की वजह थी उनकी। हाँ, तो मिश्राजी की बात...दफ्तर में गीत-संगीत का माहौल था और बाहर इसे भाँडों-मीरासियों का दफ्तर कहा जाता था। बहुत सारे दूसरे लोगों की तरह मिश्राजी रसिक व्यक्ति थे। अब महेशचन्द्र प्रसाद की नज़र का क्या कहिए, एक दिन दफ्तर के हर आदमी के दिमाग में बस एक ही बात–'फलाँ म्यूज़िक आर्टिस्ट' को मिश्राजी अपने चेम्बर के पीछे बने हुए रेस्ट रूम में सितार की तरह छेड़ रहे थे, हालाँकि उस 'फलाँ म्यूज़िक आर्टिस्ट' का जुगराफिया तानपूरे से ज्यादा मिलता था। एम.सी.पी. ने तो बाकायदा एक्शन के साथ दिखलाया भी था कि कैसे सरगम साधा जा रहा था और जो बात डिलीट कर दी उसने वह ये कि यह बहुत बाद में हर आदमी के दिमाग में प्रोग्राम की थी, जब खुलकर अपनी भी तमन्ना का इज़हार करने के बाद वह डाँट खा चुका था उस 'फलाँ म्यूज़िक आर्टिस्ट' से और कहा था–'सबको बाँटती हो/हमको डाँटती हो।' अब हर आदमी को उस 'फलाँ म्यूज़िक आर्टिस्ट' को देखते ही तानपूरा छेड़ने की चाहत होने लगी थी और नतीजतन आती तो थी गाने वह, रोते हुए जो गई फिर कभी लौटकर नहीं आई।

लेकिन एम.सी.पी. यानी महेशचन्द्र प्रसाद का चरित्र-चित्रण उद्देश्य नहीं है इस कहानी का, बल्कि कहानी तो एक दूसरे सज्जन 'बनर्जी' की है। लेकिन चूँकि ये कहानी एम.एस.पी. ने अपने एंगल से सुनाई–वो भी पूरी कहानी एक साथ नहीं बल्कि टुकड़ों में और कुछ स्पेस छोड़ते हुए ताकि सुननेवाला कुछ अपनी कल्पना का भी प्रयोग कर

सके...तो यह लाज़मी हो जाता है कि इन्ट्रो में कुछ एम.सी.पी. के बारे में भी कहा जाए, खैर कहानी की शुरुआत एम.सी.पी. ने एक चौंकानेवाली स्टेटमेन्ट के साथ की थी–"जानते हैं, आजकल जैसे सबका ई-मेल आई.डी. होता है, होता है न? लेकिन बनर्जी का फ़ीमेल आई.डी. है।"

अब चौंकानेवाले स्टेटमेन्ट का तकाजा था कि सभी चौंक जाते, कुछ लोग मौन रूप में चौंके तो कुछ मुखर रूप में–ऐं! ओ! अरे! फ़ीमेल आई.डी.! ई का होता है। लह! अब ई काची (क्या चीज़) हुआ। सभी इतना तो समझ ही गए थे कि बात में कुछ रस था क्योंकि मामला फ़ीमेल से जुड़ा था। बनर्जी के बारे में सभी श्योर थे कि बनर्जी और कुछ है 'औरतबाज़' की श्रेणी में तो कतई नहीं है बल्कि उसके कुछ गुणों की वजह से उसे 'ओल्ड वूमन्स डार्लिंग' भी कहा जाता था मसलन "बनर्जी थोड़ा उधर जा रहे हो ज़रा डिस्परिन लेते आना", "सुनिए ना! प्लीज! ज़रा पंडिज्जी के यहाँ तीन चाय बोल दीजिएगा जाते हुए", "ज़रा कल काइंडली डी.ए.वी. स्कूल का एडमिशन फार्म लेते आइएगा, आपके घर के तो पास ही है न!"

लेकिन सीधे से पूरी कहानी बता दी तो वह एम.सी.पी. क्या, वह तो मुस्कियाते हुए निकल पड़ा दफ्तर के पास ही ढाबे के दूसरी तरफ की पान गुमटी पर, हर घण्टे के समाचारों की तरह 'आवर्ली पान' खाने जहाँ उसे अपनी पसन्द नहीं बतानी पड़ती थी। उसे देखते ही पानवाला खुद ही शुरू हो जाता था–मीठी पत्ती, चूना, कत्था नहीं कलश, 300–हाँ और पिपरमिन्ट मत भूलना।

फिर एक बार जब बनर्जी 'बपौती अवकाश' पर (यह म.सी.पी. कहता था पेटरनिटी लीव, पितृत्व अवकाश को) था जब केया हुई थी, तो एम.सी.पी. बनर्जी के घर गया था, देखा बनर्जी है नहीं घर पर, भाभी से पूछा तो भाभी ने हँसते हुए इशारा कर दिया पलंग के नीचे–कहा–'झोगड़ा हुआ है।' झाँककर देखा तो बनर्जी पलंग के नीचे घुसा हुआ है।

–अबे! क्या कर रहा है वहाँ। डर से छुप गया है। अरे भाभी से झगड़ा हुआ है तो मरद की तरह झगड़ा कर, साला डरपोक बंगाली।

–श्ला मेरा घोर है, जिधार तबीयत होगा उधर लेटेगा, तुम्हारा क्या! तुम श्ला बेहारी, औरत का इज्जत क्या होता, जानता तुम?

हालाँकि एम.सी.पी. की बातों में यह फर्क करना बड़ा मुश्किल है कि कहाँ चुटकुला है, कहाँ तथ्य और कहाँ पर तोड़ा-मरोड़ा कथ्य, हो सकता है बनर्जी कुछ स्क्रू वगैरह टाइट करने अन्दर घुसा हो या फिर यह सिर्फ चुटकुला ही हो, पर चूँकि एम.सी.पी. उसी मोहल्ले में रहता है जिसमें बनर्जी, तो कुछ तो भरोसा करना ही पड़ता है। साथ रहते हैं बनर्जी के पिता सीनियर बनर्जी, पत्नी मिस बनर्जी (मिस इसलिए कि वह कस्बे के एकमात्र मिशनरी संचालित इंग्लिश मीडियम स्कूल में पढ़ाती थी जिसमें शुरू में आस्ट्रेलियन पढ़ाते थे पर अब बेतिया के फादर्स पढ़ाते हैं)। बनर्जी भी उसी स्कूल में पढ़ा था और उसके अन्दर काफी मात्रा में इसका गर्व द्रव्य मौजूद था–"अब

तो स्कूल खाराप हो गया, उस बखत का बात अलग था। अब तो रिक्शावाला, गैरेजवाला सबका बेटा लोक का एडमिशन ले लेता है ई दिशी (देशी) फादर लोक।'' और घर की अब तक सबसे छोटी सदस्य केया, उम्र सात साल पूरे बनर्जी परिवार की चहकती आत्मा।

फिर बनर्जी की दिनचर्या की नाटकीय प्रस्तुति की एम.सी.पी. ने एक दिन–''सुनोगे तो आँख में आँसू आ जाएँगे। बनर्जी पर होनेवाले ज़ुल्म की रोंगटे खड़े कर देनेवाली दास्तान।'' सभी उत्कंठित, मन्द-मन्द मुस्कियाता एम.सी.पी.–''सवेरे उठना, सीनियर बनर्जी का 8 बजे तक लम्बा मार्निंग वाक, बनर्जी का फूलों को पानी देना, फिर मिस बनर्जी और जूनियर केया बनर्जी को रवीन्द्र संगीत गाकर जगाना, और बदले में मिस बनर्जी की डाँट खाना, उनका हड़बड़ाकर तैयार होना साथ-साथ बनर्जी को तरह-तरह की हुकुम-हिदायतें, बनर्जी द्वारा ही नाश्ता टोस्ट-आमलेट तैयार करना, फिर बनर्जी का एक पाँव स्कूटर पर–आठ बजते-बजते दोनों को स्कूल पहुँचाना, फिर उधर से ही दूध का पैकेट, ब्रेड, अखबार, अण्डे लेकर लौटना और सीनियर बनर्जी के लिए कुछ अलग नाश्ता तैयार करना, क्योंकि सीनियर बनर्जी को अगर किसी चीज़ से सख्त चिढ़ है तो ब्रेड-आमलेट के नाश्ते से। बनर्जी की माँ पढ़ाती थी एक स्थानीय कॉलेज में और सुबह जल्दी क्लास होने की वजह से यही कम्बख्त ब्रेड-आमलेट बनाकर रख जाती थी जो गले से उतरता ही नहीं था सीनियर बनर्जी के। लेकिन वह बात जो वर्षों तक मैडम बनर्जी से छुपी रही कि कभी भी ये नाश्ता उन्होंने मन से नहीं किया। उनके कॉलेज रवाना होते ही वह बनर्जी को आवाज़ देते–ओरू! (अर्णव नाम था बनर्जी का, डाकनाम ओरू) चोल! फिर पास के ही सदानन्द होटल की कचौड़ी, सब्जी और मशहूर छेना जलेबी। इसी का कार्यकारण परिणाम था शायद वह मधुमेह जिसकी वजह से प्रायः हर दिन की शुगर जाँच और इन्सुलिन लेने की आदत पड़ गई थी। लेकिन इतना होने पर भी छेना-जलेबी का स्वाद लगा ही हुआ है मुँह को और अभी भी नज़र आ जाते हैं सदानन्द होटल के आसपास और इसी वजह से मिस बनर्जी की बंग्रेजी (बंगला+अंग्रेजी) में डाँट खानी पड़ती है काफी। हाँ, तो बनर्जी की रूटीन में फिर है खाना बनाना सबके लिए, जिसे माँ-बेटी दो बजे स्कूल से लौटकर खातीं। इसके पहले दफ्तर से लंच आवर में जल्दी से घर आकर सीनियर बनर्जी को खाना खिलाना और फिर पाँव स्कूटर पर, वही माँ-बेटी को लाना। शाम को फिर वही भरोसे के साथी बजाज स्कूटर पर कभी झण्डा चौक की चाट, कभी कैफेटेरिया का दोसा, कभी नल्ले पर का बर्रा-घुसका (एक प्रकार की पकौड़ी) कभी क्वालिटी रेस्तराँ का खाना–नब्बे प्रतिशत दिनों में यही सब अल्लम-गल्लम भरकर माँ-बेटी लौटतीं और रात का खाना स्किप यानी गपतगोल। सीनियर बनर्जी के रात के खाने का इन्तजाम करके बनर्जी खाने की टेबल पर बैठकर पॉलिटिक्स और फुटबॉल डिस्कस करके खुश रखता है उन्हें, गोकि निष्कर्ष वही जाना-पहचाना–'द कंट्री हैज गॉन टू द डॉग्स'। तब तक इन सब निष्कर्षों से बेखबर माँ-बेटी डी.वी.डी. पर कोई हिन्दी फिल्म देखकर सो चुकी होती हैं। तब जाकर बनर्जी

सोता है। कैन यू इमेजिन, क्या जुल्म हो रहा है बनर्जी पर? पट्‌ठा टिका हुआ है कैसे पता नहीं।'' मजबूर कर रही थी एम.सी.पी. की गम्भीर भावभंगिमा सबको हँसने पर और किसी ने पूछ ही लिया–''और सोने के पहलेवाले प्रोग्राम के बारे में कुछ नहीं कहा?''

–''दुर''! अब सटने कहाँ देती है मिस बनर्जी जब से दाँत में कैविटी हो गया है और थोड़ी दुर्गन्ध भी आने लगी है बनर्जिया के मुँह से। यकीन नहीं होता तो कन्फर्म कर लेना।''

फिर वही बदमाशी भरी मुस्की एम.सी.पी. के चेहरे पर। अब कोई कन्फर्म भला कैसे कर सकता है ऐसी बात। वैसे भी दफ्तर के बहुत कम ही लोगों को रसाई थी बनर्जी के घर में। कभी कोई भूले-भटके चला भी गया तो पुकारते ही के...ए...ए! की एक फलकशिगाफ़ आवाज़ से वास्ता पड़ता था साथ ही भौं! भौं! भौं! जो जाहिरा तौर पर सीनियर बनर्जी और कुत्ते की मिली-जुली आवाज़ें थीं। जब तक आगन्तुक भागने-भागने की हालत में होता, तभी अगर बनर्जी घर पर हुआ तो–''ओरू! देख के एसेछे (ओरू! देखो कौन आया है)'' और नहीं हुआ तो–''नेंही, बाहर गिया।'' बस इसके बाद एक तवील सन्नाटा। सीनियर बनर्जी के व्यक्तित्व का और पहलू नुमायाँ नहीं होता था इससे ज्यादा, लेकिन आवाज़ की कड़क बहुत कुछ बयान कर जाती थी–मसलन सीनियर बनर्जी एक सरकारी महकमे में अधिकारी रह चुके थे और पुराने ज़माने के काबिल अफसरों में गिनती होती थी उनकी। जहाँ-जहाँ तबादला हुआ वहाँ-वहाँ चले गए, पैरवी-पैगाम से कभी तबादला रुकवाने की कोशिश नहीं की। जिले के हुक्काम उन्हें एहतराम की नज़र से देखते थे और किसी संकट की घड़ी में उन्हें राय देने बुलाया भी जाता था। बंगला में 'एकदोम डाकसाइट ऑफिसर'। लेकिन बकौल एम.सी.पी.–'अपनी पत्नी के सामने एकदम काँचू-माँचू। वेजीटेबल बन जाते थे।' तबादलेवाली जगह से हफ्ते में एक बार आते और मैडम बनर्जी के साथ रिक्शे पर बाज़ार जाते थे। साथ रहता था बनर्जी जो तब एक छोटा-सा दुबला-पतला चश्मिश बच्चा हुआ करता था और लाल-नारंगी आईसक्रीम खाने की ज़िद्द करता था–''ना! ना! एकदोम ना। खेलेई, एकदोम ब्रोंकाइटिस!'' इस शब्द के वज़न से ही बनर्जी एकदम डर जाता था, इतना डर कि अभी तक लाल-नारंगी आईसक्रीम देखते ही वही डर हावी हो जाता है उस पर, लेकिन माँ-बेटी हैं कि मानती ही नहीं।

–''जोब देखो क्वालिटी, रौलिक शोब छोड़के ओही लाल-पीला आइसक्रीम चूसेगा।''

एम.सी.पी. सीनियर बनर्जी के उन दिनों के बारे में बोलते हुए बदमाशी भरा पुछल्ला लगाना नहीं भूलता कि कैसे होली में मोहल्ले के बदमाश लड़कों ने सीनियर बनर्जी दम्पत्ति का कार्टूनवाला पोस्टर साटा था जिसका कैप्शन दिया था–'बीवी का साप्ताहिक आशिक' और बॉक्स में लिखा था–'गिव-गिव, टेक-टेक'। एम.सी.पी. ने बताया था चूँकि सीनियर बनर्जी दम्पत्ति आपस में ज्यादातर बातचीत अंग्रेजी में करते

थे तो मोहल्ले के बदमाश लड़कों ने उनके बीच होनेवाले प्रणय निवेदन की मौलिक कल्पना इन्हीं वाक्यांशों द्वारा की थी।

प्रणय निवेदन की चर्चा मात्र से ही एम.सी.पी. की आँखों में शैतानी चमक का आविर्भाव हो जाता है और होंठों पर तिरछी मुस्कराहट। हर परिवार के कुछ फैमिली सीक्रेट्स होते हैं, कुछ नीम अँधेरे कोने जिन पर रोशनी डाला जाना कोई पसन्द नहीं करता लेकिन एम.सी.पी. का तो शगल ही यही है। बनर्जी परिवार और ठीक दीवार के पार के सहाय परिवार के बीच की अदावत का नामालूम वजहोंवाला नीम अँधेरा कोना परेशान करता था एम.सी.पी. को तो मोहल्ले के पुराने लोगों को खँगालकर कुछ सूचनाएँ जुटाईं, उन्हें छान-फटककर, उबाल-ठण्डा कर, कुछ मिला-घटाकर बनर्जी परिवार के उस नीम अँधेरे कोने पर रोशनी डालते हुए उन सूचनाओं को एक हसीन स्कैंडल में बदल डालने की कीमियागरी दिखाई और कुछ इस तरह पेश किया–

बनर्जी को पिसी (बुआ) की बहुत हल्की-सी याद है–मोटे चश्मे, मुहाँसे भरे चेहरे की एक थोड़ी उम्रदराज़-सी लड़की, उदासी की हल्की-सी धुंध उसके चेहरे पर चारों ओर हमेशा छाई रहती और वक्त का ज्यादातर हिस्सा छत पर कटता था जिसका। इस छत-प्रेम का रहस्य बहुत बाद में खुला जब अपने अति व्यस्त क्षणों में कुछ क्षण उस लड़की को देना चाहा सीनियर बनर्जी दम्पत्ति ने, क्योंकि उन्हें अचानक लगा था कि उसकी शादी का दायित्व भी तो उन्हीं का था और वक्त निकला जा रहा था शायद और पिऊ नाम की वह लड़की भी इतनी खामोश-सी थी कि उसके बारे में भूल जाना बहुत अस्वाभाविक भी नहीं था, लेकिन जब याद आई तो हाथ आया था कागज़ का एक टुकड़ा–''आमि मोंटी के बिए कोरछि'' (मैं मोंटी से शादी कर रही हूँ) और सीनियर बनर्जी की दाँतपीसू प्रतिक्रिया थी–'आर छेले पेलो ना पिऊ (और कोई लड़का नहीं मिला पिऊ को)?'

मोंटी सहाय, वही दीवार पार के सहाय परिवार का इकलौता नूरेचश्म, बदसूरती और इन्तहाई बदसूरती का बार्डरलाइन, जिसके परिवार को ब्रिंग-ब्रिंग फैमिली (ला-ला कायस्थ परिवार) कहते थे सीनियर बनर्जी पूरे हिकारत के जज्बे के साथ। जिनके परिवार के सभी मर्दों के बदन पर भालुओं जैसे बाल थे जिसकी वजह से बनर्जी की पिसी मोंटी सहाय को प्यार से जाम्बुवान (जामवन्त) पुकारती थी। बनर्जी तब छोटा-सा होते हुए भी कभी अपने पिसेमोशाय यानी फूका को एप्रीशियेट नहीं कर पाया। जबकि बुआ उसे बहुत प्यार करती थी और घर का वही एकमात्र सदस्य था जो बुआ के चले जाने के बाद घण्टों रोता रहा था।

बकौल एम.सी.पी. ये सब सेटिंग-गेटिंग बहुत दिनों से चल रहा था और मैडम बनर्जी सब रहस्यों से भली-भाँति वाकिफ थीं और शायद शह भी देती थीं, नहीं तो मोंटी और पिऊ छत पर घण्टों खड़े होकर बातें करते थे और सिर्फ बातें ही नहीं और भी बहुत कुछ करते थे तो किसी ने तब रोका क्यों नहीं। इसके बाद एम.सी.पी. ने आदतन

उस बहुत-कुछ का एक विस्तृत-सा ब्यौरा भी दिया जिसमें एक काले, मोटे, भालुओं से बाल भरे बदनवाले नायक और मोटे चश्मे, मुहाँसे भरे चेहरेवाली एक साँवली-सी नायिका के बीच कामकंदुकों की क्रीड़ा एवं कामदुंदुभि वादन आदि के ऐसे चाक्षुष विवरण थे कि दफ्तर में वीभत्स रस की उत्पत्ति हुई और सभी उसमें डूबने-उतराने लगे। किसी रसज्ञ ने पूछा भी डाला–"आखिर क्या देखा उसने उसमें जबकि कुछ आमदनी का जरिया भी नहीं था उसका।" बस फिर क्या था एक सुभाषित पेल दिया–"अरे भाई! औरत को न चाहिए ताज न तख्त, उसे तो चाहिए...। समझे कि और डिटेल में समझाना होगा।"

अब और डिटेल की गुंजाइश ही कहाँ थी। खैर सुननेवाले तो समझ ही गए थे कि ये सब एम.सी.पी. की बदमाशियाँ थीं। दरअसल दफ्तर के तकरीबन हर आदमी के अन्दर थीं ये बदमाशियाँ, एम.सी.पी. तो सिर्फ आवाज़ बन जाता था उसकी। टुकड़ों में सुनाई गई कहानियों को जोड़-जमाकर जो कहानी बनती-सी लगती थी, वह यह कि इस घटना के बाद ही दोनों परिवारों के छतों के बीच एक ऊँची-सी दीवार हाइल हो गई जिसमें ठीक अनारकली की तरह ही कुछ सपनों को हमेशा के लिए चिन दिया गया था। बनर्जी जो तब एक छोटा-सा चश्मिश बच्चा था, जब-जब इस दीवार को देखता उसे बुआ की याद आ जाती थी जो उसे बेहद प्यार करती थी। उसे आश्चर्यमिश्रित खुशी भी हुई थी ये देखकर कि उसकी माँ भी शायद उसकी बुआ को बेइन्तहा प्यार करती थी क्योंकि इस ऊँची दीवार के बगल में लम्बा-सा स्टूल लगाकर, उस पर खड़े होकर माँ अक्सर बुआ से बातें करती थी जब सीनियर बनर्जी घर पर नहीं होते थे और बनर्जी को दीवार पर बिठा दिया करती। माँ और बुआ के उन गुनगुने क्षणों की गुनगुनाहट को महसूस करने के लिए बड़ा ही उत्सुक रहता था वह, और स्कूल से इसीलिए लौट जाना चाहता था।

–"स्कूल थेके बैक हॅवार शोमोय बी.एस.एन.एल. आफिस चोले जेयो, सिम कार्ड पाउआ जाच्छे।" (स्कूल से लौटते समय बी.एस.एन.एल. के दफ्तर चले जाना, सिम कार्ड मिल रहा है।)

यह स्कूल जाती हुई बनर्जी की पत्नी की हिदायत थी बनर्जी के लिए, इस पर अपने कमरे में बैठकर एम.सी.पी. से बातें कर रहे (ऑफकोर्स बकौल एम.सी.पी.) सीनियर बनर्जी की तीखी प्रतिक्रिया थी।

–'हुँह! जोत्तो शोब कार्ड, कार्ड और कार्ड। आदमी से कार्ड का जोकार (जोकर) बना दिया एकदोम। रेशन कार्ड, आई कार्ड, भोटार कार्ड, क्रेडिट कार्ड, ए.टी.एम. कार्ड, ड्राइविंग लाइसेन्स कार्ड, अब सिम कार्ड! घोड़ार डिम कार्ड (घोड़े का अण्डा) शोमझा मोहेश! ओरू तो वाइफ के डायरेक्शन पर शोब कार्ड जोमा कोरके एकदोम कार्ड हाउस बन गिया।" एम.सी.पी. ने हल्का मूड भाँपकर लगा दिया तुर्रा।

–अंकल, औरत लोग का तो बुद्धि ही एक-तिहाई होता है, इसीलिए न थर्टी थ्री परसेन्ट रिजर्वेशन का डिमांड है उनका।

हल्के-से मुस्कराए सीनियर बनर्जी बस एम.सी.पी. ने आदतन पकड़ लिया पहुँचा।–

"तब अंकल! अर्णव की वाइफ सेवा-उवा करती है कि नहीं?"

बस सीनियर बनर्जी गुस्सैल एनर्जी।

—हाँ, अपना सेवा कर ले वोही बहूत है। हाम तो पहलेई बोला था बोकारो स्टील का लेड़की से शादी मत करो। दे ऑल बिकम मेशीन्स, हार्ट में ब्लास्ट फार्नेस होता, अउर उपर से स्टार प्लस का जेतना शोब बोदमाइश औरत शोब का कीर्ति देखके...एकदोम...

बस फिर क्या था एम.सी.पी. ने सूँघ लिया मरा चूहा। मिल गया इस हफ्ते का स्कूप—'बनर्जिया का बाप खुश नहीं रहता है उसकी वाइफ से। अरे बूढ़ा आदमी है, थोड़ा केयर, थोड़ा मान-सम्मान चाहता है। लेकिन आजकल की वर्किंग वूमन, बस हल्लो हाय टाटा बाय। और खुदा न खास्ता मास्टरनी हो गई तो सब पर वही मास्टरी। बुढ़ऊ और बनर्जिया तो पिस गया दो मास्टरनी के बीच में। खैर, जब स्त्री-भाव ठीके नहीं है, कुण्डली में तो...

'स्त्री भाव'—हर बार चौंका देता था एम.सी.पी. सबको, कुण्डली भी बाँचने लगा था क्या एम.सी.पी...सभी तो यही जानते थे कि सीनियर बनर्जी दम्पत्ति के बीच तो बड़ी अच्छी 'वो' थी जिसकी तलाश में अधिकतर दम्पत्ति रहते हैं। जब तक सब पूछें-पूछें तब तक एम.सी.पी. मुस्कियाया और 'ब्रेक के बाद' वाला टेंशन देकर चल दिया वहीं. ..मीठा पत्ती, सिर्फ चूना, कत्था नहीं, कलश, 300...और पिपरमिन्ट मत भूलना...

भूल कहाँ पाया था बनर्जी भी वक्त के उस दौर में घर में जहाँ-तहाँ बिखरी पड़ी तनाव की किरचों को। ये किरचें सीनियर बनर्जी दम्पत्ति के बीच भी कहीं-कहीं पर करकराने लगी थीं। 'पिसी' (बुआ) के बारे में घर में कोई बात नहीं होती। माँ ने कभी घुमा-फिराकर बात करने की कोशिश भी की तो सीनियर बनर्जी ने हाथ के इशारे से बरज दिया था। कई बार रातों में बनर्जी की उनींदी आर्त्त पुकार 'पिसीर काछे जाबो' (बुआ के पास जाऊँगा) के प्रत्युत्तर में सीनियर बनर्जी के उनींदे हाथों का थप्पड़ भी चखा था बनर्जी ने तब जब वह छोटा-सा चश्मिश बच्चा था। उसी दौर में उसकी रुचि एकान्तप्रियता में बढ़ती गई थी जो धीरे-धीरे घर में पड़े हुए कबाड़, टूटे रेडियो, खराब हो चुके ग्रामोफोन आदि से सम्पर्क बढ़ाती हुई, अन्त में कम्प्यूटरों के एकान्तप्रिय व्यक्तित्व से मेल खा गई थी। हार्ड डिस्क साउण्ड रिकार्डिस्ट के रूप में उसकी ख्याति ने दी थी उसे भाँडों-मीरासियों के दफ्तर में छोटी-सी नौकरी, नन्हीं-सी तोंद और मुन्नी-सी गंज। लेकिन ये तो बहुत बाद की बात है।

उस दौरान तो अपनी माँ और पिसी (बुआ) में पसेदीवार गल्पो-शल्पो (बातचीत) बीचवाली एल.ओ.सी. दीवार पर बिठाकर पिसी द्वारा उसकी चूमा-चाटी, पिसी का रोना-धोना, चच्चड़ी (कई सब्जियों, सागों के डंठल को मिलाकर बननेवाली सब्जी) और भाँपा इलिश (स्टीम्ड हिल्सा मछली) की सप्लाई और बनर्जी को ये सब बातें बाबा यानी सीनियर बनर्जी को नहीं बताने की हिदायतें बदस्तूर जारी थीं। खासकर भाईफोंटा (भैया दूज) वाले दिन बुआ का सिसक-सिसककर रोना और माँ का सान्त्वना भरा हाथ बुआ

के सिर पर रखना और ठीक उसी गलदश्रुपूर्ण सीन के बीच एक काले कव्वे का बनर्जी के हाथ से भाईफोंटा की मिठाई छीनकर भाग जाना, वह इसे भूल सकता था भला! पिसी ऐसे गुप्त सम्मेलनों के दौरान जब डबडबाई आँखों से देखती हुई कहती थी– ''बउदी! दादा के बोलो आमाय खोमा कोरे देबे'' (भाभी, भैया से कहना मुझे माफ कर देंगे) तो बनर्जी की आँखों में भी आँसू आ जाते थे जिसे छिपाकर पोंछ लिया करता था वह।

पर कब तक छिपती बात, हो गया एक दिन एल.ओ.सी. के पार परमाणु विस्फोट, तब जब ऐसे ही गुप्त शिखर सम्मेलन के दौरान बनर्जी दीवार पर बैठकर लॉलीपॉप का आनन्द उठा रहा था। आनन्दभंजक के रूप में प्रकट हुए थे अचानक सीनियर बनर्जी छत पर, उसकी माँ को हिड़-हिड़ कर खींचते हुए सीढ़ियों के नीचे ले जाने लगे और वह दीवार पर ही बैठा चिल्लाता रह गया था–''आमाके नामाओ! आमाके नामाओ!'' (मुझे उतारो) उसके उसी फूफा ने तब उसका रेस्क्यू किया था जिसे वह बहुत पसन्द नहीं करता था। उसकी दो वजहें थीं–एक तो उनकी बदसूरती और दूसरी वह इतना तो समझता ही था कि उन्हीं के वजह से ही उसकी पिसी उससे दूर हुई थी। रोता, झींकता, लॉलीपॉप का रस लार चुआते हुए बनर्जी जब सीढ़ियों से नीचे उतरा था तो वहाँ माँ-बाप के बीच घमासान वाक्‌युद्ध छिड़ा था। बनर्जी तो तब बहुत छोटा था इसीलिए इस दृश्य की पुनर्रचना के लिए दो ही स्रोत हो सकते हैं–एक तो हमारा वही बदमाश एम.सी.पी. और उससे कुछ कम बदमाश हमारी कल्पनाशक्ति।

–ओह हाथ छोड़ो! हाथ छोड़ो! लागछे! (हाथ छोड़ो, हाथ छोड़ो, दुख रहा है)।

–'आय टोल्ड यू शी इज़ डेड फॉर अस' (मैंने कहा था तुमसे, वह हमारे लिए मर चुकी है)। सीनियर बनर्जी की दाँतपीसू क्रूर अभिव्यक्ति।

–शी इज़ योर सिस्टर, ओन सिस्टर। आर ऐमन की पाप कोरेछे, बियेई तो कोरेछे। खून तो कोरेनी (वह तुम्हारी बहन है, सगी बहन और ऐसा क्या पाप किया है, शादी ही तो की है, खून तो नहीं किया किसी का)।

एम.सी.पी. का वर्णन तो बताता है कि झगड़ा काफी आगे बढ़ गया था और मायके-ससुराल की औकात, स्त्री-पुरुष की दिमागी वकत आदि के खतरनाक मोड़ों से गुज़रता हुआ यहाँ तक पहुँच गया था कि औरतों के अगर नाक नहीं होती तो गू खा लेतीं।

–'उफ! कि जघन्य! मोने होच्छे की कोरे एक्टा इलिटिरेट लोकेर संगे ऐतोटा बछर काटीए दिलाम (लग रहा है कि कैसे एक इलिटिरेट आदमी के साथ इतने साल बिता दिए)।'

–'आच्छा! कि बोलले–आमी इलिटिरेट? (क्या कहा मैं इलिटिरेट)।'

पहली बार इतनी जोर से दहाड़े थे सीनियर बनर्जी मैडम बनर्जी के सामने। यह शायद सीनियर बनर्जी के लिए सबसे बड़ी गाली थी क्योंकि ज़िन्दगी के बहुत सारे बरस उन्होंने डिग्री जमा करने में खर्च किए थे–नौकरी की तमाम व्यस्तताओं के बावजूद एम.

ए., पी.एच-डी., एल.एल.बी. और बहुत सारी डिग्रियाँ और डिप्लोमा। अपने नाम के आगे डॉ. लिखने के खासतौर पर आग्रही। यहाँ तक कि बनर्जी को भी उन्होंने कोंच-कोंचकर बहुत सारी डिग्रियाँ लेने को मजबूर किया था। कभी सुस्ता जाने पर ललकारते थे–'एम.ए. पास मेए के बीए कोरेछो, तुमी बी.एस.सी. कोरेई सैटिस्फाईड। तोमार आत्तोसोम्माने लागे न? (एम.ए. पास लड़की से शादी की है तुमने। तुम बी.एस. सी. करके ही सन्तुष्ट हो? तुम्हारे आत्मसम्मान को चोट नहीं लगती)।

एम.सी.पी. ने सूचनाओं को सारी रासायनिक प्रक्रियाओं से गुज़ारकर यह निष्कर्ष निकाला है कि इसके बाद ही सीनियर बनर्जी ने वह कर दिया था जिसे 'सांघातिक अघटन' कहा जा सकता है यानी जीवन में पहली और आखिरी बार भी हाथ छोड़ दिया था मैडम बनर्जी पर और जिसकी वजह से ही मैडम बनर्जी के बहुत अन्दर कहीं कुछ बड़ा-सा दरक गया था जो मैडम बनर्जी की तवील खामोशी की चादर तले चातक ढंग से बढ़ता रहा और कालान्तर में कैंसर के रूप में प्रकट हुआ था। कारण दे गया सीनियर बनर्जी को ताज़िन्दगी पश्चात्ताप का और मैडम बनर्जी से उनकी लगातार अनुत्तरित याचना–''ओगो आमा के खोमा कोरे दाओ (मुझे माफ कर दो) तभी पूरी हुई जब मृत्यु शय्या पर आँखों के चारों तरफ काले धब्बे लिए पड़ी मैडम बनर्जी ने यही आखिरी बात कही थी–जाओ, आज आमी तोमाय खोमा कोरलाम (जाओ, आज मैंने तुम्हें माफ किया)।

–'ओहो! सॉरी, सॉरी।'

–ओह! दादू, यू आर इम्पॉसिबल, यू डोन्ट नो एनीथींग। तुमी तो माउस स्क्रॉल कोरतेउ सीखल ना। (आप तो माउस स्क्रॉल करना भी नहीं जानते)

यह जूनियर केया बनर्जी थी जो दादू को कम्प्यूटर के पाठ पढ़ा रही थी।

–'आमी तो बूड़ो होए गेछी ना टीचर। आय एम सो सॉरी (मैं तो बूढ़ा हो गया हूँ ना टीचर)।'

–'ई-मेल कोरते सीखेछो'? (ई-मेल करना सीखा)–टीचर का कठिन सवाल।

–'ना। नो अगेन आय एम सॉरी।'

दादा-पोती दोनों हँस पड़े थे। तभी बहू की आवाज़ ने ब्रेक लगाई दादा-पोती की हँसी पर।

–''मामनि चोलो। यू आर लेट फॉर द बेड''।

–''मम्मी टू मिनट्स।''

–''नो नो, एकदोम ना, कम ऑन।''

सीनियर बनर्जी देखते रहते हैं उसका जाना। उनकी हार्दिक इच्छा रही है मृत्यु से पहले एक पोते का भी मुँह देखकर जाने की हालाँकि ये गुप्त इच्छा एम.सी.पी. के सामने व्यक्त कर उन्होंने शायद कुछ गलती की थी क्योंकि एम.सी.पी. तो आखिर एम.सी. पी. है ना। एक दिन दफ्तर में ही।

–''ह्वाट इज दिस बनर्जी?''

बनर्जी कम्प्यूटर के की-बोर्ड पर उंगलियाँ चलाता हुआ मुस्कराया भर, समझ गया एम.सी.पी. खींच रहा है। ''ह्वाट इज दिस'' उसी का तकियाकलाम था जब वह तनाव में होता था।

—''बैठो।''

—''का बैठो? तुम्हारा सब कलीग लोग दो-तीन पैदा करके बैठा है और तुम अभी तक एक पर ही अटके हो। दूसरे के लिए क्यों नहीं सोचते?''

—''अरे नहीं, एक ही बहुत है।''

—''का बहुत है?—कमर में जोर नहीं रहा तो बोलना। हम पड़ोसी लोग कब काम आएँगे।''

—''तुम श्ला रह गिया हरामी का हरामी।''

वैसे बकौल एम.सी.पी. को दूसरे बच्चे के बारे में नहीं सोचने की अलग वजहें थीं जिसके बारे में एम.सी.पी. पहले भी बता चुका था—मसलन मुँह से दुर्गन्ध आना। एम.सी.पी. की बात की कुछ हद तक पुष्टि होना भी मान लिया गया क्योंकि जब बनर्जी ने अपने दाँतों के कैविटी की आर.सी.टी. (रूट कैनाल ट्रिटमेन्ट) करवाई और सिल्वर ब्रिज लगवाया उसी के कुछ महीना के बाद ये खबर मिली कि बनर्जी फिर बाप बननेवाला है। सीनियर बनर्जी ने कुछ इस तरह कहा था शायद, एम.सी.पी. को।

—'शोमझा मोहेश, चलो अब ग्रैन्ड सान का मुँह देखकर जाएगा। हाम तो सोमझा था कि द कैरियरिस्ट वूमन विल नेवर थींक ऑफ इट (कैरियरिस्ट औरत कभी इसके बारे में नहीं सोचेगी)।

पर जब दुबारा भी बच्ची ही हुई, तो शायद (क्योंकि एम.सी.पी. का भरोसा करना मुश्किल है) कहा,

—''ओह वन मोर टीचर इन आवर फैमिली'' (हमारे परिवार में एक और टीचर)।

और आप भी मेरी तरह इसे हिन्दी फिल्मों का संयोग फैक्टर ही मानेंगे कि ठीक उसी दिन न्यूजर्सी से ई-मेल पर पिऊ के पति से सूचना मिली—पिऊ इज नो मोर, शी टॉक्ड ऑफ यू ऑल ड्यूरिंग हर लास्ट डेज़ (पिऊ नहीं रही, अपने अन्तिम दिनों में आप लोगों की बात करती थी)।

जूनियर केया बनर्जी ने यह खबर अपने दादू को कुछ इस अन्दाज में दी—''दादू! हू वाज़ पिऊ (दादू पिऊ कौन थी)।''

बड़ी ज़ोर से चौंके थे सीनियर बनर्जी।

—''ह्वाय''?

—''मम्मी गॉट ए मेल—पिऊ इज़ नो मोर (मम्मी को ई-मेल आया कि पिऊ नहीं रही)।''

तभी बनर्जी आ गया था कमरे में, उसका गाल थपथपाकर बोला—पिऊ इज़ ए नाईस नेम, नो? तोमार छोट्टो बोनेर नाम पिऊ राखबो, कैमोन? (पिऊ अच्छा नाम

है ना, तुम्हारी छोटी बहन का नाम पिऊ ही रखेंगे ठीक?)

केया ने हाँ में सिर हिलाया और पिऊ-पिऊ करती हुई बाहर दौड़ गई। सीनियर बनर्जी फटी आँखों से उसका जाना देखते रहे।

वैसे एम.सी.पी. का वर्जन कुछ ज्यादा नाटकीय है। कुछ ऐसा कि बनर्जी के कमरे में आते ही सीनियर बनर्जी बुक्का फाड़कर रोने लगे–ओरे ओरू! पिऊ के आमी बोलते पारलाम ना–आमा के खोमा कोरे दे पिऊ, आमा के खोमा कोरे दे। (ओरू, पिऊ को मैं नहीं बोल पाया–मुझे माफ कर देना पिऊ)

और ये सुनकर मिस बनर्जी यानी कि पत्नी की प्रतिक्रिया थी–हुँह जोत्तो शोब, एखन आर कांदले कि होबे। पिसी बाँचबे ना आई न्यू इट बेरी वेल। आमी तो प्रायई चैटिंग कोरताम तो (हूँ, अब रोकर क्या होगा! बुआ नहीं जिएगी मैं तो पहले से जानती थी। मैं तो प्रायः चैटिंग करती थी न)।

और बनर्जी अवाक् होकर अपनी ही बीवी की ओर देखता रह गया और ये अगर टी.वी. सीरियल का कोई एपीसोड होता तो बनर्जी के उसी अवाक् चेहरे की स्टिल करके उसी पर क्रेडिट्स रोल करने लगते।

लकड़िया पीर और ड्रिफ्टवुड

लोग कहते हैं वो जो एक टूटा-फूटा घर-सा है और साथ ही एक बड़ा-सा झक्कड़ इमली का पेड़ है, उसके पास से गुजरने पर कभी कंकड़ गिरते हैं कभी पेड़ की सूखी छोटी टहनी या सूखी जड़ का कोई टुकड़ा जिसे ध्यान से देखने पर मानव की आकृति या पशु-पक्षी का अक्स उभरता-सा लगता है। कुछ लोग तो बाकायदा दिखलाते भी हैं कि फलाँ तारीख को फलाने वक्त में, जो ज्यादातर जाती शाम और आती रात के बीच का कोई वक्त होता था, जब उधर से गुजरा तो ये देखिए, ये यही वाला लकड़ी का टुकड़ा गिरा था हम पर–देखिए...देखिए एकदम उल्लू-जैसा दिखता है यह टुकड़ा। अरे वैसे नहीं, इधर से घुमाकर देखिए...हाँ लग रहा है न एकदम जैसे एक उल्लू बैठा है। अब नहीं भी लग रहा है तो कहिए कि हाँ लग रहा है या फिर 'जाकी रही भावना (शक्ल!) जैसी' सोचकर मुस्कुरा दीजिए। कुछ लोग तो इधर से गुजरना हो तो हनुमान चालीसा का पाठ शुरू कर देते हैं–'भूत-प्रेत निकट नहीं आवे'...क्योंकि भूत-प्रेतों के खिलाफ हनुमान चालीसा से ज्यादा कारगर हथियार आज तक नहीं बना। कई नास्तिक तत्त्वों को भी यह सोचकर झुरझुरी-सी हो जाती है कि जब तक तुलसी बाबा ने हनुमान चालीसा की रचना नहीं की थी उसके पहले भूत-प्रेतों के खिलाफ कौन-सा हथियार इस्तेमाल किया जाता होगा। खैर, ये सब तो आस्था की बातें हैं और इनमें तर्क की गुंजाइश कहाँ। लोग हैं कि आस्था की पुटलिया कहीं न कहीं टाँगने पर आमादा रहते हैं तो बस टाँगने लगे लाल धागे में एक छोटी लकड़ी का टुकड़ा बाँधकर उसी इमली के पेड़ पर–किसी की शादी नहीं हो रही है तो किसी को सन्तान, कोई नौकरी चाहता है तो कोई छोकरी, किसी को सबकुछ चाहिए तो किसी को कुछ-कुछ...। सब जा पहुँचते हैं लकड़िया पीर के दर पर–यही नाम भी दे दिया है भाइयों ने। कोई-कोई तो सरे शाम धूप-अगरबत्ती भी जला जाता उस मकान की दीवारों के पास बेतरतीब पड़े लकड़ी के टुकड़ों के सामने। उन लकड़ी के टुकड़ों को ध्यान से देखिए तो कहीं इन्सान, कहीं चरिन्द-परिन्द, कहीं कुछ अमूर्त्त आकृतियाँ...। गर्द गुबार हटाएँ तो कहीं-कहीं पर फीकी पड़ गई वार्निश का रंग भी दिख जाता है और सफेद पेन्ट से लिखी कुछ इबारतें भी। लेकिन धूप-हवा-पानी की मार खाकर बदरंग हो चुकी ये इबारतें और किसी और नतीजे पर न पहुँचाती हों, इतना तो लगता ही था कि ये इन्सानी कोशिशों का नतीजा थीं, न कि किसी गैर-दुनियावी करिश्मे की अभिव्यक्ति, जैसा कि आमतौर पर आजकल लोग मानने

लगे थे। इन लकड़ी की कलाकृतियों को, वैसे अभी तक इन कलाकृतियों पर तेल-सिंदूर लगाकर पूजने की प्रक्रिया पूरी तरह शुरू नहीं हुई थी पर इसकी वजह इस कस्बे में वैज्ञानिक चेतना विकसित होना नहीं था बल्कि कस्बे में कुछ ऐसे लोगों की मौजूदगी थी जिन्होंने कुछ ही साल पहले उन्हें रहते देखा था इसी मकान में—वे मतलब खजूर की-सी लम्बाईवाले, बेसँभाल बालों से भरा माथा, चेहरे पर गंगाजमुनी बेतरतीब-सी बकरदाढ़ी, जिसकी प्रतिष्ठा इन दिनों अमिताभी दाढ़ी के रूप में बढ़ गई है, हड़ियल चेहरे पर कोटरों में घुसी आँखें जो चश्मा उतार लेने पर और डरावनी दिखतीं, पान रँगे होंठों के एक किनारे से थोड़ी-सी चूती रंगीन लार, जीन्स की दूनल्ली (पैंट) पर लम्बा-सा कुर्त्ता, बाँस पर टंगा हो जैसे, कंधे पर एक चमड़े का पुरातन थैला जिसमें कई कलम, एक कैमरा जो आटोमेटिक नहीं होता था और एक लकड़ी की मूठवाला छोटा छाता, जिसकी मूठ देखते ही लोग चौंक जाते थे और पूछते थे, "कहाँ मिलेगी ये नायाब चीज?"

—ये प्यारी है मुझे, क्योंकि इसे मैंने खुद ही बनाया है—इन्हीं उंगलियों से घिस-घिसकर। इस आर्ट को कहते हैं—ड्रिफ्टवुड आर्ट। वर्षों से हवा-पानी में सूखता-भीगता, नदी-नाले में बहता-भटकता, वक्त की मार सहता, ठोकरें खाता किसी जंगल की लकड़ी का टुकड़ा पूरी तरह सीजन्ड हो जाता है। भीमबाँध के जंगलों में भटकते हुए इसे पाया था। लगा जैसे एक ईगल मुँह उठाकर मेरी तरफ देख रहा हो। घर लाकर मिट्टी-विट्टी झाड़कर हटाई, फिर सरेस कागज से रगड़-रगड़कर, घिसते-घिसते उंगलियों से खून निकल आता है तब जाके चिकना होता है। फिर अन्त में वार्निश होती है इस पर। तब कहीं जाकर तैयार होता है ड्रिफ्टवुड। इसका नाम दिया था पहले अंकल सैम। लोग माँग-माँगकर तंग करने लगे तो बढ़ई से छाते की डंडी में फिट करवा लिया। अब तो कोई हजार-पाँच सौ में भी माँगे तो नहीं दूँगा। अब कोई ड्रिफ्टवुड आर्ट का इतना बड़ा कद्रदान हो कोई तब तो हजार-पाँच सौ निकालकर दावे की जाँच करने की हिम्मत जुटाता। बदज़ौक लोग तो पीठ-पीछे कहने से भी बाज नहीं आते—"हाँ, यही सब ड्रिफ्टवुड काम आएगा अन्तिम समय में। बेटवा झोंक देगा सब साथे।"

कुछ तस्वीरें बुताँ और चन्द हसीनों के खुतूत

वैसे उनके बेटे को इस कस्बे में देखा नहीं था कभी किसी ने। बहुत ही कम संख्या थी वैसे लोगों की जिन्हें उनके परिवार में या अतीत में ताक-झाँक करने का मौका मिल पाया था, क्योंकि अपनी नौकरी के एकदम पुछल्लेवाले हिस्से में वे आए थे यहाँ और उनका आना उनके आने से पहले उनकी कहानियाँ पहुँच चुकी थीं। कुछ लोगों ने फैला रखा था कि वे एक धोतीधारी सज्जन हैं जो आनेवाले हैं यहाँ तबादलित होकर। इस कस्बे में नौकरी के सिलसिले में जो भी आता कभी अपनी खुशी से नहीं आता। दबकर-पिसकर जबरदस्ती ही आता था इसलिए तबा+दलित ही कहा जाता था इन्हें।

तो किसी भी धोतीधारी सज्जन को झोला-वोला लेकर आते देखा कि लगता है वो ही आ रहे हैं! फिर आगे बढ़ते कि एक सामूहिक हँसी। गोया उनका आना एक मजाक का विषय था। अरे! साथ में वो नहीं हैं? वो...फिर कनखी मारकर कोई अश्लील-सा इशारा भी होता था। समझनेवाले समझ जाते कि किसके बारे में बात की जा रही है। नासमझे वो अनाड़ी हैं! और एक दिन सचमुच वे आ गए। एक छोटे-से टाटा 407 पर सवार होकर कुछ तस्वीरे बुताँ और शायद चन्द हसीनों के खुतूत लेकर। सामान–कुछ तो बहुत जरूरी बर्तन–हण्डिया, गैस चूल्हा वगैरह और बहुत सारा गैरजरूरी, मसलन फूलों और काँटों (कैक्टस) के कई गमले, बहुत सारी ड्रिफ्टवुड आर्ट की कृतियाँ, एक पुराना बैंजो और थे बहुत सारे रिकार्डेड कैसेट्स, जिनके बारे में उनका कहना था कि पिछले बीस सालों से ढूँढ़-ढूँढ़कर वह अमूल्य खजाना उन्होंने जमा किया था और रिटायरमेन्ट के बाद एक बढ़िया-सा म्यूजिक सिस्टम, जो उनके बहुत सारे सपनों में से एक था, खरीदकर उस पर चैन से सुनेंगे। उस अनमोल खजाने में अमीर खाँ साहब, फैयाज़ खाँ साहब और कुमार गन्धर्व की दुर्लभ रिकार्डिंग्स तो थीं ही साथ ही रेशमा से लेकर कोहेनूर लंगा और राजस्थानी माँड से लेकर मैथिली समदाउन तक थे। तस्वीरें बुताँ की बात करें तो थे कई हजार फोटो निगेटिव्स–जिसमें कई सौ सिर्फ चेहरे और चेहरे, पोर्टेट खींचने में ज्यादा रुचि थी उनकी और गजब यह कि इन सैकड़ों तस्वीरों में उनकी पत्नी की तस्वीर सिर्फ एक–मिट्टी की एक अधबनी-सी दीवार के पीछे से झाँकती एक बच्ची को गोद में लिए, एक बच्चा दीवार पर बैठा और कोने में था उनका हस्ताक्षर और सालों पहले की एक तारीख पड़ी थी। ब्लैक एण्ड व्हाइट तस्वीर में पत्नी खूबसूरत दिखती थी। किसी ने देखते हुए टोक भी दिया–''ये क्या! आंटी की सिर्फ एक ही फोटो है इतने हजारों-हजार फोटो में आपके पास?''

–''बाकी सब तस्वीरें यहाँ हैं...।'' अपने सफेद बालों से भरे सीने पर हाथ रखते हुए जवाब दिया था तब, जब शाम के बाद आँखें अधमुँदी-सी हो आती थीं उनकी और चेहरे पर होती थी एक सायास बेमतलब-सी मुस्कान। सभी समझने लगे थे, आज का कोटा पूरा हो चुका है संध्याकालीन भंगसेवन का। इसके बाद ही–''तौफीक! ज़रा चाय बनाओ। मेरी वाली चाय!''

पहली बार के सभी आगन्तुक चौंक जाते।

–''बेटा है मेरा।''

'चौंकना' एक 'झटके' में बदल जाता था।

–''मेरा मतलब मेरे एक दोस्त का बेटा है। आजकल यहीं पढ़ता है। हमने भी कहा, चलो साथ रहेगा। कुछ सीख-पढ़ जाएगा। कुछ संस्कार सीख जाएगा। बाप तो जाहिल है एकदम। अपनी राह पर ले जाना चाहता था। इसकी अम्मा ने कहा–आपके साथ रहेगा तो सुधर जाएगा धीरे-धीरे। चाय बन गई तौफीक?''

–''जी!'' तौफीक चाय लेकर हाजिर। देखनेवालों को कहीं से बिगड़ा हुआ लग नहीं रहा था सिवाय इसके कि बेफिक्री से गुटखा चबा रहा था।

–"ओहो! फिर तुमने आज खाया?"

"नहीं...वो...अंकल...पुरानी आदत है न धीरे-धीरे...।" तौफीक धीमे-धीमे बोल रहा था, "फ्लेवर ठीक है न?"

"वाह, फ्लेवर तो एकदम सही उतारा है बेटा। ये है लोपचू का मजा। लोपचू और मकईबाड़ी के फ्लेवर में थोड़ा अन्तर होता है। लोपचू जो है...।"

फिर चाय की किस्मों, बनाने के तरीकों, पीने के आदाबों पर लम्बा-सा व्याख्यान। साथ ही बैकग्राउण्ड में बेगम अख्तर की ग़ज़ल–"दीवाना बनाना है तो...!"

"क्या गाती थी बेगम भी। थोड़ी पत्ती लगती थी आवाज़ में लेकिन उसका जवाब नहीं। लखनऊ में जब पोस्टेड था तो एक बार घर गया उनके। देखा बिस्तर पर तानपूरा लेटा है। बोली, खाविन्द है मेरा, सो रहा है मेरे बिस्तर पर। हारमोनियम पर सर रखके मरीं, वाह! क्या हसीन मौत थी एक फनकार की। अल्लाह उनको करवट-करवट जन्नत बख्शे।"

खालिस श्रोत्रिय ब्राह्मण के मुँह से यह भाषा सुनकर सभी चौंकते, लेकिन यही तो पसन्दीदा शगल था उनका। हर बार कुछ नए तरीके, नई अदा, नए अंदाज़ से चौंका देना–इसमें उन्हें विशेष आनन्द मिलता था। मसलन जब आपकी राय उनके बारे में एक नास्तिक ही बन रही होती थी तो अचानक तन्त्रशास्त्र के एक फटे-पुराने ग्रन्थ का अध्ययन करते और खुशखतनवीसी करते मिल जाते–"जो भी प्राप्त हुआ है सब माँ भगवती की कृपा है। एक बार तारापीठ गया था। शवसाधना भी की सारी रात। उस अनुभव के बारे में क्या बताऊँ! अद्‌भुत।" फिर जहाँ आप उल्टी राह पकड़ते यानी उन्हें साधक-भक्त जैसा कुछ समझने लगते, कुर्ते के बटनहोल में अचानक लेनिन का एक बैज लगाए हाजिर–

"एक फ्रेंड रूस से लेता आया था। वहाँ क्या है कि श्रम का महत्त्व ही अलग है। खैर अब तो टूट गया है, लेकिन विचार खत्म थोड़े ही होता है।" आप बस अचकचाकर मुँह देखते रहिए और वे लम्बे-लम्बे डग भरते हुए प्रस्थान कर जाएँगे। फिर जब थोड़े दिनों के बाद उनके बारे में आप टी-टोटलर की राय बनाएँ, बस अचानक एक शाम 'ओल्ड मांक' की बोतल मय गिलासों के निकालकर चौंका देते–"शौक रखते हैं न! वैसे हम तो शौक के लिए नहीं लेते। तन्त्र-साधना में यह 'कारण' कहलाता है। बस इन तीन उंगलियों के त्रिकोण से इस छोटे-से पात्र को फँसाकर मन्त्र सिद्ध कर लेता हूँ। वो भी कभी-कभी, थोड़ी-थोड़ी-रोज़े अब्र शबे माहताब में।" अब इस मासूम अदा पे आप हो जाइए कुर्बान!

कलम, कैमरा और कमरून्निसा

तो अपने इसी चौंकानेवाले कार्यक्रम के तहत उन्होंने अपने चमड़ेवाले थैले से अचानक कैमरा निकाल लिया था सालों पहले जब दफ्तर में खुशनुमा जाड़ों का मौसम चल रहा

था–गुनगुनी धूप में काम कम बातें ज्यादा। उस वक्त उनकी गंगा-जमुनी बकरदाढ़ी का रंग पूरी तरह जामुनी हुआ करता था। अब कई लोग हों तो कैमरे का निकालना तमाशेवाले का असर पैदा करता ही है। लोग पहलू बदल-बदलकर चेहरा सामने करने लगते हैं, कुछ बालों पर हाथ फेरने तो कुछ कॉलर-वॉलर ठीक करने लगते हैं। और कैमरे वाला चारों तरफ विजयी मुस्कान फेंकता हुआ। लेकिन यह क्या! वो बेगम साहिबा तो एक कोने में सरनिगूँ, उस पर कोई असर ही नहीं। किसी फिक्र में या ख्वाबोख्याल में बिल्कुल गर्क। आसपास की हलचलों से एकदम गाफिल। बड़ा नागवार गुजरना ही था उन पर। साहब, चमन में दीदावर पैदा हो चुका था, पैदा क्या हो चुका था दो बच्चे भी पैदा कर चुका था, और नरगिस थी कि अपनी बेनूरी पर रोती ही जा रही थी अब तक।

–''हैलो मैडम! आ जाइए इधर। एक फोटो हो जाए ग्रुप में। आपने यहाँ नया ज्वाइन किया है। लाजवाब फोटो खींचते हैं।'' किसी ने नरगिस का तआर्रुफ दीदावर से कराने की कोशिश की।

एपरचर सेट करते हुए उन्होंने देखा–साँवले चेहरे पर पानी की चमक।

–''कमरून्निसा जी हैं, अच्छी शायरा भी हैं।''

–ओहो, वेरी फोटोजेनिक, मैडम। आपकी एक दिन अलग से फोटोग्राफ लूँगा। शैम्पू करके आइएगा।''–उन्होंने प्रस्ताव रखा।

तड़ाक से नजरें घूमीं–एक्स रे...हड्डियों तक में सिहरन दौड़ गई उनके।

–''क्यों? क्यों फोटो लेंगे मेरी?''

–''नहीं वैसे ही मतलब...मेरा ऐसा कुछ इरादा...शौकिया फोटो...बस।''

–''सारे इरादे समझती हूँ मैं आप लोगों के। शौक! क्या शौक! मैं क्या शौक पूरा कराने आती हूँ आप लोगों के?''–गुस्से से थरथराती आवाज़ अब टूटी तब टूटी। करीब-करीब दौड़ती हुई चली गई वहाँ से–चौंकानेवाले थे भौंचक होकर चले। काफी देर तक सोचते रहे क्यों। आखिर क्यों? डायरी में लिखा कलम के शौकीन ने–दिनांक...आखिर क्यों इतनी परेशाँ हो तुम/खुले रखकर तो देखो मन के दरीचे/हर सुबह जब आएगी होले से बादे-नसीम/मेरा ही लम्स तुम्हें जगाएगा तब पा जाओगे खुद को तुम...। बस उसी दिन से कलम और कैमरे के दो 'क' के साथ तीसरा 'क' भी जुड़ गया–कमरून्निसा। कोई उनके अन्दर से चीख-चीखकर कह रहा हो जैसे–उसे तुम्हारी ही तलाश है। तुम्हारे कंधों की तलाश। सर रखकर रोने के लिए अपना कंधा उपलब्ध कराओ उसे। हालाँकि उनके कंधे का विस्तार बहुत कम था और पत्नी के सर रख देने के बाद एकदम जगह नहीं बचती थी फिर भी उन्होंने तय कर लिया कि कभी-कभी कमरून्निसा के रोने के लिए अपना कंधा जरूर मुहैया कराएँगे क्योंकि पत्नी के सिर रखते ही उन्हें नवरत्न तेल की गंध लगती थी जिससे उन्हें उबकाई आती थी। पर पत्नी थी कि किसी तरह नवरत्न तेल का साथ छोड़ने को तैयार ही नहीं थी बल्कि ऐसी आदत पड़ चुकी थी कि न लगाए तो अधकपारी उठ जाती थी। और उनकी तो अभी हाल

तक नवरत्न तेल से वही नफरत।...जब से अमिताभ बच्चन तक को नवरत्न तेल के विज्ञापन में देख लिया तब से अमिताभ बच्चन तक पर उनकी राय खराब हो गई, फिल्में तक देखनी छोड़ दीं उसकी। और उसके बरअक्स कमरून्निसा के पास भर आ जाने से उनके भी पसन्दीदा खस के इत्र की खुशबू से मुअत्तर फिज़ा...वाह! अरे वाह!

—"कभी भैंस के दूध में भागलपुर का कतरनी अरवा चावल डालकर गाढ़ी-सी खीर बनाओ और उसमें एक बूँद खस टपका दो फिर देखो..."

उनके बहुत सारे स्वर्गों में से एक स्वर्ग का कॉन्सेप्ट यह भी था। इस खस की खुशबू में हौले-हौले डूबते जाना उन्हें अच्छा लगने लगा था और लोगों को बुरा लगना शुरू हो गया था। उस वक्त उन्हें विभिन्न रूपों और ब्रांडों में कुछ बेशकीमत सलाहें और चेतावनियाँ दी गईं—

"सुनिए, ज़रा सावधान रहिएगा। ढीला शलवार का तलवार और कंडोम का कवच लेके घूमती है बैग में। अभी नया-नया नौकरी में आए हैं सो ज़रा...।"

—"अरे, दुबलाते काहे जा रहे हैं? हम तो पहले ही कहते थे केतारी (गन्ना) पेरने का मशीन है एकदम। सब रस निकालके खाली सिट्ठी छोड़ देगी।"

—"पगला देगी आपको। किच्चिन है किच्चिन (भूतनी की एक प्रजाति) हस्बैंडवा को नहीं देखते हैं, पगला दी है। साला झील पे बैठके मछली मारता रहता है। जाड़ा-गरमी-बरसात कुच्छो नहीं देखता है।"

ये सलाहें चेहरे बदल-बदलकर अभी हाल तक, बुढ़ापे तक, बदस्तूर जारी रही थीं। और चिढ़कर कहना पड़ता था उन्हें—"अरे, अब तो छोड़ दो मुझे। अब तो महिलोपयोगी भी नहीं रह गया हूँ। भइया, अब तो स्नेह निर्झर बह गया है, रेत ज्यों तन रह गया है।"

वैसे इन सलाहों की बड़ी भूमिका रही उस वक्त उनके अन्दर एक उत्सुकता पैदा करने में कि आखिर बला क्या है कमरून्निसा, जिससे लोग इतना डरते हैं। दिखती तो है एकदम सीधी-सादी। न वो नाजो अदा के जलवे न अनुचित लाभ के हलवे। कई लोगों को दूसरे तरीके से भी समझाना पड़ा—"मेरा मूलांक है आठ, समझे। भृगुसंहिता कहती है कि ऐसे लोगों की रुचि भूत-प्रेतों, जादू-टोना, डायन-जोगन में होती है, तो बलाओं से डर नहीं लगता। उनके ज्यादा नजदीक जाने की इच्छा होती है।"

—"जाइए जब विनाश काल आ गया है तो बुद्धि तो विपरीत ही होगी—समझाने वालों ने राह ली और वे कमरून्निसा के साथ ज्यादा इधर-उधर नजर आने और ज्यादा चौंकाने लगे। नतीजतन 'बला' की गाँठें खुलनी शुरू हो गई थीं।

—"मेरे नानाजान बड़े सख्त आदमी थे। सय्यदों का परिवार था। बचपन में मेरी परवरिश वहीं हुई थी। दुपट्टा ज़रा-सा खिसका कि बेहया की छड़ियों से पिटाई होती थी। उस्तानी जी शाम को आकर कुरान हिफ़्ज करा जाती थीं। जोर से हँसना तक गुनाह माना जाता था और मेरी हँसी तो उन दिनों एकदम—फलकशिग़ाफ़। वैसे अभी भी मौके-बे-मौके वैसी हँसी निकल जाती है जिसके लिए नानाजान के हाथों न जाने कितनी

बार पिटी हूँ। लेकिन नानीजान ने मुझे स्कूल भेजा। कई बार पढ़ाई का सिलसिला टूटा फिर जुड़ा। फिर नानी के इन्तकाल के बाद नानाजान ने आखिरी ख्वाहिश का एहतराम किया और पढ़ने की बाकायदा इजाजत दे दी। कहीं न कहीं उस माहौल का रियेक्शन ही रहा होगा कि अपनी मर्जी से शादी मैंने की, वो भी दूसरी बिरादरी में। तौफीक के अब्बा कुरैशी हैं। वो तो बाद में पता चला कि सचमुच के कसाई भी हैं।''–फिर वही हँसी फलकशिग़ाफ़, जिसके लिए मार पड़ती थी।–''अब तो बस यही छोटी-सी नौकरी करती हूँ, दो बच्चों के लिए जीती हूँ। जीती क्या रोज़ मरती हूँ।''

जैसे-जैसे गाँठें खुलने लगीं, खस की खुशबू घर तक आने लगी, कभी कुर्ते पर सवार होकर, तो कभी रूमाल में सिमटकर।

–''ई मियंडीबला इत्तर के लगौने छथि? अहाँ? किएक न बजैतछि?'' (यह मुसलमानों वाली इत्र किसने लगाई है? आपने? बोलते क्यों नहीं?)

कई दिनों का अबोला टूटा था, जिस दिन उनके तीन छोटे ड्रिफ्टवुड आर्टवर्क को चूल्हे में छोंककर चाय बना दी थी उनके एक मित्र के लिए पत्नी ने तभी ये यह अबोला चल रहा था।

–''सुखले औडर दऽ देलिए–चाह लाऊ, कोना हैत, कि जरत। तीन दिन सं गैस सिलेण्डर ढनढना रहल अछि। हमरा जे आगी में भेंटल जरा कऽ बना देलहूँ।'' (खाली औडर दे दिया चाय लाओ। कैसे होगा, क्या जलेगा। तीन दिन से गैस सिलेण्डर खाली पड़ा है। जो सामने मिला जलाके बना दिया।)

पत्नी का यह मानना भी था कि फोटो खींच-खींचकर अपना आटा गीला कर रहे हैं। कभी एक पैसे की भी आमदनी हुई है? दो साल पहले 'रेणु जी' की एक तस्वीर एक अंग्रेजी पत्रिका को चाहिए थी तो ये दुर्लभ तस्वीर छपने पर पच्चीस रुपये मिले थे जो उन दिनों एक बड़ी रकम थी। लेकिन उसके बाद से तो किसी ने एक चवन्नी भी नहीं दी। घर में निगेटिव्स का कूड़ा बढ़ता ही जा रहा है।

–''शौख त सबटा बेस पैघ बाबू भइया सनक। एकरे कहैत छै–घर में भूँजी भाँग नहि ड्योढ़ि पर नाच। किछु बजैत कि एक नहि छी?'' (शौक तो सारे बड़े लोगों वाले हैं, इसी को कहते हैं कि घर में भूँजी भाँग नहीं ड्योढ़ि पर नाच, बोलते क्यों नहीं?)

'बजने' (मैथिली में 'बोलने') की गुंजाइश ही कहाँ थी। सारा सुर-ताल ही बिगड़ा हुआ था। एक तो बाबूजी के कीमोथेरापी के महँगे इलाज के लिए जो लोन लिया था उसी ने सारे सवाल उलझा रखे थे। और फिर कम तनख्वाह की ताल के साथ मकान-मालिकों का मासिक-द्विमासिक चख-चख राग। बिल्ली के बच्चों की तरह कई घर घुमाते रहते थे कस्बे में साल भर। कभी पत्नी पर मकान-मालिक की हुक्मउदूली का आरोप तो कभी बच्चों पर उद्दण्डता का। एक मकान-मालिक ने तो आरोप-पत्र दाखिल करते हुए कहा कि आपके बच्चों के ऊपर से फेंकी हुई गेंद नीचे आकर गिरती है। उनकी तबीयत हुई थी कि मकान-मालिक महोदय को न्यूटन के गुरुत्वाकर्षण का

सिद्धान्त बता दें कि ऊपर से फेंकी हुई चीजें नीचे ही गिरती हैं लेकिन नतीजा तो फिर भी वही होना था–बुलाओ ठेला, लादो सामान और फिर एक दूसरे मकान में नीड़ का निर्माण फिर-फिर...हर बार नीड़ का किराया कुछ बढ़ जाता था और जेब कुछ और कड़क हो जाती थी।

करमहीन नर पावत नाहीं

वैसे तो उनका गणित बचपन से ही कमजोर था लेकिन जेब की कड़की पत्नी के जुबान की तल्खी के समानुपातिक थी इतना तो वे समझ ही गए थे।

–"अहिक आफिस मं रहिक केतको आदमी पैघ आदमी भऽ गेलाह आओर अहाँ वैह जकाँ झोलटंग रहि गलहु।" (आपके ही ऑफिस में कितने लोग बड़े आदमी बन गए और आप वैसे ही झोलटंग रह गए।)

–"तो उन सबकी तरह जाके चरणचंपन करूँ सबका कि मुझे ट्रांस्पोर्ट का चार्ज दे दीजिए, ड्राइंग डिस्बर्सिंग ऑफिसर बना दीजिए, चिरौरी करूँ कि क्या करूँ?..." वे भी थोड़ा झल्ला गए।

–किएक नऽ करब, जतऽ दू पाई भेटैंय आदमी के करऽ पड़ैत छैक। अहिंक दोख अछि। जिम्मेदारी लेबऽ नहि चाहैत छिएक। तुलसीओदास रमैन में कहलथिन अछि–सकल पदारथ पैह जग माँहि, करमहीन नर पावत नाहीं।" (क्यों नहीं करेंगे। जहाँ दो पैसे मिलते हों आदमी को करना ही पड़ता है। आपका ही दोष है, जिम्मेवारी लेना ही नहीं चाहते हैं। तुलसीदास भी कह गए हैं–सकल...)

अब जिम्मेवारी की माला तो लपककर अपनी गरदन में डाल नहीं लेते वे। जब भी दफ्तर में कोई बात होती उनको माइनस कर दिया जाता। लोग हँसकर कहते–"अरे उ तो आर्टिस्ट आदमी है। इनसे ई सब कहाँ सँभलेगा! सब चीज बेकार देख-दाख करेंगे। सबको परेशानी होगा, सो फलाँ बाबू को ही बनाइए। इनको कलम-कैमरा यही सब करने दीजिए।"

...साथ ही एक हिकारत भरी मुस्कान भी मुफ्त मिल जाती। अब इतनी हिकारत बर्दाश्त करके तो मुश्किल ही था कुछ माँगना...उनकी तो प्रवृत्ति थी लाइम-लाइट में, मंचबीच में रहने की...उन लोगों में थे वे, जो बारात में दूल्हा बनने और शवयात्रा में हो सके तो मुर्दे की जगह लेटने की चाहत रखते थे। कमरून्निसा भी कह देती–"कहाँ इन सब चक्करों में पड़िएगा। देखिए इस फोटोग्राफ को देखिए तो, मैंने ली है। लगता है थोड़ा ओवर-एक्सपोजर हो गया है न! वैसे मैं आपके फोटोग्राफी की अच्छी शागिर्द हो सकती हूँ न!" बस उलझ गए बारीकियाँ समझाने में–"देखो, अगर इस एंगल से फोटो लोगी तो सब्जेक्ट की नाक जो है वो तो बिल्कुल फ्लैट आएगी...।" बारीकियाँ खुलती गईं। खस की खुशबू घुलती रही। मरूस्थल में ओएसिस, बाढ़ में टापू, बारिश में छाता, धूप में धूपचश्मा, दस्त में ओआरएस, महीने के अन्त में ओवर टाइम पेमेन्ट

बनती जा रही थी कमरून्निसा उनके लिए...।

ऐसा भी नहीं है कि कड़की को मुलायम करने की कोशिश कभी की ही नहीं उन्होंने। कस्बे के हिसाब से एक बड़े स्टूडियोवाले से भी सम्पर्क किया था। बिजनेस रिलेशन्स बढ़ाए थे। बस किसी ज्वलनशील प्राणी ने साहब तक पहुँचा दी शिकायत पोटली–"उनका तो डबल इन्कम है साहब! वे ऑफिस रोज़ कहाँ आते हैं!" अब साहब बड़े सेंसेटिव किस्म के प्राणी। उनकी नाक के नीचे कुछ गैरकानूनी किस्म की चीज हो तो उन्हें लगातार छींकें आने लगती थीं। किसी किस्म की इन्फेक्शन से बहुत डरते थे और उनके चेम्बर में छींक भी दे कोई तो उन्हें फ्लू का डर हो जाता था। झट रूमाल रख लेते नाक पर–"जाँइए, जाँइए, बाँहर जाँइए। छुंट्टी कीं एंप्लीकेंशन हैं नं! ठींक हैं" दफ्तर के लोग फार्मूला समझ चुके थे। छुट्टी लेनी होती तो एक लीव अप्लीकेशन और बनर्जी बाबू की डिब्बी से एक चुटकी नसवार चाहिए होती थी। चेम्बर में बुलाकर उन्हें सारंगी की तरह बजे–"क्यां सुंन रहां हूँ आपंके बांरे में। कुंछ कंम्पलेन्ट आंईं हैं डंबल इंन्कम की। आंप जांनते हैं न संर्विस रूंल्स के खिलांफ हैं। मुंझे मंजबूर मंत कीजिएं।" अब संयोग कहिए या नर्वसनेस, उन्हें बनर्जी बाबू की नसवार के बगैर ही छींक आ गई और साहब नाक पर रूमाल रखकर कुर्सी से एकदम खड़े हो गए–'ठींक हैं आंप जांइए। बांहर जांइए। बांद में बांत करतां हूँ।"

फिर न साहब ने 'बाँत' की न उन्होंने साहब को 'मँजबूर' किया। और फिर वह फाइनल कोशिश कड़की उच्चाटन अभियान की–पी.एफ. से पार्टफाइनल राशि निकालकर मत्स्यपालन की गुप्त योजना। गुप्त इसलिए कि पत्नी को पता चल जाए तो अनर्थ हो जाता। अनर्थ तो वैसे भी हुआ ही और अर्थ लगाकर हुआ। गाँव में तालाब अपना ही था, रामेश्वर ने सारा जिम्मा लिया। पैसे उनके, मेहनत-व्यवस्था सारी रामेश्वर की। सम्भावित बड़े लाभ में साठ फीसदी उनका, चालीस रामेश्वर का। मछली के बिचड़े डले, धीरे-धीरे बड़े भी हो रहे थे–रोहू, कतला, मिरगल। पर शायद मछली देखकर कोशिका मइया के भी मुँह में पानी आ गया। खतरे के निशान से ऊपर होने लगी कोशिका माई। रेडियो पर रोज खबरें सुनते, पीपल के पत्ते की तरह काँपते रहते। नेपाल से पानी के शस्त्र छूटते, गाँव-कस्बे शहर जलमग्न होते जाते। पटना से प्रादेशिक समाचारों में जिस दिन अपने गाँव का नाम सुना, पूरे बीस हजार रुपयों के नोटों–बरसों की गाढ़ी कमाई के पैसों को मछलियों की शक्ल में पानी में बह-बहकर कोशिका मइया में जाते देखा। मुँह से निकला सिर्फ–'डायन'।

–"कोनो डायन-जोगिन किछु कऽ देलकऽ हमर छुटकी के।"

–"क्या अनाप-शनाप बक रही हो। दवा तो दी है। बुखार है। छूट जाएगा।"

–"उ मिठका गोलीवाला डागडर से किछु नहि हेतै। कोनो नीक सन डागडार कऽ देखाऊ। आय पाँच दिन भऽ गेलै।"

फिर तीन दिन में तीन डॉक्टर आए, सभी प्रयोगवादी थे। कोई टायफायड बता रहा था तो कोई मलेरिया। आठवें दिन कमरून्निसा जबरदस्ती कस्बे के सबसे बड़े

डॉक्टर को ले आई। उसने देखते ही कह दिया–''तुरन्त पटना-दिल्ली कहीं ले जाइए। हो सके तो किराए की गाड़ी से। जितनी जल्दी हो सके।'' दोपहर से रात तक पैसे-वैसे का इन्तजाम होता रहा–बचे-खुचे, उधार, सूद पर–हर रास्ते से। गाड़ी भी तय हो गई। लेकिन सुबह कहाँ होनी थी। छुटकी उनके हाथ पर सर रखकर लेटी तो बस–पटना-दिल्ली कहीं ले जाने की जरूरत नहीं रही।...वो पत्नी की ओर फटी-फटी आँखों को देखते रहे और उनमें एक तीव्र घृणा की चुभन महसूस करते रहे।

रात भर आती रहीं स्मृतियाँ छुटकी की। कैसे बोली थी–''जानते हैं पप्पा! मम्मी न बिल्ली को बिलैया बोलती है।'' और ''जानते हैं पप्पा! सावजी के दुकान में आम फल गया है।'' बेचारी ने छोटी-सी उम्र में आम के पेड़ तक कहाँ देखे थे। डॉक्टर 'ब्रेन फीवर था' कहकर चले गए और वे कमरुन्निसा के हाथों पर ढह गए। पत्नी जड़ थी, वे अनड़। कई दिनों तक ये हालत चली। कमरुन्निसा ने घर की कमान सँभाल ली उन दिनों जब कोई 'बजता' नहीं था घर में। ये अबोला तभी टूटा जब भाई साहब यानी 'पत्नी के भाई' आए, जो बिहार सरकार की वैसी सेवा में थे जिसकी बदौलत साल-दो साल में गाड़ियाँ बदल लेते थे। व्यंग्य से बहनोई को कवि नहीं 'कवियाठ' (सिर्फ बातें बनानेवाला) कहते थे और अब उनके जैसे दरिद्र के पंजों से बहन को हमेशा के लिए रेस्क्यू करने आए थे। बेटा सोनू और तीन बक्सों के साथ टूटी हुई पत्नी नई गाड़ी में बैठ रही थी–''कहाँ जा रही हो?''

–''.....''

–''मैंने पूछा कहाँ जा रही हो? कुछ बताओगी भी।''

–''अहाँ एकदम्मे करमहीन छी।'' पत्नी फूट पड़ी थी। गाड़ी चल पड़ी थी। गाड़ी स्टार्ट होने की हल्की मृदु धमक हजारों गुणा एम्प्लीफाइड होकर उनके दिल की धड़कन के साथ ताल मिला रही थी।

द ग्रेट इण्डियन बैचेलर्स रेसिपी

–''क्यों मियाँ आज नहीं बनेगी ग्रेट इण्डियन बैचेलर्स रेसिपी? लौट आए मटरगश्ती करके?''

–''नहीं अंकल, अभी चढ़ाता हूँ। वैसे मटरगश्ती नहीं नोट्स लेने गया था।'' तौफीक ने उनके व्यंग्य को वापस कर दिया।

–''हाँ, ठीक है ठीक है, मालूम है सब मुझे। हर दूसरे दिन तो औचक निरीक्षण में गुटखे का पाउच पकड़ता ही हूँ मैं। कैसे सुधरेगा तुम, बाप ही तो...।''

–''खिचड़ी चढ़ा दिया है। अपना ग्रेट इण्डियन बैचेलर्स रेसिपी। हुँह! बोर हो गया हूँ खाते-खाते।''

बोर तो वो भी हो गए थे और हर बार खिचड़ी खाते समय दफ्तर के सिंह जी की बात याद आ जाती थी–'खइबऽ खिचड़ी तऽ कुच्छो ना उखड़ी।''

–"अरे अंकल, आज तो आपको सोनू भइया की शादी में भी तो पटना जाना है न! दीजिए पैसा, ले आता हूँ टिकट।" तौफीक मियाँ का दाँत-निकालू प्रस्ताव था।

–"मैं खुद ले लूँगा। तुम्हारे हाथ में पैसा गया तो लौटेगा? चील के घोंसले में मांस रख दूँ?"

तौफीक बेशरमी से हँस रहा था।

–"तुम्हारी अम्मा ने कसम न दी होती कि तुम्हें साथ रखूँ तो तेरी गाँड पर लात मारके...।"

लौटकर ब्याह के बड़े किस्से सुनाए–ऐसे हुआ, वैसे हुआ। अपने चौंकानेवाले कार्यक्रम के तहत ही शायद मिठाई भी मँगवाकर दफ्तर में सबको खिलवाई जबकि किसी को ये उम्मीद थी नहीं। अपनी तरफ से, बिना किसी के पूछे बतलाया सबको–"सोनू बोल रहा था कि रिटायरमेन्ट के बाद कहाँ अकेले रहेंगे। यहीं हमारे पास आ जाएइगा। बहू भी कह रही थी। लेकिन मैंने तो कह दिया भाई कि मैं तुम्हारे बच्चे का गू-मूत करने और घोड़ा बनने नहीं आनेवाला। मैं तो बस यहीं मजे में हूँ। तुम लोग जहाँ भी रहो खुश रहो बस। मैं और मेरा ग्रेट इण्डियन बैचेलर्स रेसिपी जिन्दाबाद।"

लेकिन तौफीक की शातिर निगाहों से कब तक बात छुपी रहती। निकालने गया चुपके से पैसे उनके कुर्ते की जेब से, निकल गई विस्फोटक सामग्री–एक स्थानीय होटल का बिल। तारीखें ठीक वही जो सोनू की शादी की। यानी अंकल कहीं गए ही नहीं और साथ ही एक चिट्ठी सोनू के मामा की–"आयु. सोनू की शादी अमुक तारीख को तय हुई है। आप पिता हैं उसके लेकिन पिता का कर्त्तव्य आपने निभाया नहीं तो अधिकार कैसा? सिर्फ हर महीने कुछ पैसे भेज देने भर से कर्त्तव्य पूरा नहीं हो जाता। मैंने तो मधु से पैसे लेने से मना भी कर दिया था लेकिन उसका कहना है कि इतना तो करने दे नहीं तो पूरा छुट्टा साँड हो जाएँगे। और भी कुछ बोल रही थी किसी औरत के बारे में। खैर, ये सब गन्दी बातें मैं करना नहीं चाहता हूँ। आप बस अपने घर से ही सोनू एवं वधू को आशीर्वाद दे दीजिएगा।"

तौफीक चौंक पड़ा था और कुछ ही दिनों के बाद कमरून्निसा इस छोटे से कस्बे के जीवन में एक बड़ी चौंकानेवाली खबर बनकर आई थी उनके घर में कुछ दिनों के लिए। लोगों की आम राय इस बात पर बनी कि "अब बुढ़वा रिटायर होगा इसलिए पैसवा सब बटोरने आई है। बेटवा को पहले से भेजकर कनेक्शन बनैले (बनाए) थी।" कुछ अतिवादियों ने तो यहाँ तक कह दिया कि–"बेटवा को देखते नहीं हो, एकदम बुढ़वे जैसा ताड़-गाछ है। कुछ-कुछ तो चेहरवो मिलता है।" लोग आते-जाते ताक-झाँक की कोशिश करते रहते थे कि शायद कुछ दृश्य ऐसे नजर आ जाएँ जिस पर 'अशोभनीय', 'ऑब्जेक्शनेबल' की मुहर लगाई जा सके। लेकिन सिर्फ दोनों को साथ बैठकर चाय पीते, उन्हें बैंजो पर राग झिंझोटी बजाकर सुनाते (जिसमें वे आँखें मूँदकर एक धोती और गंजी में भिखारियों की तरह दयनीय दिख रहे थे), और दोनों मिलकर तौफीक को फटकारने के अलावा और कोई नजारा मिला नहीं। लेकिन कमरून्निसा बाहर के अंदेशों

से बेखबर घर में ही उस वक्त चौंक पड़ी थी जब तौफीक ने दबी मगर जलती आवाज में पूछा था–

–"अम्मी! अंकल हमारे क्या लगते हैं?"

–"अब्बा के दोस्त हैं, अंकल हैं बेटा।"

–"अब्बा से तो कभी बात भी नहीं करते हमारे घर जाने पर।"

–"तुम्हारे अब्बा घर पर रहते ही कब हैं?"

हंसा जाइ अकेला

रिटायर होने के बाद ही वे इसी मकान में आकर रहने लगे थे जो हिन्दुओं और मुसलमानों के मुहल्लों के बॉर्डर पर था और जिसके पास एक बड़ा-सा झक्कड़ इमली का पेड़ था। और इसी घर में उन्हें आखिरी बार देखा गया था। यह घर कमरून्निसा के घर से भी नजदीक था और दोनों वक्त का खाना वही दे जाती या तौफीक लाता था। तौफीक के बदलते रंग-ढंग पर उन्होंने कमरून्निसा से बात की तो–

–"हाँ! आजकल अपने अब्बा से ज्यादा पटती है इसकी। और न जाने क्या-क्या ऊल-जलूल समझाते रहते हैं इसे। मैं तो काम पर चली जाती हूँ। मुझे भी लगता है कि इसकी संगत बिगड़ रही है। न जाने कहाँ-कहाँ के लौंडों के साथ मोटर-बाइक पर भटकता रहता है। समझ में नहीं आता क्या करूँ?"

उन्होंने तौफीक को समझाने की कोशिश की तो मुँह के बल गिरे–

–"सब मालूम है मुझे। अब बच्चा नहीं रहा हूँ मैं। अपना भला-बुरा सोच सकता हूँ। कुछ करने के लिए पैसे चाहिए–मनी। नो मनी नो फानाफानी, समझे?"

इतना कहते-कहते जीभ लटपटाने लगी तौफीक की। पुराने भंगेड़ी थे वे, समझ गए नशा किया है उसने।

–"होश में हो तुम, साला! अम्मा खून-पसीना बहाकर कमाकर लाती है। बाप-बेटे खून पी जाओ उसका।"

–"चोप्प!" चीखा था तौफीक। वे भौंचक।

–"हमारे घर का मामला है, हम समझेंगे। तू कौन है? टाँग अड़ाई तो टाँग तोड़ दूँगा तेरी।"

वे ठक रह गए थे। अब ज्यादातर वक्त घर में ही पड़े रहते हैं और तभी उनका पुराना शौक ड्रिफ्टवुड आर्ट दीवानगी की हद तक परवान चढ़ने लगा था, जैसे वक्त पर पड़ी गर्द को सरेस कागज से रगड़-रगड़कर साफ कर देंगे। दाढ़ी बढ़ती जा रही थी और कोटरों में घुसी आँखों में आती जा रही थी एक अस्वाभाविक-सी चमक, जैसी आमतौर पर पीर-फकीरों या फिर पागलों की आँखों में होती है। सुबह से लेकर रात तक बस बेगम अख्तर, किशोरी अमोनकर, राशिद खाँ, रेशमा और सबसे ज्यादा कुमार गन्धर्व गाते रहते थे लगातार रिटायरमेन्ट के पैसों से खरीदे गए म्यूजिक सिस्टम पर... । लगता

था जैसे बरसों की प्यास बुझा रहे हों। गाने दर गाने। और सरेस कागज की लकड़ी पर घिस-घिस-घिस...।

और एक दिन कमरून्निसा रोती हुई घर आई। माथे पर पट्टी बँधी थी। उन्होंने लकड़ी पर सरेस रगड़ते हुए उसकी तरफ लकड़ाई नजर से देखा–"दोनों बाप-बेटों ने मिलकर पीटा है। इस उमर में शक करते हैं मुझ पर। मुहल्ले के मुसल्लों को लेकर समझाने आए थे नासपीटे। कहते हैं खस का इत्र लगाकर कहाँ जा रही हो?" उन्होंने कुछ कहा नहीं बस अस्वाभाविक चमकवाली आँखों से उसे देखते रहे। वो चली गई, फिर आई नहीं कभी।

फिर लोगों ने एक रात काफी धमाचौकड़ी की आवाज़ें सुनीं, जैसे कई लोग मिलकर किसी को पीट रहे हों और साथ सिर्फ गुँगुवाने की आवाज़ें...। कुमार साहब गाते हुए अचानक चुप हो चुके थे, वो भी धड़ाम की आवाज़ के साथ। शायद कैसेट में बन्द उनकी आवाज़ को म्यूजिक सिस्टम सहित किसी ने पटक दिया था। शायद कुछ लोगों ने चीखने-चिल्लाने की आवाज़ें भी सुनी थीं जिसमें 'पैसा', 'बुड्ढे', 'अम्मा', आबरू' आदि कुछ ही शब्द स्पष्ट हो पाए थे। और शायद इसमें तौफीक की आवाज़ भी हो। किसी भी शरीफ आदमी ने घर से निकलकर झाँकने तक की हिम्मत नहीं जुटाई क्योंकि तौफीक से मोहल्ले के लोग डरने लगे थे तब तक। और फिर दूसरे दिन से तो उन्हें किसी ने कभी नहीं देखा। लेकिन लोगों को रात-बिरात कुमार गन्धर्व की आवाज़ में निर्गुण भी सुनाई देता है और साथ ही लकड़ी पर सरेस कागज घिसे जाने की घिस-घिस की आवाज़ भी...या शायद सिर्फ चौंकाने के लिए लोग ऐसा कहते होंगे।

हरी पुत्तर और गजब खोपड़ी

तकरीबन सात साल पहले जब वह पैदा हुआ था तो उसका नाम उसके दद्दू ने बड़े प्यार से रखा 'हरिओम' शायद इसीलिए कि उसके दद्दू को हरिओमशरण के भजन बहुत पसन्द थे। हालाँकि इन भजनों को सुनने का कोई इन्तजाम उनके यहाँ था नहीं लेकिन दूसरे कमरे के पड़ोसी शर्माजी के घर का टेपरिकार्डर जो एक बड़े-से स्पीकर के साथ लगा हुआ था वह दिन, समय, मौसम एवं त्यौहारों के अनुसार गाने बजाता था। मसलन सुबह उठते ही हरिओमशरण, अनूप जलोटा, नरेन्द्र चंचल के भजन धीरे-धीरे समय के साथ तेज होती जाती थी। गाने की रिद्म और कई किराएदारों के बीच एकमात्र लैट्रिन में जब शर्माजी जाते तो यह सुनिश्चित कर लेते थे कि पुराने फिल्मी गानों की मधुर आवाज उसके कमरे से काफी दूर पर बने लैट्रिन तक पहुँचती रहे। नहाते समय ये रिद्म और तेज होती थी। शर्माजी जब एक बड़ा-सा बैग लटकाए जब धन्धे पर निकलते तो 'कभी आर कभी पार का तीरे नजर' लगता रहता या फिर कभी 'काँटा लगाऽऽऽ' की दारुण पुकार गूँजती। इस संगीतमय दिनचर्या को जारी रखती थी शर्मा की बहन और पत्नी जो पर्व-त्यौहारों, मौसमों और मूड के हिसाब से तय करती थीं और अड़ोसी-पड़ोसी के कान के पर्दों का कोई ख्याल नहीं रखा जाता था। यहाँ तक कि 'हरिओम' एकदम छोटा-सा था और उसे चेचक निकले थे तब भी इन गानों का स्वर धीमा नहीं हुआ था। और इसी बात पर दादी उन लोगों से लड़ भी आई थी।

हाँ तो, जब छोटा-सा था हरिओम तभी उसमें ये समझ पैदा होनी शुरू हो गई थी कि उसके नाम में कुछ हास्य रस का तत्त्व है क्योंकि जितने बच्चे थे उसे कई किराएदारों वाले मकान में उसमें से ज्यादातर उसे 'हरिओम' पुकारते वक्त अपने पेट पर भी हाथ फेरते थे और 'ओम' का उच्चारण डकार लेने की तरह करते थे। बस इससे उत्पत्ति होती थी हास्य रस की। ये बात उसे बड़ी नागवार गुजरती थी और जब से यह मालूम हुआ उसे कि उसके दद्दू ने उसका ऐसा नाम रखा है तो कभी इस बात के लिए माफ नहीं कर पाया अपने दद्दू को, जबकि उसके दद्दू बहुत ही प्यार करते थे उसे। रोज उसका हाथ पकड़कर स्कूल पहुँचाना, ले आना, यूनिट टेस्ट के दौरान ध्यान से पढ़ाना, हालाँकि उनका अंग्रेजी का उच्चारण वैसा नहीं था जैसा मिस का था, और उस मकान के बड़े से आँगन में बच्चों के साथ खेलते समय उन लोगों के एकमात्र कमरे के सामने छोटे-से बरामदे पर इकलौती कुर्सी पर बैठकर देखते रहना कि कहीं चोट-चपेट न लग जाए

उसको। यह आँगन दरअसल इसलिए बड़ा-सा था कि एक-एक कमरे में रहनेवाले इस बैरकनुमा मकान के सातों किराएदार इस आँगन को अपना बना चुके थे। हरेक कमरे के साथ छोटे-छोटे आँगनों की थिगलियाँ जुड़ जाएँ तो एक बड़ा आँगन बन ही जाता है। इसी आँगन में सातों परिवारों के सामाजिक, असामाजिक, सांस्कृतिक, गैर-सांस्कृतिक कार्यक्रम मसलन छठी-सतईसा, झोंटा-झोंटी, मुंडन-कनछेदन, तिलक-शादी, बीमारी-मौत, बर्तन-कपड़ा धुलाई, मेहँदी लगाना, चूड़िहारिन से चूड़ी पहनना, पूजा-पाठ, तीज-जितिया, सब सम्पन्न होते थे। आँगन के एक कोने पर एक शौचालय, एक बाथरूम बना था जिसमें ये पता लगाने में कि कौन है अन्दर, कोई दिक्कत दरपेश नहीं आती थी क्योंकि सारे लोग अपने-अपने कमरों से ही देख सकते थे कि अपना लोटा-बाल्टी, मग-जग, टीन का डब्बा, बोतल लेकर कौन उसमें कब घुस-निकल रहा है। और किसी ने ध्यान नहीं दिया तो टीन का दरवाजा इतने जोर से आवाज करता था कि छतों पर बैठे कौए तक उड़ जाते थे।

खैर तो हरिओम ने जब छुटपन में ही ये जान लिया कि उसके नाम में कुछ हास्य का मसाला है तो उसने तमाम कोशिशें शुरू कर दीं कि मौका मिलते ही नाम को बदल सके, जैसे किसी के पूछने पर वह कभी अपना पूरा नाम नहीं बताता–सिर्फ 'हरी' कहता था। घर का कोई आसपास न हो तो 'हैरी' भी कह देता बेहिचक। ये शायद उसके मुहल्ले से काफी दूर पर अवस्थित एक ठीक-ठाक जैसे अंग्रेजी मीडियम स्कूल में पढ़ने के कारण हुआ हो। वैसे उसके घर के बिल्कुल पास ही एक सेन्ट करेन स्कूल भी था। लेकिन उसके दद्दू ने ही उस स्कूल में उसका नाम लिखाने नहीं दिया क्योंकि उस स्कूल की संस्थापिका प्राचार्या के बारे में उसके दद्दू के ख्याल कुछ नेक नहीं थे–'किरनिया' साली अपने सन्त बन गई–अपने नाम पर 'सन्त करेन' कर दिया स्कूल का नाम, इसी सामनेवाले रूम में तो रहती थी पहले। दिनभर टौन (टाऊन) का लुच्चा-लफंगा लोग के साथ ही-ही-ठी-ठी बड़ी मुसकिल से तो रमेसर बाबू से कहके खाली करवाया गया। अब दो-चार पैसा कमा ली है, उधर रहने लगी है। उसके स्कूल में क्या पढ़ेगा 'हरिओम' ओह! फिर हरिओम! उसे इसीलिए दादी ज्यादा पसन्द थी क्योंकि उसने कभी भी उसे हरिओम नाम से नहीं पुकारा। हमेशा 'हरी पुत्तर' कहती थी। कुछ ही साल पहले यहाँ पर एक गरीब सिक्ख परिवार रहने आया था। सारे दुबले-पतले मरियल-से दिखते। दादी ने शायद उन्हीं से पुत्तर कहना सीख लिया था। रात में भी वह दादी के पास ही सोता था, पिछले कई सालों से। और दादी के पास थीं असंख्य कहानियाँ–देवी-देवताओं, राजा-रानियों, राक्षसों-जादूगरों, भूतों-चुड़ैलों का अकूत खजाना जो उसे लगता था कभी खत्म ही नहीं होंगी। जादुई संसार में पहुँच जाता था वह, बड़ा मजा आता था उसे वहाँ–कभी हनुमान बनकर राक्षसों को मारता, कभी जादुई तलवार से किसी तिलिस्म को तोड़ देता और कभी किसी ताकतवर, भयानक राक्षस से पाला पड़ गया तो कभी-कभी बिस्तर भी गीला कर देता था तब उसे मम्मी की मार खानी पड़ती थी, तब दादी ही उसका रक्षाकवच बनती थी। अपने पापा से उसकी भेंट कम ही होती थी क्योंकि उसके और

पापा के बीच सोने-जागने की रिले-रेस चलती थी। जब वह जागकर तैयार होकर स्कूल के लिए निकलता तब तक पापा सोए रहते थे और रात को जब वह खा-पीकर सो जाता तब उसके सेल्समैन पापा थके-माँदे आकर किसी तरह दो कौर निगलकर, पुरानी साड़ी के पर्दों से बाँटे गए कमरे के एक कोने में लगे बिस्तर पर सो जाते थे। शायद इसीलिए उसके पापा से जब कोई पूछ देता—कितना बड़ा हुआ लड़का तो उसे दोनों हाथों से इस तरह बताते जैसे छप्पर पर पड़े कद्दू की लम्बाई बता रहे हों क्योंकि उसे तो हमेशा सोए हुए ही देखा था उसके पापा ने। खड़ी लम्बाई वो बता भी न पाते ठीक-ठाक। संडे को उसे मौका मिलता अपने पापा से बातें करने का और अपने सपनों, चाहतों के बारे में बताने का, लेकिन संडे को दिन में उसके दद्दू और दादी उसे साथ लेकर इधर-उधर निकल जाते थे और दोपहर बाद लौटकर आते थे। उसे पता नहीं चल पाता था कि वे ऐसा क्यों करते हैं और उसके मम्मी-पापा की तबीयत कैसे लगती होगी। तबीयत उसकी आजकल पढ़ने में नहीं लगती थी और स्कूल था कि हरदम टेस्ट—वीकली टेस्ट, मन्थली टेस्ट, टर्मएंड टेस्ट, और यूनिट टेस्ट तो था ही हर वक्त। उसने महसूस किया था कि उसकी पढ़ाई उसके मम्मी-पापा के बीच तनाव का कारण थी क्योंकि एकाध बार जब उसकी नींद खुली बीच में तो देर रात तक मम्मी और पापा की फुसफुसाहट में इस तनाव को महसूस किया है उसने—"क्या जरूरत है इतने महँगे स्कूल में पढ़ाने की?" "अरे, एक ही तो बेटा है हमारा और दिन-रात मेहनत भी तो इसीलिए करता हूँ न कि जरा ठीक-ठाक पढ़-लिख जाए। कम से कम कम्पनी का ये भारी बैग लेकर धूप-हवा-पानी में इधर-उधर न भटकना पड़े। चलो अभी सो जाओ। कल कुछ बन्दोबस्त हो जाएगा फीस का।"

—मम्मी मेरा स्टडी टेबल कहाँ है, कहाँ पढ़ूँ। राहुल तो स्टडी टेबल पर पढ़ता है।

मम्मी आटा सने हाथों से, पसीना चुआते हुए, छोटे-से गैस सिलेण्डर के मुँह पर टीन का चूल्हा फिट कर रोटी सेंकने की तैयारी में थी, रोटी थाप दिया उसी के चेहरे पर।

—पढ़ना-लिखना साढ़े बाईस, बाबू को स्टडी टेबल चाहिए। यहाँ फीस देने में जान निकली जा रही है।

रोते हुए हरिओम को दद्दू ने चुप कराया, दादी ने लाड़ लगाई तब जाके चुप हुए हरी पुत्तर, दद्दू ने अपना आश्वासन पूरा कर दिखाया। दूसरे दिन एक चाय के पैकिंग बॉक्स का जुगाड़ किया। उस पर एक फूलदार साड़ी का टुकड़ा बिछाया गया। उसके सामने मचिया रखकर हरी पुत्तर खुश होकर पढ़ने बैठा। अब राहुल की तरह उसके पास भी था स्टडी टेबल। कल स्कूल में बताएगा सबको। लेकिन जब बताया तो राहुल सहित कई बच्चे हँस पड़े थे—वह समझ नहीं पाया क्यों।

एक शाम स्टडी टेबल से जब पढ़कर उठा तो पड़ोसी शर्मा अंकल के घर से आती हुई कुछ संगीतमय आवाजें सुनीं। वे आवाजें हमेशा आनेवाली गानों की आवाजों से अलग थीं। कुछ जादुई आवाजें। वह खिंचता हुआ शर्मा अंकल की खिड़की के पास

आकर खड़ा हुआ तो उसे एक जादुई खिड़की दिखाई दी, जिसके ऊपर एक रंगीन दुनिया उसे बार-बार इशारे करके बुला रही थी। पहले तो उसने इधर-उधर देखा, शायद किसी और को बुला रही हो लेकिन कोई दिखा नहीं तो वह निश्चिन्त हो गया। ये बुलावा उसी के लिए था। एक रँगीली-रसीली, सुरीली–निराली दुनिया। उसने फिर इधर-उधर देखा, कोई देख तो नहीं रहा–दद्दू, दादी, मम्मी कोई। वह बिना कोई आवाज किए उस खिड़की में से उस रँगीली दुनिया में कूद गया, धीरे से। तरह-तरह के चटकीले रंग उसके चेहरे कपड़ों पर, कई तरह की सुगन्ध बस गई उसकी नाक में, कई तरह के स्वाद से तृप्त हुआ मन, आँखों में उतर गईं कई सपन-छवियाँ, कानों में सुरीली आकर्षक सुरलहरियाँ–वाह! यह तो बड़ी खूबसूरत दुनिया थी। उसे बड़ा आश्चर्य और दुख हुआ कि इतने पास रहकर भी इस रँगीली दुनिया से इतने दिनों तक महरूम क्यों रहा। धीरे-धीरे अपने पूरे रोमछिद्रों से इस पूरी दुनिया का सारा रस पी लेना चाहता था वह, लेकिन इसी बीच दद्दू का हाथ खिड़की से अन्दर आया और उसे खींचते हुए इस रँगीली-सुरीली दुनिया से बाहर कर दिया। उसे बिल्कुल भी अच्छी नहीं लगी दद्दू की हरकत। वह पैर पटक-पटककर रोने लगा तो मम्मी के झन्नाटेदार झापड़ ने उसे स्तब्ध कर दिया। फिर सिसकते-सिसकते कब सो गया पता नहीं।

जब वह सुबह उठा तो उसे सबकुछ बड़ा फीका-फीका-सा लगा। मम्मी के कई बार चिल्लाने के बाद ब्रश और बन्दरछाप काला दन्तमंजन लेकर आँगन के चारों ओर बनी नाली के पास बैठा तो उसकी तबीयत बिल्कुल नहीं हो रही थी कि वह उस सड़ियल से ब्रश और घटिया-से दन्तमंजन लेकर दाँत साफ करे। उससे तो दाँत और काले हो जाएँगे, चमकीले सफेद कैसे होंगे। बेमन से ये काम निपटाया। कानों में सुरलहरी गूँज रही थी। "क्या आप करते हैं आँ! हाँ!" कहाँ करता था वह शर्म से सिकुड़ गया। तभी मोटा हाथी सूँड में बोतल लटकाए जाता दिखा। मोटा हाथी आगे-आगे जाता था। पीछे से हवा छूटती जाती थी–लेकिन आज उसको हँसने की तबीयत नहीं हुई। नाश्ता करने बैठा तो रोटी भुजिया और साथ में रात की बची हुई टमाटर की चटनी–

–सॉस नहीं मँगवाई मम्मी, और गाढ़ा और टेस्टी-टमाटर की छुर-छुर पतली चटनी को हाथ में लेते हुए पूछा उसने।

–चुपचाप खा और जल्दी स्कूल जा।

दद्दू का हाथ पकड़े स्कूल पहुँचा तब जाके तबीयत कुछ हरी हुई। मारुति से उतरते हुए राहुल ने उसे 'हाय' किया। दद्दू का हाथ छुड़ाकर वह राहुल की तरफ भागा–बगटुटर। दोनों हाथ पकड़कर क्लास में गए। उसने राहुल के साथ उसी रँगीली-सपनीली दुनिया की खूब बातें कीं और टिफिन खाना भूल गया। वैसे भी टिफिन में क्या था–वही सूखी रोटी और भिंडी भुजिया, कौन पिज्जा और आईसक्रीम था।

शाम को जल्दी-जल्दी पढ़ाई खत्म की, मन तो लग नहीं रहा था। फिर भी दद्दू ने पकड़कर थोड़ा पढ़ा ही दिया। स्पेलिंग्स, हिन्दी की ह्रस्व, दीर्घ की मुसीबतें। उसे लगा किताबों के बीच से वही रँगीली दुनिया हाथ से इशारे करके बुला रही थी। सबकी नजर

बचाकर धीरे से उस जादुई खिड़की से कूद गया उस पार–काफी देर तक घूमता रहा। मस्ती करता रहा, जैसा कि राहुल बार-बार कहता था। आज दादी ने खींचा उसे बाहर। दादी उसे अब अच्छी नहीं लग रही थी। उस दुनिया में दद्दू-दादी कितने खूबसूरत थे। उनके घर–कपड़े सामान कितने चमकीले और एक उसके दद्दू–बस चारखाने की एक मैली-सी लुंगी और बाँहोंवाली कुचैली-सी गंजी। और दादी उसकी कितनी काली, झुर्रियोंवाली, दो दाँत भी बाहर निकले हुए। उस दुनिया की तो चुड़ैलें तक दादी से खूबसूरत थीं। आज दादी की कहानियों में भी मन नहीं रमा। क्या रोज-रोज वही एक था राजा, एक थी रानी, एक थी परी, एक था राक्षस–बस। कहाँ अभी वह हातिम के सात सवालों को हल करने में लगा था, शक्तिमान के साथ हवा में उड़ते हुए कैसे-कैसे भयानक शत्रुओं का सामना कर रहा था, सोनपरी के चमकदार परीलोक पहुँच चुका था। सुनने और सामने देखने, घूमने में फर्क तो होता ही है–बहुत बड़ा फर्क।

–मिस! मिस! आपने वहाँ पर रांग लिखा है मिस–यह हरी पुत्तर था।

–कहाँ पर! मिस भौंचक।

–वहाँ पर! जहाँ ह्रस्व वाला लेटर भरना था न खाली जगह में, वहीं।

–क्या?

–वहाँ 'विरोध' लिखा है 'निरोध' होगा मिस!

मिस के कान लाल।

–चुप्प! 'विरोध' होगा।

एक बच्चे ने पूछ लिया तब तक। मिस 'विरोध' मतलब?

–विरोध, विरोध मतलब प्रोटेस्ट मतलब ये मुट्ठी बाँधकर हाथ हवा में लहराया मिस ने।

बच्चों ने समझा घूँसा मारना, इयाह!–चीखते हुए बच्चे एक-दूसरे को घूँसा दिखाने लगे।

हरी पुत्तर ने सोचा–उसने तो ठीक ही कहा था।

कल ही तो उस दुनिया में देखकर आया था। उस दुनिया में झूठी बातें थोड़ी ही होती हैं। फिर मिस ने उसे 'हेड डाउन' करके इतनी देर तक क्यों बिठा दिया।

–हैरी! तेरे नाम की एक मूवी बनी है। देखा तूने? राहुल पूछ रहा था टिफिन में।

–कौन मूवी?

–हैरी पॉटर और कौन-सा स्टोन है। उसमें जादू का पत्थर होता है और जादू की कहानियाँ होती हैं बड़ी गजब। कल पापा लाए थे। डी.वी.डी. पर देखा, बड़ा मजा आया। मस्त! तेरा कौन-सा डी.वी.डी. है?

हरी पुत्तर तो हैरी पॉटर की भूलभुलैया में अभी तक भटक ही रहा था अब ये डी.वी.डी.। इतना तो वह समझ गया था कि ये पिक्चर की बात है। कुछ ऐसा करे कि राहुल बस चित्त ही हो जाए।

–अरे डी.वी.डी. क्या है। मेरे पास न एक गजब खोपड़ी है।

—गजब खोपड़ी!!!—सारे बच्चे सिमटकर पास आ गए।

—हाँ, उसमें न, जैसा तूने कहा न हैरी पॉटर के पास जादुई पत्थर है, वैसा ही उससे भी डेंजर चीज है। उसमें तो किसी जादू में घुस भी सकते हैं। आदमी भी बदल सकते हैं। उससे मेरे पापा तेरे पापा बन सकते है। तेरी मम्मी मेरी मम्मी, मेरे दद्दू न उस दुनिया में अच्छे दद्दू बन सकते हैं—उस दुनिया का जादुई घर मेरा हो सकता है।

—अच्छा!

—हाँ, और क्या?

—अच्छा तेरे घर आऊँगा एक दिन, दिखाना तो वो गजब खोपड़ी। तेरे पापा क्या जादूगर हैं?

—नहीं वो तो साइंटिस्ट हैं—डेंजर साइंटिस्ट।

—अच्छा तेरा एड्रेस क्या है? फोन नम्बर बता न।

—घर तो बहुत दूर है। वहाँ पर तू पहुँच नहीं सकेगा। फोन नम्बर 346798—हरी पुत्तर ने ध्यान किया गजब खोपड़ी का। मुर्गे की तरह अकड़ाए कलगी हिलाते हुए टिफिन के बाद क्लास में घुसा। बच्चे ईर्ष्या से देख रहे थे गजब खोपड़ी के मालिक को जो जादुई दुनिया में जा सकता था, जब जी चाहे, जादूगरों से बात कर सकता था, राक्षसों को मार सकता था, आदमी को गायब कर सकता था, बदल दे सकता था। हरी पुत्तर की इज्जत बढ़ गई थी बच्चों के बीच।

—अरे हैरी, हाय! इधर पार्क में क्या कर रहा है? दिन था संडे और दद्दू और दादी के साथ हरी पुत्तर निकला था दोपहर भ्रमण पर। शायद जादुई खिड़की से अन्दर-बाहर आते-जाते वह भी कुछ-कुछ समझने लगा था मम्मी-पापा को एकान्त देने का मतलब। दद्दू और दादी जब तक—अरे! धीरे-धीरे, गिर जाएगा, तब तक तो वह भागकर राहुल के पास। उसकी आया भी खड़ी थी पास ही कुत्ते की जंजीर हाथ में पकड़े।

—कैसे आया? तेरा घर तो बहुत दूर है ना? राहुल ने पूछा।

हरी पुत्तर इधर-उधर देखने लगा। दूर से दद्दू और दादी उसे ही देख रहे थे। थोड़ी ही दूर पर एक नीले रंग की चमचमाती गाड़ी खड़ी थी। उसे दिखाकर इशारा कर दिया।

—इससे!—राहुल घोर आश्चर्य में पड़ गया।

—हाँ!

—आया और रामू काका—दूर खड़े दद्दू-दादी की ओर इशारा करते हुए कहा उसने। उस दुनिया में सभी नौकरों के नाम 'रामू काका' ही होते हैं। राहुल फिर आश्चर्य में पड़ गया। ये तो हैरी के ग्रैंडपा हैं शायद जिनके साथ स्कूल आता था वह और इस नीली गाड़ी से तो वह आया है तो हैरी कैसे आ सकता है। फिर सोचा उसने—ओ! हो सकता है हैरी की गजब खोपड़ी ने कुछ कमाल कर दिया हो।

बे ला का भू

जब से 'क़यामत से क़यामत तक' को 'क्यू एस क्यू टी' और 'दिलवाले दुल्हनिया ले जाएँगे' को डी डी एल जे कहने का प्रचलन हुआ तकरीबन उसी वक्त यह तय हो गया था कि 'बेचूलाल का भूत' को 'बे ला का भू' कहा जाएगा, हालाँकि इसकी और कई ठोस किस्म की वजहें भी थीं, मसलन बेचूलाल खुद इस बात के सख्त खिलाफ था कि उसका पूरा नाम 'बेचूलाल गुप्ता' (जो कि उसकी नज़र में एक निहायत ही पिछड़ा और बोदा नाम था) सार्वजनिक रूप से पुकारा जाए और दूसरी वजह यह कि 'बे ला का भू' में एक भयोत्पादक ध्वनि है जो भूत-प्रेत वगैरह की अस्तित्व-रक्षा के लिए बहुत ज़रूरी भी है। वैसे पूरा यकीन न हो तो किसी बच्चे के सामने ज़रा भारी आवाज़ में 'बे ला का भू' बोलकर देख लें। लेकिन ये बातें तो तब हो रही हैं जब बेचूलाल का भूत मोहल्ले में एक स्थापित भूत हो चुका है। हालाँकि बहुत सारे लोग अब भी ऐसे हैं जो बेचूलाल की मौत की खबर को ही पक्की नहीं मानते तो उसका भूत हो जाना तो दूर की बात है।

–"दुर सरवा, पूरा खान्दाने झूट्ठा है जी। एकर बाप हलौ कारेलाल गुप्ता। सब भूंइवन के नाम के फर्जी राशन कार्ड बनाके, फौल्स यूनिट देखाके, सब चीनी आर मट्टी तेलवा बेच हलथु। ओकरे ने बेटा हौ बेचुआ। अभिए तो एक हफ्ता पहले महतोजी देखलथु बेचुआ के सेठ महल्लो के गलिये-गली छछुन्दर ऐसन भागते, केतना आवाज देलथु महतोजी जी–ए बेचू! ए बेचू! काहेला सुनतौ। एकदम तिडिंग पों... ।"

ये विस्तृत मौलिक टिप्पणी थी मिसिर बाबा की जो रोज़ आस-पड़ोस के शौकिया बगीचियों से अल्लसुबह फूल तोड़ते थे, कभी-कभी तो सबको आश्चर्यचकित करते हुए इस उमर में भी धोती समेटकर छोटे-मोटे गेटों को फलांग जाते 'बड़ा ही तेज़ चैनल' के नाम से मोहल्ले में विख्यात।

–"मिसिर बाबा तू तो ऐसने बोला हौ। अरे महतोजी के साँझ के बेरिया सूझऽ हौ कुच्छो। पेठियाटाँड़ में कोबी-टमाटर बेच हथु। फेर उहैं दम तक चढ़ाके हो गेलथु जय सिरी राम। जहिया से बेचुआ महतोजी के पैसवा डुबौलको तभिए से ओकरा सब दने (सभी दिशाओं से) बस बेचुए नजर आव हौ। मोरल आदमी अब कहाँ (मरा हुआ आदमी अब कहाँ)..." –रजुआ की चाय दुकान पर किसी ने पिनका दिया।

–''तोहरिन से तो बोलने बेकार हौ। जानो हि बार नै पढ़ो लागल है अखबार। मोरल आदमी! हुँहु! जै सिरी सीताराम।''

–कहते हुए मिसिर बाबा आगे बढ़ गए रजुआ की चाय दुकान से मोड़ तक। वहाँ पर सब्जीवालियाँ बैठती हैं। उनसे हँसी-ठिठोली करना दिनचर्या में शामिल है मिसिर बाबा के–''कैसे करैला महतोआयन''–मिचमिचाती हुई मुस्की के साथ...

–''मर बुढ़वा, मरबो नाय करो है (मरता भी नहीं)''–महतोआइन का पलटवार मिसिर बाबा के द्विअर्थी संवाद (करैला सब्जी भी है और करवाया भी) के जवाब में।

–''बेचुआ के भूत नाय मिलो हौ तोहरिन के?''–मिसिर बाबा हँसकर पूछते हैं। महतोजी तो पूरे विश्वास के साथ कहते हैं कि उन्होंने किसी और को नहीं, बेचूलाल को ही देखा था, वो भी ज़िन्दा। अलबत्ता दाढ़ी-बाल बढ़े हुए थे उसके, कुछ बिड़-बिड़ करता हुआ, सहमी-सहमी चाल, छोटे-छोटे कदमों से लेकिन तेज़-तेज़ चलता हुआ, इधर-उधर देखता...पुकार सुनते ही और तेज़ चलने लगा था। शाम के समय महतोजी को वैसे देखने में दिक्कत होती थी–कुछ आँखों की तकलीफ, कुछ संध्या टॉनिक का असर। फिर भी दावा है कि उनका, वह कोई और नहीं बेचुआ ही था–''फटाक दने केन्ने बिला गया।''

–''एही, एही तो भूत का मेन क्वालिटी है। फटाक दने बिला जाता है।''–चंदर ने टिप्पणी जड़ी थी–''जब तक लंगटा बाबा को बोलाके ग्रह-शान्ति नहीं होगा बेचुआ के आत्मा को शान्ति नहीं मिलेगा।''–अपनी छोटी-सी स्टेशनरी दुकान में टंगी लंगटा बाबा की तस्वीर को प्रणाम किया था।

आँखें बन्द करते ही सिहर उठता था चंदर। बेचू की पत्नी का उस दिन का वह रूप...। महतोजी सांध्य टॉनिक के प्रभाव में थे। पहुँच गए पूछने–''बेचू आया था क्या?'' बस फिर क्या था? मर्दसूरत-गर्मसीरत बेचू की पत्नी खड्गहस्त। मर्दानी आवाज़ में फोश गालियाँ, महतो को भागने का रास्ता न सूझे, आसपास के लोग जमा हो गए। भीड़ देखते ही और भी उग्रतारा...। फिर हूँ-हूँ-हूँ, गों-गों करते हुए लाल-लाल आँखें करके, बाल खोलकर बैठ गई धरती पर डोलने लगी हूँ-हूँ-गों-गों। ज़रूर बेचूलाल का भूत ही सवार हो गया होगा उस पर, तिस पर मंगल का दिन–शक की कोई गुंजाइश ही नहीं–'भूत-प्रेत निकट नहीं आवे, महावीर जब नाम सुनावै'–चंदर बार-बार लंगटा बाबा की तस्वीर के पास चला जाता है। खासकर मंगल और शनिवार को तो अगरबत्ती जलाना बिल्कुल नहीं भूलता। यह डर और बढ़ जाता है जब तकरीबन रोज़ शाम और शनिवार को तो निश्चित रूप से, काली किनारी की सफेद साड़ी पहने बेचू की पत्नी को बुढ़वा पीपल के नीचे दीया जलाने उसी ओर जाते देखता है जिधर कारेलाल गुप्ता का कभी पुश्तैनी मकान था और पुटूस की झाड़ियों से इस कदर घिर गया था कि दूर से सिर्फ़ मकान का आधा गिरा हुआ छप्पर ही नज़र आता था। इन्हीं झाड़ियों के बाद शुरू हो जाता था वह सेवार, कीच और दुर्गन्ध से भरा तालाब जिसे इलाके के लोग प्यार से मीठा तालाब कहते थे। इन झाड़ियों का सदुपयोग तालाब के उस पार की भुँइया

टोली की औरतें शाम के वक्त प्राकृतिक पुकार का प्रत्युत्तर देने में करती थीं और कभी-कभी प्रेम में अतृप्त-तृप्त-संतृप्त आत्माओं से भी टकरा जाती थीं। मीठा तालाब का अब इतना योगदान रह गया था कि प्रेम या परीक्षा में असफल किशोर-किशोरियों को आत्महत्या की प्रेरणा देता था या फिर कुँआरी माँओं के बच्चे से छुटकारा पाने का स्थान मुहैया कराता। अब जब ऐसा परिदृश्य हो और शाम के धुँधलके में मर्दसूरत-गर्मसीरत एक औरत सफ़ेद साड़ी में बुढ़वा पीपल के नीचे दीया जलाने जा रही हो तो बचता क्या है–सिर्फ़ डरावना संगीत और पृष्ठभूमि में गूँजती लता मंगेशकर की आवाज़ ही न "होऽऽ–ओ–ओ–कहीं दीप जले कहीं दिल...ज़रा देख ले आकर परवाने–ए-ए..."

अब चंदर की तो हिम्मत भी नहीं थी कि जाकर देखता। कई बार रात में दुकान में सोए-सोए उसने देखा भी है वो रोशनी का नाच। अधगिरे मकान में टिमटिमाती-सी रोशनी कभी इधर कभी उधर–चादर को अच्छी तरह ओढ़कर गुड़ी-मुड़ी हो गया है ऐसे मौकों पर चंदर। यहाँ तक कि पेशाब का कार्यक्रम भी स्थगित कर दिया है उसने। अब उसकी दुकान ही ऐसी जगह पर थी कि कोई भी आए, बेचूलाल के भूत की चर्चा निकलनी ही थी। एक तो वह चंदर के बचपन का दोस्त और सामने ही वह पूरा डरावना लैंडस्केप–पुटूस की झाड़ियों के बीच अधगिरा मकान। फिर मीठा तालाब जिसे कुछ डरपोक किस्म के लोग भुतहा तालाब भी कहने लगे थे–गाढ़े काले अँधेरे के साम्राज्य के उस पार से भुंइयाँ टोली की एकाध टिमटिमाती रोशनी...अब ऐसे में बेचूलाल के भूत की चर्चा निकल जाए तो किसका दोष? वैसे भी जब भूत की चर्चा होती है तो आसपास ही कहीं होता है भूत–ऐसा मानता था चंदर।

लेकिन भूत बना कब बेचूलाल और मौत ही कब हुई थी उसकी? मौत के बारे में निश्चित तौर पर तो कुछ कहा नहीं जा सकता। वहीं मायके से लौटकर जो बेचू के अचानक लापता हो जाने की कहानी उसकी बीवी ने सुनाई थी वही न? और ज़्यादातर लोगों ने यकीन कर लिया था कि जिन हालातों का सामना कर रहा था बेचू, उसमें आत्महत्या के अलावा और सोचा क्या जा सकता था और आत्महत्या के बाद तो भूत हो जाना तय है। एक दिन बल्कि, एक रात तो दिखा भी था उसको यानी चंदर को या शायद वहम रहा हो सिर्फ़ उसका। किसी से कह भी तो नहीं सकता, लोगों का क्या है, ख़ासकर मिसिर बाबा तो तेज़ चैनल की गति से फैला देते ख़बर और बेचू का भूत आकर चंदर का टेंटुआ दबा देता एक रात–जैसा कहा था भूत ने। लंगटा बाबा की तस्वीर के सामने जाकर धकाधक प्रणाम करने लगा चंदर। कितनी बार कहा है छोटे भाई को आकर दुकान में सोने, लेकिन सुनता कहाँ है? आवारा है पूरा। दुकान में आकर सोएगा तो मुहल्ले के शोहदों के साथ नाइट शो पिक्चर कैसे जाएगा। इतनी दूर से...

–"ढन-ढन, टन–चंदर, ऐ चंदर, माचिस दे तो"–चंदर ने टीन के दरवाज़े में एक छोटी-सी फाँक रखी थी, उसी से देखा, चाँदनी रात थी–एक दाढ़ी-मूँछों से भरा चेहरा,

अस्त-व्यस्त, गन्दे-शन्दे हुलियेवाला एक आदमी, आँखें लाल-लाल, उसी फाँक से झाँक रहा है। चाँद की रोशनी में उसके पीले दाँत और पीले और दाढ़ी-मूँछें काली-पीली लग रही थीं। 'जय हनुमान ज्ञान गुणसागर'—ये तो बेचू है—बारह-एक तो बज ही रहा होगा।

—"तू तो जानता है न चंदर सब बात। हमने पैसा नहीं मारा किसी का"—आसमान में किसी से सम्बोधित था बेचूलाल—"सबका पैसा लौटा दूँगा—दे दे माचिस दे।" चंदर के हाथ ने ख़ुद-ब-ख़ुद माचिस को फाँक से बाहर गिरा दिया। माचिस लेकर वह दाढ़ी-मूँछोंवाला (अगर वह बेचूलाल ही था) हल्का-सा लँगड़ाता हुआ चला गया। थोड़ी दूर पर एक बीड़ी या सिगरेट जैसी चीज़ सुलगाई और बढ़ गया था उसी अधगिरे छप्परवाले मकान की ओर। चंदर ने दुबारा फाँक से झाँका तो वह कहीं नहीं था। आपादमस्तक चादर ओढ़कर 'महावीर विक्रम बजरंगी'—सुना था भूत तो आग वगैरह से डरते हैं फिर...लेकिन भूतों के बीड़ी-सिगरेट माँगने के किस्से भी तो हैं ही। उसी रात सपने में देखा था चंदर ने—उसके सीने पर बेचूलाल का भूत बैठकर कह रहा है—'टेंटुआ दबा दूँगा अगर किसी से कहा मेरे बारे।" अब यह सपना था या सच, चंदर दावे से कह नहीं सकता। फिर भी सच ही मानते हुए कहा नहीं किसी से भी...सुबह दरवाज़े के बाहर माचिस भी गिरी हुई मिली थी...लेकिन बेचू और इतना गन्दा-शन्दा हुलिया! कहाँ तो हरदम टंच रहने की आदत उसकी! यही आदत तो कई लोगों के दिलों में हसद पैदा करती रहती थी बराबर।

—"आर जे कहीं के जज्ज कलट्टर रहतिऔ बेचुआ, घरे-घर जमा करले चलो हों आर पादो हौ फुटानी।" चंदर भी साथ लगा हुआ था उन दिनों बेचूलाल के—नहीं बी.एल. के—'मायसेल्फ बी.एल. गुप्ता फ्रॉम मोर एण्ड मोर इन्वेस्टमेन्ट्स एण्ड मार्केटिंग'—अरे चंदरवा हमर बप्पा हलौ न एक नम्बर के चपंडूक। एगो नाम भी ढंग के नाय रखलकौ जी। बेचू! हुँह! कोय नाम होलौ जी।"

उसके नाम का इतिहास मालूम है मिसिर बाबा को। हालाँकि बेचूलाल कोई इतनी बड़ी हस्ती नहीं था कि उसके नाम पर शोध हो, लेकिन लोग कहते हैं नाम का कुछ असर पड़ता है। कारेलाल गुप्ता के घर जब लगातार दो सन्तानों की प्रसवकाल में ही मृत्यु हो गई तो लोगों ने कहा कि ये भुंइयाटोली की औरतों का शाप है जो हर बार किरासन तेल लेकर जाते वक्त तालाब के पास से गुज़रते हुए कहती जाती थीं—"निपूतरा मोरवो नाय करो है कारेललवा। अबरियो आधे लीटर मट्टी तेलवा देलको।" शाप-ताप, नज़र-गुज़र की काट यूँ हुई कि किसी ने टोटका बताया—इस बार सन्तान हो तो किसी भुंइया को बेच दो-एक रुपया लेकर और फिर सात रुपया देकर ख़रीद लो। टोटका काम कर गया; फेंकनी की माय जो घर का चौका-बरतन करने आती थी उसी को बेच दिया गया नवजात शिशु को और तभी से नाम पड़ गया बेचूलाल और सात तो नहीं

पाँच रुपये में वापस ख़रीद लिया। कारेलाल गुप्ता ने आज तक कोई भी चीज़ बिना मोल-भाव के ख़रीदी ही न थी तो बेटा क्या चीज़ था। बेचूलाल भी जुट गए बचपन से ही अपने नाम को सार्थक करने में–पूत के पाँव पालने में देखे जाते हैं और भूत के पाँव उल्टे हैं कि नहीं यह देखा जाता है।

–"बूझलहिं चंदर! हमर बाबा तो हलौ बड़का तान्त्रिक, एक से एक जब्बर भूत के काबू करलथु, उहें बतैलथु जेकरा पर शक हौ टंगरिया देख, तलुआ देख सीधा हौ कि उल्टा...मर सरवा इ उल्टा खोपड़ी एन्ने काहे ऐते हो...?"

चंदर ने देखा बेचू की पत्नी थी। कुछ अस्त-व्यस्त कुछ खोई-सी, आँखें लाल, परेशान दिख रही थी।

–"चंदर जी, सोफ्रामायसिन है, दीजिए तो।"

–"क्या हुआ भाभी...किसको..."

–"इनको पैर में चूहा कुतर दिया है...रात को। एतना पुराना घर है...।"

–"किनको...पुराना घर...किसके बारे में बोल रही है भाभी?"

बेचू की बीवी सँभली। अचकचाकर मिसिर बाबा को देखा। मिसिर बाबा इधर-उधर देखने लगे मानो कुछ सुना ही नहीं।

–"अरे छोटेवाले को। एतना चूहा हो गया है घर में...।"

सोफ्रामायसिन लेकर चली गई बेचू की बीवी अन्यमनस्क-सी जैसे आई थी वैसे ही।

–"कुच्छो बूझलहिं चंदर बाबू! हम कहैत हियौ न बेचूए के पैर कुतुर देलकौ चूहवा। उ राते ज़रूर नुका (छिपा) के सुतौ हौ कारेलालवाला घरवा में।"

–"नाय बाबा! एतना आदमियन में कोय ना देखलौ जी अभी तक।"

–"देखतौ रे देखतौ..." मिसिर बाबा ने भविष्यवाणी की–'सम्भे देखतो धीरे-धीरे। भूतवैन भी कहाँ जैथु। ओन्ने तालाब के दक्खिण हलौ इधर के मसान, तो के जाने के अपना नाम से दाखिल-खारिज कराके प्लाटिंग कर देखलु, बड़का इमलिया के गछवा भी कट के मकान बनना शुरू हो गेलों, त भूतवैन रहथु कहाँ? वोही से न बेचुआ के भूत ढबढियैले (घूमता) चलौ हौ टाउन में।" मिसिर बाबा की चिर-परिचित मुस्की।

दूसरे दिन बेचू के दोनों बच्चे टॉफी लेने आए स्कूल जाते वक्त तो चंदर ने ख़ासतौर से छोटेवाले की पैर की तरफ देखा...नहीं, कहीं कोई घाव का निशान नहीं।

–"का छोटू! कहाँ पर काटा चूहा? दिखाओ पैर दिखाओ?" बड़ेवाले ने बरजा–"चल छोटू! ममी ने मना किया है न किसी ने बात करने। चल...!" दोनों दौड़ गए। चंदर को बेचूलाल के भूत की हल्की-सी लंगड़ाती चाल याद आई।

हल्की-सी परमानेन्ट रूप से लंगड़ाती चाल थी कारेलाल गुप्ता की भी फीलपाँव के कारण और चंदर ने देखा था कई बार फीलपाँव वाले पैर से ही बेचू को लात खाते, बेचू ने जब कई बार अपने नाम को सार्थक करने के चक्कर में कुछ ख़रीदने-बेचने का धंधा किया था। पाँचवीं-छठी में रहा होगा बेचू, एक दिन कापियों-किताबों के साथ गया स्कूल, लौटा सिर्फ़ कॉपियों के साथ। बाप के सामने मुँह बनाकर कह दिया स्कूल

में चोरी हो गई। गद्द से पीठ पर लात पड़ी थी–"सूरतहराम! पढ़ना-लिखना साढ़े-सत्ताईस।" सबेरे पड़ोस के स्टेशनरीवाले लल्लूलालजी एक लड़के का कान पकड़े हाजिर–"देख तो कारेलाल भाय! तोर बेटवा के किताब हौ? नाम लिखल हौ–इ आयल हलथु बेचे।" लड़का रुआँसा–"बेचुए तो इ बेचा था हमको। पूछिए न चंदरवा से भी। इ भी तो खाया था हरिललवा का चाट वोहीं पैसा से।" चंदर एक-दो-तीन। स्कूल के बाहर ठेला लगानेवाले एक हाथ से बार-बार नाक पोंछनेवाले हरिलाल के हाथों में जादू था और स्कूल के बच्चों के लिए स्थायी प्रलोभन। बेचू ने कई बार चाट खिलाकर चंदर समेत कई दोस्तों को अपना मुरीद बना लिया था। इतना पक्का कि बहुत बाद में चंदर की मौसेरी बहन से बेचू के इश्क फरमाने पर भी उसने कुछ नहीं कहा उल्टे कासिद की भूमिका निभाता रहा। ये भूमिका तभी समाप्त हुई जब प्रेम संदेशों की एक कॉमन नोटबुक बेचू ने फिर बेच दी थी। चंदर की मौसेरी बहन और बेचू के प्रेम की प्रतीक वह नोटबुक जिसमें दोनों प्रेमी बारी-बारी से अपने दिलों की बातें लिखते थे और चंदर इधर-उधर पहुँचाता रहता था–एक रहस्यमयी, कीमती वस्तु की तरह सुरक्षित। पर बेचू ने एक इलेक्ट्रानिक घड़ी और एक काले गॉगल्स के बदले वह नोटबुक दे दी थी चंदर की मौसेरी बहन के एक उम्मीदवार प्रेमी को, इस मुफ़्त वादे के साथ कि अब वह कोई सम्बन्ध नहीं रखेगा उससे। चंदर को तकलीफ हुई थी और जी में आया था उसके कि बेचू का बाप अपने फीलपाँव वाले पैर से गद्द से एक लात जमाता बेचू की पीठ पर तो कितना अच्छा होता लेकिन यह हो नहीं पाया था। उस वक्त और आख़िरी बार जब वह पाँव उठा था तो उठा ही रह गया था और कारेलाल गुप्ता का पूरा शरीर थरथराता हुआ गद्द से गिर पड़ा था ज़मीन पर। यह चित्रगुप्त पूजा के कुछ दिनों के बाद की बात थी।

मोहल्ले में चार-पाँच घर कायस्थों के थे जो हर साल सार्वजनिक रूप से पूजा करते थे चित्रगुप्त महाराज की। दरअसल वक्त तब तक वैसा न हुआ था कि एक ख़ास जाति-समुदाय की कोई पूजा हो और दूसरे लोग शामिल न होते हों। मसलन चित्रगुप्त पूजा में जब मोहल्ले के कायस्थ लड़कों ने बेचूलाल को खजांची बनाने का विरोध किया तो उन्हीं में से कुछ ने कहा–"बनने दो। बेचू है तो अपना दोस्त ही न।" बेचूलाल गुप्ता ने हँसते हुए कहा था–"देख भाय, भगवान के नाम देख ले न...गुप्ता जीए के न पूजा हों चित्रगुप्त माने शॉर्ट में सी.एच. गुप्ता। हमहियौ बी.एल. गुप्ता तो तोहरिन के कौन प्राब्लम हौ?" लड़के हँस पड़े थे। वैसे भी बेचू की वाणिज्यिक और हिसाब-किताब सम्बन्धी दक्षता पर किसी को कोई संदेह न था। दरअसल उसका शुमार उन लोगों में होता था जो रेल के बर्थ के नीचे कितने इंच की जगह होती है, यह भी सही-सही बता सकता है ताकि सामान का कार्टन कितना बड़ा हो कि पूरी तरह फिट हो जाए। पर जब चित्रगुप्त महाराज की मूर्ति आई तो सबको शक हुआ क्योंकि चित्रगुप्त महाराज कुछ ज़्यादा ही बलिष्ठ लग रहे थे–उभरी हुई मांसपेशियाँ, हाथों की मुद्राएँ भी कुछ अलग ही, मुश्किल तो तब हो गई जब लेखनी-कटनी-दवात वग़ैरह

पकड़ाने का वक्त आया तो हाथों में न दवात समाए न कलम। बेचू जितनी ज्यादा सक्रियता दिखाए, लड़कों के मन में शक गहराए–''अरे दवात नै फिट होते हौ तो धागा बाँध के लटका दे न और कलम पकड़ा दे न ऐसे।''

–''अरे कलम ऐसे हथौड़ी टाइप से थोड़े पकड़ल जाहौ जी''–किसी ने शंका जाहिर की।

–''त का करबहीं, कुम्हरवा ऐसन बनाइए देलकौ''–बेचू।

–''कोन कुम्हरवा के औडर हलो जी''–आशंका+आक्रोश।

–''छोड़ न अब, अबरी पूजा शुरू करवे कि कुम्हरवा से लड़े जैबे''–बेचू ने लपेटा। ख़ैर किसी तरह पूजा-वूजा सम्पन्न हुई, हिसाब-किताब के समय फिर बवाल–मूर्ति–250/- सभी बमक गए–''हर साल तो सौ-सवा सौ में आता है।''

–''अरे भाय! महँगी बढ़ न गया है।''–बेचू ने सफाई दी।

–''चल तो देखें कोन कुम्हरवा मूर्ति दिया। एक तो साला मूर्ति का डिजाइन दोसरे कर दिया और पैसा भी जादे''–लड़के चले, रास्ते से बेचू खिसक लिया और कुम्हार के यहाँ से लौटकर लड़के बेचूलाल को ज़्यादा शिद्दत से ढूँढ़ रहे थे। रहस्य पर से पर्दा उठ चुका था। कुम्हार ने लड़कों के धौल-धप्प के डर से सारी बात उगल दी थी–''असल में मूर्तिया हलो बिसकर्मा जी के। बिसकर्मा पूजा में बच गेलौ ई वाला मूर्ति तो बेचू बाबू बोलली कि एकरे रंग-पेन्ट कर दे आर दे दे। सत्तर रूपिया में फरिया लेलकौ।'' बेचूलाल की मरकर भूत हो चुकी माँ-बहनों के साथ तरह-तरह के सम्भव-असम्भव किस्म के सम्बन्ध बनाते हुए और ढूँढ़ते रहे बेचू को।–''मामा के यहाँ चला गया है बेचुआ, काहे का बात है''–कारेलाल गुप्ता ने खाँसते हुए और फीलपाँव को सहलाते हुए पूछा था। फिर सारी बात सुनकर–''आवे दे सार के'' और फिर एक शाम जब पिछले दरवाज़े से चुपचाप घुस रहा था बेचू गद्द से पीठ पर मारने के लिए पाँव उठाया तो वही घटना हो गई जब पाँव उठा ही रह गया था और थपथपाकर. ..दरअसल सिर्फ़ गिरे थे उस रात कारेलाल, भरभरा तो पहले ही गए थे। मिट्टी तेल के घपले में दुकान का लाइसेन्स कैन्सिल हो चुका था। खर्चा चलाने के लिए मकान में एक किराएदार रखा तो मुकद्दमेबाज़ी हो गई और सरकारी दर पर किराया फिक्स करवा दिया था। पाँव उठाने से पहले बाप-बेटे में बाकायदा बहस भी हुई थी जिसमें नैतिकता-अनैतिकता, धर्म-अधर्म पर विमर्श जैसा हुआ और बेचूलाल ने घोषणा की थी कि बड़े-बड़े लोग जब कमीशन पर जी-खा रहे हैं तो उसने कौन-सा गुनाह कर दिया। बेचूलाल की इस घोषणा से कुछ ही दिन पहले विद्वान प्रधानमन्त्री और विशेषज्ञ वित्तमन्त्री ने देश के दरवाज़े-खिड़कियाँ हर तरह की हवाओं के लिए पूरी तरह खोलने की घोषणा की थी और बाज़ार की उमगती-इठलाती चाल पर उसका असर दिखने लगा था। बड़े-बड़े सूटकेस तक इस हवा में उड़कर इधर-उधर जाने लगे थे–हो सकता है बेचूलाल की घोषणा भी इस भुतही हवा से प्रभावित रही हो।

मिसिर बाबा हमेशा परेशान रहने लगे थे उन दिनों बेचू की 'हावागाड़ी' देखकर।

मोटरबाइक को हावागाड़ी कहते थे बाबा–"आँय रे चंदर, इ कौन एजेन्टी करो लागल हौ बेचुवा जेकरा में तुरन्ते हावागाड़ी मिल गेलौ। कारेलाल मरलो तो महतो के घरे खाना-पीना करो हलौ, लागो हलौ एकदम टूअर जैसन, त महतो कै महीना खरचा पानी चलैलको ओकर। अब करेलव के गाड़ल कोनो खजाना-उजाना मिल गेलौ का रे बेचुआ के? के जानो बप्पा–सड़लो तेली तो नौ सौ अधेली।" लेकिन चंदर को तो मालूम ही था कि नौ सौ क्या एक अधेली भी छोड़कर नहीं गए कारेलाल, वो तो महतो जी ने माथे पर हाथ रख दिया बेचू के, नहीं तो खाना-पीना पर भी आफत था। अपने किसी मोटरपम्पवाले परिचित को कहकर बतौर कमीशन एजेन्ट रखवा दिया और कुछ समय का तकाजा कि अब तक ऐसा दौर आ चुका था जब कमीशन एजेन्ट को दलाल, दल्ला, जोंक आदि अपमानजनक शब्दों से नहीं नवाजा जाता था बल्कि कुछ हद तक इज़्ज़तदार व्यवसाय माना जाने लगा था। ये भी शायद उन्हीं खुशगवार हवाओं का असर रहा होगा। बेचू भूत की तरह खटता–आसपास के किसानों से सम्पर्क कर एजेन्सी के लिए ऑर्डर लाना, डेमो (प्रदर्शन) करना, दुकानदारों से राब्ता कायम करना, फिर शाम को शहर में एल.आई.सी. का कुछ काम–एकबग्घा भूत की तरह काम–काम और काम–बदले में सिर्फ़ पैसा, पैसा और पैसा...साइकिल से खटारा स्कूटर और फिर सेकण्ड हैण्ड बाइक से नई चमचमाती हीरो होण्डा (इसे ही मिसिर बाबा हावागाड़ी कहते थे) की सीढ़ियाँ जल्दी-जल्दी चढ़ गया था वह। इस सीढ़ी को स्वर्ग तक की सीढ़ी बना देने का वादा करते हुए ओ.पी. सर ने उन्हीं दिनों बेचूलाल के जीवन में एन्ट्री मारी थी। ओ.पी. सर. ..क्या हैण्डसम पर्सनालिटी। जोडियक के सी. ग्रीन शर्ट, रीड एवं टेलर के बॉटल ग्रीन सूट और मैरून सिल्क टाई–पास से गुजरते तो खुशबू का एक बवंडर-सा उठता था। परिचय करानेवाले ने बताया था कि कई बार तो फ़िल्मों के लिए ऑफर मिल चुका है ओ.पी. सर को, जिसे ठुकरा देना पड़ा था उन्हें–टाइम ही कहाँ था उनके पास? एक नई दुनिया का दर्शन करानेवाले ओ.पी. सर को शायद कुछ ज़्यादा गद्‌गद होकर ओ. पी. भइया कह गया था बेचू। ओ.पी. सर ने इण्डिया किंग की डिब्बी से एक सिगरेट निकालकर बड़ी अदा के साथ एक गोल्डन म्यूजिकल लाइटर से सुलगाया। बेचू मुग्ध होकर देखता रहा–"लुक बी.एल.!" बेचू इधर-उधर देखने लगा, किसे कह रहे हैं। अरे उसे ही कह रहे हैं बी.एल., कितना अच्छा लगा सुनने में बी. एल...ल... ल...ल...गूँजती रही आवाज़।

–"दिस इज़ बिजनेस। यहाँ भइया, चाचा ये सब नहीं चलता है। गीता पढ़ी है तुमने? कोई किसी का नहीं है। सब अपना काम करने आए हैं। सो कॉल मी ओनली ओ. पी. और ओ. पी. सर, अण्डरस्टैण्ड!" बेचू को सकपकाते देखकर एक परफेक्ट क्लोज़अप स्माइल–"सीख जाओगे धीरे-धीरे। सुना है तुम्हारे बारे में। तुम एसेट हो सकते हो हमारी कम्पनी के लिए। कल ऑफिस में आना। मोर-एण्ड-मोर इन्वेस्टमेन्ट के बारे में हम बातें करेंगे। कहाँ इन छोटे-मोटे कामों में फँसे हो, लाइफ स्पॉयल कर रहे हो अपना। लाइफ में कुछ बड़ा करना है तो बड़े सपने चाहिए। डैम बिग ड्रीम्स।"

चंदर के सपने पर भी बेचूल का भूत कब्जा जमाए बैठा था। उसे लगा फिर किसी ने उसके टीन के दरवाज़े पर ढन-ढन किया है—पसीने-पसीने चंदर...खर्र...खर्र की आवाज़, जैसे नाखूनों से दरवाज़े को खरोंच रहा हो कोई—जय हनुमान...वही पुराना हथियार, हनुमान चालीसा का और सुमिरन लंगटा बाबा का—यही बचा सकते थे उसे। उसी फाँक से आँख सटाकर देखा तो कोई नहीं—खर्र-खर्र—अरे! ये कानी कुतिया है जो ठण्ड से बचने के लिए घुसना चाहती थी। तभी नज़र दूर कारेलाल के अधगिरे घर की तरफ गई, तो जी धक से रह गया। ठीक बेचू की तरह की आकृति का एक आदमी बुढ़वा पीपल के पास टहल रहा था—दाढ़ी-मूँछोंवाला मुँह, मुँह के पास जलती-बुझती चिनगारी। मिसिर बाबा से चर्चा की तो—''दुर पगला! हम हियो न जी। बाबा से तनी-मनी तन्तर-मन्तर हम भी सिखलियो। बेचूआ के भूत के काबू में करवो एक दिन, देख लिहौ। अरे सरवा! जे मोरबे नाय करलो जी, ओकर भूत कैसन? कोई देखलको, बेचूआ के लहाश?'' सच भी तो यही था, किसी ने देखी नहीं थी बेचू की लाश। देखता भी तो कैसे, सपरिवार अपने ससुराल गया था रातों-रात और वापस लौटी थी सिर्फ़ बेचू की बीवी सफेद साड़ी में दोनों बच्चों के साथ। किसी ने टोका था पहली बार तो लगी भलर-भलर रोने और फिर वही गों-गों, लाल-लाल आँखें। बाल खोलकर धरती पर बैठकर डोलना, वही डरावना रूप। तब पहली बार देखा था सबने। हर मंगल-शनिचर को भुइयाँ टोली की औरतें आने लगी थीं ढोल-झाल लेकर। सवाल पूछे जाते, मरदानी आवाज़ में जवाब मिलता। लेकिन ये सब तो बहुत बाद की बातें हैं, उस वक्त तो ओ. पी. सर का जिन्दा भूत बेचू के ऊपर चढ़ा हुआ था। दिन-रात बस ओ.पी. सर ने ये कहा...ओ.पी. सर ने वो कहा...महतोजी से आशीर्वाद लेने गया था बेचू—''चचा, नया काम शुरू कर लियौ, तू भी लगा दे पैसा, डेढ़ साल में दुगुना करके लौटैबो, मार्केट में भी ना मिलतौ इतना सूद।'' महतोजी पुराने आदमी थे। तब तो हँसकर टाल गए थे। लेकिन टाल कहाँ सके ज़्यादा दिन? ओ. पी. सर ने कह जो दिया था बेचू को—''कोई दादा, भइया, चाचा नहीं। सब तुम्हारे क्लाइंट्स हैं। कोशिश करते रहो, ट्राई ट्राई एण्ड ट्राई। चेज़ बिग ड्रीम्स। क्या कहा है माडर्न गुरु शिव खेड़ा ने? नाम सुना है या नहीं? अब तो हिन्दी में भी आ गई है। पढ़ो 'यू कैन विन'। क्या बात कही है! एकदम कोटेबल कोट है—''अ सक्सेसफुल मैन डजन्ट डू डिफ्रेन्ट थिंग्स, ही डज ओन्ली डिफ्रेन्टली।'' मतलब अलग तरीके से। ''डू थिंग्स डिफ्रेन्टली।'' अब इतनी तो अंग्रेजी सीख ही गया था बेचू घिस-घिसकर। तो डिफ्रेन्टली ये किया उसने कि महतोजी को पटाया, शकीला बुआ को मजबूर कर दिया कि अपने मरे हुए पति के पैसे को लगा दे, नारायण चा को फुसलाया कि अपने रिटायरमेन्ट के बाद मिले पैसे को इतने कम समय में दुगुना करने का इससे अच्छा मौका नहीं आएगा कभी। हवाओं में लखपति, करोड़पति बनने के सपनों के रंगीन बुलबुले तैर रहे थे। इन बुलबुलों ने भी उनके मनों को रँगा थोड़ा। कुछ महीनों में भारी ब्याज के साथ कुछ लोगों के पैसे लौटे भी, मिसिर बाबा पछताने लगे कि क्यों नहीं बेचू की बात मानकर कुछ पैसा लगा दिए। खैर, अभी भी कुछ बिगड़ा

थोड़े ही था। बिगड़ने से पहले महतो चा जो पादकर मुट्ठी बाँध लेने के लिए मशहूर थे, अपनी गाढ़ी कमाई को दुगुना-तिगुना करने का सपना पाल बैठे थे। आख़िर बेचू भी तो है बीच में। ओ.पी. सर खुश थे बेचू से–"गुड गोइंग बी.एल.। जल्दी ही एक्ज़ीक्यूटिव कटेगरी में जाओगे।" शिव खेड़ा की किताब रोज़ रात को सोने से पहले धर्मग्रन्थ की तरह पढ़ने लगा था बेचू। नीचे के एजेन्टों को प्रवचन भी देता था–"जो कन्विंस ना हो हमको बोलो, हम चलेंगे साथ, सपना दिखाओ। अभी के समय में दो का चार कौन नहीं करना चाहता। पैसा तो उड़ रहा है, खाली पकड़ने का काम है।" एकदम ओ.पी. सर की तरह महसूस करने लगा था बेचू।

रामस्वरूप वकील ने उसी दौर में बड़ी तैयारी के साथ पकड़ लिया था बेचू को। आख़िर मुहल्ले के फिटतम उम्मीदवारों में था–चंदर ठेल-ठालकर बाप की स्टेशनरी दुकान चलाने की कोशिश कर रहा था। साथ ही बेचू के साथ टूँग-टाँग कर लेता था। मिसिर बाबा का बेटा राकेश परीक्षाएँ देकर आता और बाप-बेटे मिलकर एक भूतपूर्व प्रधानमन्त्री को गालियाँ देते थे। शकीला बुआ का इदरीस बैट्री की दुकान की जुगत में लगा था। और बाकी होलटाइमर बेरोज़गार थे। अब ऐसे घोर बेरोज़गार वातावरण में बाइक पर उड़ते अपनी ही बिरादरी के बेचू पर वकील साहब की नज़र कैसे न पड़ती–बुलवा लिया अपनी पितृहीन भांजी को और मकान के केस के सिलसिले में बेचू को बार-बार घर बुलाकर चाय-मठिया भांजी के हाथ से ही भिजवाने लगे और एक बार तो फीस के पचास रुपये तक वापस करवा दिए उसी के हाथों। मगर बेचू को मिले सिर्फ़ चालीस। हँसकर कहा था उसने–"दस मेरे कमीशन के हो गए। आप लोग भी तो रख लेते हैं न कमीशन!" तभी बेचू ने तय कर लिया कि वही एकदम जोड़ी नम्बर वन है उसके लिए। यही कमीशनवाली प्रेमगाथा बाद में बेचूलाल की शादीगाथा बनी और वही मुस्कुराती भांजी मर्दसूरत-गर्मसीरत बीवी के रूप में रूपान्तरित हुई। खैर, ये तो क्षेपक हुआ, असली कथा तो बेचूलाल के भूत की है। अजब ये कि बेचूलाल का भूत अक्सर उन्हीं लोगों को दिखता था जिनके पैसे बेचू ने...। अब उमर ज़्यादा थी उनकी उस पर मोटे शीशे का चश्मा–दरअसल नारायण चा को हर शाम को तालाब किनारे जाने की आदत पड़ गई थी जबकि घर में एक किनारे शौचालय बना था। लेकिन टहलने-का-टहलना और तालाब किनारे घास पर बैठकर हवा की फुरहरी का लुत्फ ही और था। लौटते हुए एक दिन कारेलाल की टूटी खिड़की से दिखा था रोशनी का नाज। ज़रा-सा रुक गए तो लगा कि दाढ़ी-मूँछोंवाली आकृति जैसे ढिबरी लेकर एक दीवार के पास जाती है, कुछ देखती है, फिर दूसरी दीवार के पास–एक बार...दो बार...पुकार लिया था नारायण चा ने।–'के है रे!' झप से ढिबरी गुल। और फिर गाढ़े काले अँधेरे में सब गुड्डप। चंदर ने मान लिया वहम होगा नारायण चा का। लेकिन एक-दो बार उसने भी तो...नारायण चा भी मान लिया था कि वहम ही था। विश्वास-अविश्वास के बीचवाले हिस्से में झूलते हुए...।

हवा में काफी देर झूलने के बाद एम.डी. साहब का हेलिकॉप्टर लैण्ड कर गया था।

मोर-एण्ड-मोर इन्वेस्टमेन्ट के एम.डी. ...सारे छोटे, मंझोले, बड़े कार्यकर्त्ता–उत्साह का और हेलिकॉप्टर के पंखे से उड़ती हुई धूल का गुबार–चंदर भी पहुँचा था बेचू के साथ। बेचू एकदम टाई-वाई लगाकर ओ.पी. सर जैसा दिख रहा था। दिख रहे थे चारों तरफ ग्वाला टोली के ग्वाल-बाल सब। हेलिकॉप्टर का स्वागत हो-हो, ही-ही की हर्षध्वनि के साथ। बेचू ने कहा था चंदर के कान में–''देखो ही चंदर! रंक से राजा बन गेलो इ आदमी। पर्सनल हेलिकॉप्टर हौ एकर। जैसन हमर हीरो होंडवा हौं ना वैसने। ठीक से काम चलते रहलौ ना तो हमनियों के ऐसन हेलिकॉप्टर होतो।''–चंदर ने उड़ती गर्द के बीच में भी बेचू के आँख की चमक देखी थी। कार्यकर्त्ताओं की एक लम्बी लाइन–बेचू कहीं दोसौंवे नम्बर पर खड़ा था। ओ.पी. सर पचीस तक के बीच। एम.डी. ने पचीस तक ही हाथ मिलाया, फिर एक बड़ी-सी गाड़ी में बैठ गए हाथ हिलाते हुए। बेचू ने भी खूब जोर-जोर से हाथ हिलाया था। बेचू के उत्साह से चंदर भी संक्रमित हो चुका था। और दोनों ने फिर कर्जन ग्राउण्ड में बड़े पैमाने कर आयोजित पार्टी में ठेल-ठाल कर गिरते-पड़ते खाना खाया और दो-तीन कप कॉपी पी गए थे। हेलिकॉप्टराना उत्साह के साथ घर आया था बेचू। पत्नी ने भी लिपिस्टिक वग़ैरह लगाकर पूरी तैयारी कर रखी थी। बेचू का मन और गनगना आया–''अब जल्दीये मैडम के लिए कार लेना पड़ेगा। आगे सर–मैडम, पीछे बच्चा लोग।''

–''और एक कुत्ता भी, अलसेसनवाला। पिछला सीट पर से हुलकते रहेगा।''–पत्नी ने भी उत्साह के हेलिकॉप्टर को हवा दी थी।

–''नहीं! बच्चा लोग को नोच-काट सकता है, कुतवा। इससे अच्छा झबरा, छोटावाला।''–सम्मिलित खिलखिलाहट। फिर कार की सवारी बदल गई एक बड़े गुब्बारे की सवारी में, गुब्बारा फूलता गया, ऊँचे उड़ता गया, फूलता गया–ऊँचे-ऊँचे और ऊँचे और फूलते-फूलते फट। फचाक!–बेचू हड़बड़ाकर उठा–स्नेह निर्झर बह गया था, रेत ज्यों तन रह गया था–पर उस रेत में भी खूबसूरती थी, उत्साह था...

इस उत्साह पर पानी फिरने लगा था, जब कई दिनों से कई लोगों के पैसे लेकर बेचू ओ.पी. सर को ढूँढ़ रहा था। कुछ बड़े क्लाइन्ट्स की भी सम्भावना थी, जहाँ ओ.पी. सर को ले जाना था लेकिन ओ.पी. सर के तो दर्शन दुर्लभ। जब हुए दर्शन तो एक बड़े से काले लेदर बैग के साथ। बैग पर पढ़ा था बेचू ने–ड्रीमवे। सपन राह। रास्ता सपनों को साकार करने का–''बी.एल.! मैंने कम्पनी छोड़ दी है। आर.बी.आई. ने पॉलिसी चेन्ज कर दी है। टाइम भी लिमिट, इन्टरेस्ट रेट भी फिक्स्ड। अब नहीं चलेंगी ये चीज़ें। इट इज़ बेटर टू जम्प आऊट ऑफ द टाइटेनिक। अब तो बस नेटवर्क मार्केटिंग में स्कोप है। ड्रीमवे। वैसे तुम्हारा ड्रीम क्या है? पचास हजार महीना कमाना चाहते हो तो कम टू मी। देखो ये है क्वालिटी प्रोडक्ट्स कम्पनी के–कार वाश, बॉडी लोशन, डिटर्जेन्ट, शैम्पू। सिर्फ़ पाँच हजार में मेम्बरशिप शुरू। फिर बनाओ नेटवर्क। लो ये कैसेट सुनना, फिर डिसाइट करना। याद है ना–यू कैन विन। मेरी मानो तो तुम भी छोड़ दो वो सब।''–ओ.पी. सर खुशबू का बवंडर उड़ाते हुए चले गए और बेचू सोचने

लगा कि कम्पनी तो छोड़ दे लेकिन महतो चा, शकीला बुआ, नारायण चा को कहाँ छोड़ दे? किस द्वीप पर चला जाए कि उनसे भेंट ना हो कभी। ओ.पी. सर ने दुविधा के अँधेरे में फिर से उसी गीता की ही टार्च दिखाई–"कोई नहीं है तुम्हारा अपना, पराया, तुम्हारा काम है कर्म किए जाना, फल की चिन्ता छोड़ दो।" और फिर झक मारकर बेचू ड्रीमवे का बैग लेकर लौटा था और बीवी की डाँट भी खाई थी।–"ये क्या सब अनाप-शनाप उठा लाए। महतो चा आए थे क्या सब अखबार में पढ़के।"

–"हूँ।"

–"हूँ का! कुछ गड़बड़ है का?"

–"पता नहीं।" वह करवट बदलकर सोने की कोशिश करने लगा। कमीशन के मोटे पैसे मिल जाते थे, मकान का काम शुरू करवा दिया था। प्लास्टर बाकी था। किसी तरह एक कमरा फिनिश करवाके गृह-प्रवेश कर गया था। अब...दो दिन, तीन, चार हफ्ता दस दिन उन तमाम नम्बरों पर कोशिश करता रहा–वर्माजी, खोसला साहब, पोद्दारजी–हर नम्बर पर वही जवाब–दिस नम्बर हज़ नॉट एक्जिस्ट–अस्तित्व ही मिट गया था उन तमाम चेहरों का जिन्हें एम.डी. साहब के साथ हाथ मिलाकर चमकते-दमकते देखा था। कुछ दिन तो आश्वासनों से काम चलाया, फिर नज़रें बचाकर चलने लगा। एक दिन शकीला बुआ मुँह अँधेरे पूछने आ गईं तो बाथरूम में ही इतनी देर बैठा रहा कि उकताकर बाद में आने की बात कहकर चली गईं। रात में भी काफी देर से लौटने लगा था। नारायण चा ने एक दिन कानूनी नोटिस वग़ैरह की बात की तो मिसिर बाबा ने चुटकी ली–"नरायन भाय, कानून के हाथ लम्बा हो लेकिन अँखिया अन्धा हौ। कभी ओकर मुँह-पेट के भी बात सुनला? पेट भरा जा हौ बस मुँहवा बन्द। का करवहा, बड़का लोग करथु तो रासलीला, तू करवा तो करेक्टर ढीला।"

बेचू आँख-मुँह बन्द कर ड्रीमवे के काम में मन लगाने की कोशिश करता रहता। कई मीटिंग्स में गया भी। शुरुआत सपनों से–आपका सबसे बड़ा सपना क्या है! छोटे-छोटे सपनों को मारिए लात, बड़े सपनों को पकड़िए, बड़ा सोचिए–वह ओ.पी. सर के नेटवर्क में था। उन्हीं के चेन का हिस्सा–कुछ बिजनेस मिल भी रहा था। पचास हजार महीने का सपना अभी तक आँखों में अंट नहीं रहा था। ओ.पी. सर भी अभी नहीं पहुँचे थे, जबकि काफी आगे थे वे। वैसे एक-दूसरे से आमदनी के बारे में बात करने की भी मनाही थी शायद। ओ.पी. सर कभी इधर कन्विन्स करने जा रहे हैं, कभी उधर। दिल्ली जाकर इन्दिरा गांधी स्टेडियम से अमेरिका से आए मिस्टर मैकेन्जी का भाषण भी सुन आए थे। कहा जाता था उनको करोड़ों डॉलर सिर्फ़ इसी ड्रीमवे से बतौर कमीशन मिलते थे। ज़्यादातर वक्त दुनियाभर की हवाई यात्राएँ करते गुज़ारते थे–"यू कैन नॉट इमेजिन बी.एल.! भीड़! दो-दो हज़ार सिर्फ़ इन्ट्री फीस। नो फूड, नो लाजिंग इन्क्लूडेड। फिर भी स्टेडियम भर लोग हो गए थे। हाथ में एक रिस्ट बैन्ड ही गेट पास, और लेजर शो, लाइटिंग साउण्ड सिस्टम ऐसा कि मि. मैकेन्जी की साँस भी सुनाई पड़े, और लेक्चर सो इलेक्ट्रिफाइंग, सो इन्स्पाइरिंग"–बेचू कल्पना

कर रहा था, हज़ारों की भीड़ में ओ.पी. सर कहीं धक्के खाते हुए, रिस्ट बैण्ड उचकाते हुए घुसने की कोशिश कर रहे हैं, सपनों की भीड़ में–रेलम-पेल–बड़े-बड़े सपनों से टकराते हुए छोटे-छोटे मासूम सपने, मटमैले–धूसर–सुस्त सपनों पर हावी होते रंगीन चटकीले, शोख सपने...

–"आपका सबसे बड़ा सपना क्या है?" बेचू पूछ रहा था, मोटे लैन्स के चश्मे से झाँकती उबली आँखोंवाले दढ़ियल शख्स से।

–"बस वही जो चेखव या तुर्गनेव किसी ने कहा था–'वन ब्रेड टू ईट एण्ड टू लिप्स टू किस' और दोनों चीज़ें मेरे पास।"

–"फिर भी..." बेचू ने ओ.पी. सर का सुमरिन करते हुए कोशिश की।

–"बस! आप अपना वक्त बर्बाद कर रहे हैं।"–उबली आँखों वाला बोला।

बेचू भुनभुनाता हुआ बाहर आ गया–"साला जात्रा ही खराब था। बोहनी में ही ये मिल गया।" रात को पलंग के किनारे पड़े ड्रीमवे के बैग को देखते हुए सोने की कोशिश करने लगा। बच्चे सो चुके थे। पत्नी बर्तन वग़ैरह माँजकर आई।

–"सुने! मिसिर बाबा का कह रहे थे?"

–"का?"

–"आपका कम्पनी भाग गया सबका पैसा लेके। एम.डी. को गोरखपुर में गिरफ्तार कर लिया पुलिस।"

–"हाँ, कौन बोला?"

–"आजतक चैनल बोला, आर के बोलेगा?"

यानी एक तेज़ चैनल से दूसरे तेज़ चैनल तक ख़बर पहुँची और प्रसारित हो गई हर जगह। बेचू बाहर रहा था देर रात तक, तो टी.वी. कहाँ देख पाया था!

–"बड़ी उछल रहे थे, मिसिर बाबा। कह रहे थे कि वन-टू का फोर का चक्कर में सब चला गया भितरामपुर। बेचूआ डुबा दिया सबको। कल्ह भोरे आएगा सब। का कीजिएगा अब?"

एक लम्बे से हूँ...के बाद लम्बी चुप्पी। चिन्ता, तन्द्रा में हाथ शायद पत्नी के ऊपर आ गया होगा बेचू का, कि झटक दिया गया–"यहाँ जान पर आफ़त है, और आपको इ सब सूझ रहा है।" किनारे पर रहा होगा बेचू, या झटकना कुछ ज़्यादा ज़ोर का रहा होगा कि बेचू गिर पड़ा धड़ाम से उसी ड्रीमवे के बैग पर जो पड़ा था पलंग के पास ही। बॉडी लोशन की शीशी का ढक्कन खुलकर बॉडी लोशन बॉडी के पिछवाड़ेवाले हिस्से में लग गया था। हालाँकि मिसिर बाबा ने बाद में अपनी टिप्पणी में कहा था, जब रमेसर रिक्शेवाले ने मुँह अँधेरे बेचू को सपरिवार बस अड्डे पर पहुँचाते समय बेचू को हल्का लंगड़ाकर चलते हुए देखा था और ये बात फैली थी मुहल्ले में–"मार देले होतौ एक लात छतिया में लप-झप करे में। अरे! जनी (औरत) के का हौ, जब तक हौ नोट, तब तक लोट-पोट। खत्म होलौ नोट, खाओ करेजवा पे चोट।"

कई महीनों बाद लौटी थी काली किनारी की सफेद साड़ी में वह रामस्वरूप वकील

की भांजी और बेचू लापता था या मरकर भूत हो चुका था क्योंकि गाहे-बगाहे दिखता था वैसे लोगों को जिनके पैसे बेचू ने डुबाए थे और ज़्यादातर लोग वहम मानते थे उनका। इस लम्बी भूत चर्चा से ऊबकर एक शानिवार की शाम जब मिसिर बाबा ने तय किया कि आज तो बेचुआ के भूत को काबू करके छोड़ेंगे। चंदर ने साफ मना कर दिया साथ देने से। काली किनारी की सफेद साड़ी पहनकर बेचू की बीवी चली, बुढ़वा पीपल के नीचे दीया जलाने शाम के झुटपुटे में। तो पीछे-पीछे चले मिसिर बाबा और ढिबरी की रोशनी में अधगिरे मकान की टूटी खिड़की से जो अशरीरी दृश्य देखा वो ऐसा था–बेचू की बीवी सिर झुकाए बैठी है नीम अँधेरे में, सामने एक कटोरी, शायद रोटी-सब्जी रही होगी–तो आँचल में छुपाकर दीया नहीं, यही ला रही थी–बोलती जा रही है धीमी आवाज़ में, जिसको सुनने के लिए मिसिर बाबा को आगे-पीछे होना पड़ा छिपकर–"सब खत्म हो रहा है अब, गहना-गुरिया बेच के जो था सब, किसी तरह चला इतना दिन, घर गिरवी रखके सोचते हैं बैंक से लोन ले लें। कुछ दिन तो चलेगा। पता नहीं मिलेगा भी कि नहीं। बच्चा लोग को स्कूल छोड़ा दें। अब पार नहीं लग रहा है।"

बेचू कुछ नहीं सुन रहा है। भूत की तरह हँसता है। फिर ढिबरी लेकर इस दीवार पर बने कोयले के निशानों तक जाता है, फिर उस दीवार तक। बिड़बिड़ करता जा रहा है–"गिनो, गिनो ये सब लाइन। तीन साल कम्पलीट। सात साल पूरा कि बी.एल. मरा। बी.एल. मरेगा, इन्श्योरेन्स मिलेगा। सबका पाई-पाई चुका देगा बी.एल.। महतो चा, शकीला बुआ, नारायण चा सबका..."

ढिबरी की रोशनी, काले-पीले दाढ़ी बालों पर। पैर का घाव, फदफदा गया था शायद, गन्दी पट्टी बँधी है पैर पर। चाल कुछ ज़्यादा लंगड़ाती-सी, लाल-लाल उबली-सी आँखें, जैसे वर्षों से सोया न हो।

मिसिर बाबा के पैरों से कुछ खटका हुआ था शायद। चौकन्ना होकर बेचू छिप गया अधगिरी दीवार के पीछे। झाँककर वहीं से हाथ हिला-हिलाकर नहीं-नहीं का इशारा–"कहिएगा मत किसी से, किसी को भी कि हम ज़िन्दा हैं। चुका देंगे, सबका चुका देंगे तभी छुटकारा होगा भूत योनि से।"

हालाँकि मिसिर बाबा दिखे नहीं होंगे बेचू को, क्योंकि अँधेरे में थे वे। पत्नी उठ कर इधर-उधर देखने लगी–"कौन है, कहाँ है कोई?" बेचू फिर भी नहीं-नहीं किए जा रहा है। आँखों से रिस रहा है कुछ, शायद आँसू या फिर कीच...मिसिर बाबा ने चंदर को कहा करीब-करीब दौड़ते हुए आकर, कुछ ज़ोर से ही कहा ताकि आसपास के कुछ लोग भी सुन लें–"नाय रे चंदर! नाय पारलियो हम काबू करे। सच्चे बड्डी जब्बर भूत हलौ बेचूआ के!!! (नहीं रे चंदर! काबू कहीं कर सका मैं, सचमुच बड़ा जब्बर भूत था बेचुआ का)।

निकम्मों का कोरस

–हँय!!!

पूरा कमरा चौंक पड़ा था, राहते-जाँ चौंकी थी और चौंक पड़ी थी रूहे-रवाँ भी लेकिन हज्जू हटेला तब तक आईना लेकर सुकूने दिल की सीढ़ियाँ चढ़ने लगा था।

ऐसा कैसे हो सकता है आखिर! –राहते-जाँ की सँकरी-सी दरार जो पल्लों के भिड़ा देने के बाद बचती थी उसमें किसी साइंसदान की एकाग्रता से नजरें लगाकर बैठे अज्जू ने हैरानी से देखा था बिज्जू की ओर। बिज्जू अपने मुस्तकबिल को हाथों में थामे बैठा था नजरें गड़ाए रूहे-रवाँ पर। उसे गुस्सा आया था इस चौंकने के समूचे कार्यक्रम पर क्योंकि रूहे-रवाँ की उस तरफ बस वो मंज़र जवाँ होने ही वाला था जिसकी वजह से कमरे की वह खिड़की रूहे-रवाँ कहलाती थी–मतलब मंजरी अपने केंचुल से निकलकर चमकती-लहराती नागिन की तरह बाथरूम में घुस जाती थी। जब तक चौंककर इधर देखा बिज्जू ने तब तक वो मंज़र गायब हो चुका था। नागिन बाथरूम में घुस चुकी थी अपनी चमकती काली ज़िल्द के साथ और तोता चिल्ला रहा था–'मंजरी उठ, मंजरी उठ' या ऐसा ही कुछ क्योंकि तोते की ज़ुबान से कोई वाकिफ तो होता नहीं, बस अपनी बात चस्पाँ कर दी जाती है तोते की ज़बान पर। वैसे बिज्जू ने हज्जू हटेला की बात को सिरियसली नहीं लिया। उसकी दो वजहें थीं। एक तो हज्जू की आदत थी हमेशा बात से हट जाने की, इसलिए वक्त के उस दौर में बंबइया फिल्मों की तर्ज़ पर उसका नाम पड़ा था हज्जू हटेला और दूसरी वजनदार वजह यह कि जिस हज्जू की परवरिश ही हुई हो बाप की बातें सुनते और मुर्गे की लातें (टाँग) खाते वो ऐसा कैसे कर सकता था–मतलब ऐसी बंदिश और वह भी ताज़िंदगी।

अज्जू ने फिर से राहते-जाँ में नजरें गड़ा दी थीं। कुछ ऐसे कि वह कोई साईसदाँ था जो खुर्दबीन में नजरें डालकर हज्जू हटेला के जीन्स में आ गए किसी हौलनाक बदलाव को देखने-परखने की कोशिश कर रहा हो। दरअसल वह सलमा को देख रहा था, उसकी गुनगुनाहट सुन रहा था जो पता नहीं ऐसे हालात में भी कैसे गुनगुनाती रहती थी या शायद अपनी खटिये पर पड़ी अम्मा की बड़बड़ाहटें सुनने से बचने का खुद का तरीका निकाल लिया था उसने।

'–कम्बख्तमारी! हमेशा रंडी पतुरिया के तरे गाते रहे हैं। मौलाना साहेब एतना समझावे हैं दीन ईमान के बात लेकिन...' राहते-जाँ से मौलाना का नाम टपकते ही अज्जू

की कनपट्टी गरम होने लगी थी। ओह! फिर मौलाना! उसने तय कर लिया कि दारोगा बनते ही सबसे पहले इस मौलाना को किसी तगड़े से केस में फँसाएगा और ऐसी-तैसी करेगा उसकी। दूसरी तयशुदा बात ये कि सलमा को भगाकर ले जाएगा, फसाद हो तो हो—उन गोल ठोस खुशियों और उन चमकदार दाँतों की तबील-सी मुस्कुराहट के लिए कई फसादों को अंजाम देने के लिए तैयार बैठा था। जब तक वह लम्बी-सी चौंक के दायरे से निकलता उसे स्टोव पर पकते मुर्गे का ख्याल आया जिसकी खुशबू अब जाकर उसके नासापुटों में घुस रही थी। तीन जगहों पर तीन व्यतिक्रम एकसाथ घटित हुए होंगे—राहते-जाँ की राहत कम हो गई। रूहे-रवाँ की रवानी रुक गई थी और सूकूने दिल में भी कुछ खलल पड़ गया था, तभी हज्जू हटेला तेजी से सीढ़ियों से नीचे आ रहा था। हज्जू के कदमों की आहट पाकर बिज्जू ने पकते हुए मुर्गे के गरम गोश्त में हाथ डालकर दोनों रानों को हाथ जलने की कीमत पर उठा लिया था और ढक्कन तले छुपाने जा ही रहा था तब तक हज्जू... —'क्यूँ छिपाते हो उसे जिसकी जूस्तजू न रही/न तमन्ना, न हसरत और अब आरजू न रही—हाय!'' सिर पर हाथ रखकर 'जहरे इश्क' या 'समंदरे अश्क' नामवाले पारसी थियेटर के अभिनेताओं की तरह बहरेतवील में गाकर बैठ गया था हज्जू।

आरजू, हसरत, तमन्ना—ये जेलर साहब की तीनों बेटियाँ थीं जिनसे सूकूने दिल हासिल होता रहता था गुप्ता लॉज के लड़कों को। दोनों छोटीवालियों—तमन्ना और हसरत पर तो नहीं, बड़ीवाली आरजू पर पूरी तरह फिदा था हज्जू क्योंकि सूकूने दिल पर बैठकर आईना चमकाने का जवाब वह उतनी ही चमकती मुस्कान से देती थी। व्यतिक्रमों का क्रमवार वर्णन कुछ ऐसा था।

हज्जू ने आईना सेट कर लिया था एकदम सही कोण पर ताकि सूरज खिल जाए आरजू के चेहरे पर और एक मुन्नी-सी कैंची लेकर अपनी उन मूँछों को तराशने को तैयार था जो वजूद में थीं ही नहीं। जेलर साहब के मकान की पुरानी लम्बी-सी बालकनी में एक सिर नजर आ रहा था जो लाजमी तौर पर आरजू का ही होना था। हज्जू ने कम-से-कम ऐसा मान लिया था, शुरू हुआ सूरज को उछालने-वापस लाने का खेल कि बस—जो सर उठा वो आरजू का था नहीं। उस सर ने शायद कुछ देर तक बर्दाश्त किया होगा कि किसी ने गलती से ऐसा कर दिया लेकिन गलती जब बार-बार दुहराई जाने लगी तो उसमें से गुनाह की बू आने लगी। जहाँ गुनाह हो तो जेलर-जेलरानी दूर कैसे रहते। तो जेलरानी ने चिल्ला-चिल्लाकर जो कहा उससे यह तय हो गया कि शामत अब आई तब आई। कहीं हज्जू की जो थोड़ी आमदरफ्त तमन्ना और हसरत को ट्यूशन पढ़ाने के बहाने, बढ़ी है उस पर जेलर सैयद हसन साहब का हंटर न बरस जाए और इस आमदरफ्त की मियाद के पर न कतर दिए जाएँ।

रूहे-रवाँ की रवानी कुछ यूँ रुकी कि बिज्जू जब रूहे-रवाँ की खुर्दबीन में नजरें गड़ाए इन्तजार करता हुआ गुनगुना रहा था—'कब तक छुपोगी मंजरी पत्तों की आड़ में/कभी तो आम बनके आओगी बाजार में।' ये गुनगुनाहट भी कुछ-कुछ सरगोशियों-सी

ही होती थी क्योंकि दोनों मकानों की खिड़कियाँ एक-दूसरे में इतनी शिद्दत से झाँकती थीं कि किसी आवाज या खटके पर खिड़की फटाक से बंद हो जाती थी जैसा कि अभी तुरन्त हुआ था जब मुच्छू भैया, जो मंजरी के बड़े भाई थे और मोहल्ले में अपनी बड़ी-बड़ी लटकी मूँछों के कारण जाने-पहचाने जाते थे। हालाँकि उनकी पहचान उनकी रॉयल एनफील्ड मोटरसाइकिल की वजह से भी थी जो रात को डेढ़ बजे धड़धड़ाते हुए मोहल्ले में घुसती थी और उसकी आवाज से मोहल्ले के शरीफ लोग जगकर लघुशंका निवारण करते थे। उनके गमे रोज़गार के बारे में कोई भी अन्दाजा गलत हो सकता था क्योंकि किसी को पता नहीं था वह दरअसल करते क्या हैं। हालाँकि उन्हें सचिवालय में इतनी बार देखा जाता था कभी इस टेबुल, कभी उस टेबुल कि आम लोग इन्हें सचिवालय का ही कर्मचारी समझते थे और कामों के लिए पकड़ते थे। हर मंगलवार को स्टेशन के पास के ऊँचे कंगूरेवाले हनुमानजी के दर्शन के लिए मच्छी भाभी को मोटरसाइकिल पर बिठाकर पुण्य का भागी बनाने ले जाते थे और वापस आकर मच्छी भाभी अपनी मछली की तरह बिना पपनियोंवाली गोल-गोल आँखें घुमाती हुई 'फटाक' से खिड़की बंद करती थी और तोता चिल्लाता था–'मंजरी उठ, मंजरी उठ' गोया मंजरी हर वक्त सोती ही रहती हो जबकि मंजरी तो बाजवक्त काम में ही जुटी रहती थी। सिर्फ हर मंगलवार को इस तकरीबन डेढ़ घंटे के वक्त में पूरी तरह निश्िंचत और अकेली होती थी सिर्फ तोते के साथ और तोता तो मच्छी भाभी की तरह ताने नहीं मार सकता था। उसकी तेजी से बढ़ती हुई उम्र और उससे भी तेजी से बढ़नेवाले दहेज के रेट से भी तोते को कोई परेशानी नहीं थी। 'मंजरी उठ' की अविराम टेक उसने मच्छी भाभी की नकल करते-करते आयत्त कर ली थी जो सुबह पाँच बजे ही शुरू हो जाती थी और रात डेढ़ बजे तक चालू रहती थी जब मुच्छु भैया लौटते थे और काफी देर से सोई हुई भाभी, तुरन्त सोई मंजरी को ही आवाज़ की मुक्कियाँ मार-मारकर दरवाजा खोलने को कहती–'मंजरी उठ, मंजरी उठ'। नींद में चलती हुई मंजरी उठकर दरवाजा खोलती, मुच्छु भैया को खाना देती और वापस बिस्तर पर गिर जाती थी–'गुडनाईट रूहे-रवाँ!' देर रात तक पढ़ाई में डूबा बिज्जू तब कहता था।

राहते-जाँ की राहत का सरोसामाँ तब चुक गया था जब लाल दाढ़ी बालोंवाले काइयाँ से दिखनेवाले और अक्सर अज्जू के सपनों में खलल डालनेवाले मौलाना की एंट्री हुई। पान-खाए काले दाँतों से मुस्कुराते हुए 'अस्सलाम-अलेकुम बड़ी बी!' झिलंगी खटिया पर पड़ी बड़ी बी ने उठने की कोशिश की–'अरे रे! लेटी रहिए। लेटी रहिए। सलमा है ना! मेरा ख्याल रख लेगी।' इधर अज्जू अपने ही दाँतों का चूरा बना रहा होता और उसे लगता था कि मुकद्दस किताबों की बातें करता हुआ अधेड़ होता मौलाना नापाक नजरों से सलमा को देख रहा है–'सुनाओ तो सलमा, कहाँ तक हिफ्ज़ हुआ।' असल तालीम तो यही है न बड़ी बी–दीनी तालीम। बाकी सब तो बस। जिस तरह खातूने बेपर्दा घूम रही है शैतानी तालीम के असर से–सब दीन ईमान भुलाकर–लाहौल विलाकूवत!' बड़ी बी कभी सर हिलाती, कभी नाइत्तफाकी से देखती है।

नाइत्तफाकियों और नाफरमानियों के उस दौर में तकरीबन हर चीज से नाइत्तफाकी थी उन तीनों को। मसलन मच्छी भाभी जो मंजरी को सुना-सुनाकर कहती रहती थी, बल्कि याद दिलाती रहती थी कि उसे एम.ए. किए हुए सालभर हो गया है और उम्र बढ़ती जा रही है उसकी और मुच्छू भैया की आकाशवृत्तिवाली आमदनी से उस खुले मुँह को भरना मुश्किल था जो हर लड़के का बाप खोले घूमता था। न हो तो तैयारियों के नाम पर ही कुछ करती रहे जैसे गुप्ताजी के मकानवाले भैया लोग करते रहते हैं। बिज्जू को सख्त ऐतराज था इस भैयावाली बात पर और मुर्गे की टाँग चिंचोरते हुए हज्जू और अज्जू को कहा उसने–'तुम लोगों के बारे में बोल ही है'' तोते ने भी 'मंजरी उठ, मंजरी उठ' की लगातार रट लगाकर जैसे ताईद की हो इस बात की और उन्हें लगा तोते ने फटकार लगाई हो कि 'तीन-चार सालों से सिर्फ तैयारियाँ ही किए जा रहे हो और परीक्षाएँ ही दिए जा रहे हो। इतनी रद्दी जमा हो गई कि थोड़ी बेचकर मुर्गे की टाँग चबा रहे हो।' तीनों ने ध्यान न देते हुए खाना जारी रखा। सिर्फ हज्जू ने आज मुर्गे की टाँग पर अपना दावा छोड़ दिया था–'आज से कभी भी लेगपीस को हाथ भी न लगाऊँगा!!!' और यही घोषणा चौंकने का सबब बनी थी।

–क्यों बर्ड फ्लू से डर गया। क्या–अभी ही तो चिकेन सस्ता हुआ है–अज्जू।

–रानों में सिर्फ बर्ड फ्लू नहीं होता–हज्जू।

–हलाल है झटका नहीं–बिज्जू।

–चूतिये हो तुम–हज्जू।

–वजह बता वरना तेरा सिर टुकड़े-टुकड़े हो जाएगा–बिज्जू बेताल बन गया था।

–आज सलमा के यहाँ गया था, वहाँ... –हज्जू।

–दोस्त-दोस्त न रहा–अज्जू।

–चुप बे–हज्जू।

–ये तो सरासर हममजहब होने का नाजायज फायदा है। अज्जू बेचारा तो गया काम से। सलमा पर तो वही कॉन्सेन्ट्रेट कर रहा था–बिज्जू।

–तुम लोगों से बात करना ही बेकार है। उतना तो जालिम की तलवार ने भी न ढाया कहर/जितना कमअक्लों ने है दुनिया को बरबाद किया–हज्जू वॉकआउट कर गया।

खाजेकलाँ की उस गली में गुप्ताजी के मकान में उस दिन एक फसाद होते-होते रह गया क्योंकि हज्जू हटेला हट चुका था वहाँ से। अज्जू-बिज्जू परेशान आखिर ऐसी कौन-सी बात है जो हज्जू उनसे शेयर नहीं कर रहा जबकि किताबें, सिगरेटें, प्रेमिकाएँ और चड्डी तक शेयर करने का चलन है उनमें। राहते-जाँ, रूहे-रवाँ और सूकूने-दिल पर कोई भी जा सकता था थोड़ी राहत, थोड़े सूकून के लिए, हाड़तोड़ एवं दिमागनिचोड़ पढ़ाई के बाद। सिर्फ अलिखित रूप से तय था कि कॉन्सेंट्रेट एक पर ही करना है। तो फिर ये छिपाव-दुराव क्या है...आखिर इसी दुनिया में कासिदों के महबूबाओं को लेकर चंपत हो जाने के भी तो किस्से हैं। अब अज्जू दारोगा बनके भी क्या करेगा। घोड़े की तरह पसीने-पसीने होकर, कुत्ते की तरह हाँफता हुआ गांधी मैदान को कदमों से रोज

नापकर क्या करेगा अब, और क्या करेगा दारोगा की दौड़ में गले में प्यास के काँटे उगाकर, एक बड़ी भीड़ के साथ दौड़कर।

–'चल बेटा अज्जू! तू ही मुखाग्नि दे दे। अब क्या ठिकाना। कब नौकरी हो, शादी हो, बेटा हो और मुखाग्नि दे।' सिगरेट दबी थी बिज्जू के होंठों में, मुर्गे की रानों के भरपूर सदुपयोग के बाद। माहौल को हल्का कर इरादा था हज्जू और अज्जू के बीच सुलह का। अज्जू किसी भी तरह सुलहनामे पर दस्तखत को तैयार नहीं। एक कोना पकड़ लिया था। आखिर हज्जू ने ही चुप्पी पर हथौड़ा चलाया–"यकीन नहीं होता, आज के दौर में भी ऐसा हो सकता है। मुर्गे की रान जैसी मामूली चीज के लिए तलाक!" हज्जू संजीदा था और उसके संजीदा होते ही उसके हाथ से अज्जू-बिज्जू सिगरेट ले लेना चाहते थे क्योंकि ऐसी हालत में वो सिगरेट के लगातार कश मारने लगता था और ये जुल्म दोनों बर्दाश्त करने को तैयार नहीं थे। "लेकिन मुर्गे की रान और तलाकवाली कहानी से पहले एक बुरी खबर हज्जू।" मजाक करते हुए भी कहीं तकलीफ में था– "आरजू की मासूम आरजुओं के कत्ल की साजिश हो रही है जेलर के घर और ये बरबादी किसके जरिए हो रही है, एनी गेस? ऑप्शन दूँ–हज्जू, बिज्जू, अज्जू और भाईजान। और द राईट अन्सर इज भाईजान–तालियाँ"–अज्जू-बिज्जू देखे जा रहे हैं हज्जू को हैरतनाक नजरों से–भाईजान! ऐसा कैसे हो सकता है। वही भाईजान जो घुटनों तक पाजामा उठाए गली के बच्चों के साथ कंचे खेलते हैं तो कभी सिरियस चेहरा बनाए आसमान की तरफ ताकते रहते हैं और कभी-कभी तो अल्लामियाँ से बातें भी करते सुना था लोगों ने उन्हें। सैयद हसनैन अस्करी साहब के इकलौते नूरेचश्म। जेलर साहब से दूर की रिश्तेदारी तो पहले से ही थी। बल्कि ये रिश्तेदारी और भी पुख्ता तब हो गई थी जब अस्करी साहब के कदीमी मकान के एक हिस्से में जेलर साहब का पूरा खानदान आबाद हो गया था बिल्कुल मुफ्त। फालिज की मार से टेढ़े हो गए मुँह से गों-गों करते हुए अस्करी साहब ने जो कहा था जेलर साहब से उसका लुब्बोलुआब ये था कि आप तो रिश्तेदार ठहरे। अभी हालत उतनी भी खराब नहीं हुई है कि आपसे किराया लूँ। बस इस बच्चे का जरा ख्याल रखिएगा।"

ये खबरनामा जारी किया था सलमा की अम्मा ने ही। अपनी झिलंगी खटिए पर लेटे-लेटे उन्हें सारे मोहल्ले की खबरें न जाने किन नामालूम स्रोतों से मिल जाती थीं। शायद जिन्नात काबू कर रखे थे जो सरगोशियों में बता जाते थे ये बातें। चच्ची का खबरनामा जारी था और हज्जू मियाँ दूसरे चैनल पर चले गए थे जहाँ आरजू के पास खड़े भाईजान घुटनों तक का पाजामा, जिसका नाड़ा भी तकरीबन घुटनों तक लटक रहा था, सिर पर दुपल्ली टोपी लगाए बार-बार बाएँ हाथ से नाक पोंछ रहे थे और किलकते हुए कंचों पर निशाना लगा रहे थे–'वो म्मारा!' इन्हीं भाईजान के हाथों दो-एक बार हज्जू मियाँ ने खत के ज़रिये पैगाम-ए-मोहब्बत आरजू तक भिजवाया था। अब इतने ज़हीन तो थे ही हज्जू कि 'लिखता हूँ खत खून से स्याही न समझना' टाइप चीजें नहीं लिखीं बल्कि बशीर बद्र का सहारा लिया था और बदले में आरजू की चौड़ी मुस्कान

पाई थी। सूकूने-दिल पर से आईनों के जरिए बातें करते हुए।

चच्ची के चैनल पर आ रहा था–"अब हमें दावत थोड़े ना दिहैं। हम लोग अर्ज़ाल और उ लोग अशराफ, वैसे दावत के लिए मरे ना जा रहें। अरे उ जमाना हम लोग भी देखे हैं जब सलमा के अब्बू रहे और हर दूसरे-तीसरे रोज मुर्गे का गोश्त पकता रहा।"–"हूँ! और उसी मुर्गा के खातिर तलाक भी दे दिहीन अब्बू तोरा"–सलमा ने छौंक लगाई थी।

–"अंय! मुर्गा के खातिर तलाक?"–हज्जू ने सवालिया निगाह डाली सलमा की ओर।

–"अरे तो उसमें भी तो हमरा ही गलती रहा। हमको कोय शिकायत न है सलमा के अब्बे से। उ तो पहले से गुस्सेवाले रहें। फैक्ट्री बंद होवे के बाद और चिड़चिड़े हो गए थे। हम छोटे घर के ठहरे, सो हमरे घर तो कभी-कभार गोश्त पके। और जनाना जात को रान कहाँ से मिले। पहले अब्बा, फिर भाई फिर शौहर–रान तो यही लोग न खइहें। हमरा बड़ा लालच रहा उ रान पर। अब उ लालच को वोही दिन बाहर आना था। उधार लेके मुर्गा लाइन रहा, कई हफ्ते बाद। करमजली जीभ हमरी। गरम गोश्त के डेगची से रान उठाके खा लिए हम। सलमा के अब्बू खाने बैठे तो रान ना मिला। आगबबूला...बार-बार पूछें हमरी हिम्मत ना पड़े। बस गाली-गलौज, मार-कुटाई लेकिन हम चुप लगा दिए तो लगा दिए। उनका गुस्सा चढ़ता जाए, चढ़ता जाए, बस्स। मुँह से निकल गया वही, नासपीटा लफ्ज तीन बार...बाद में रोवें और अफसोस करें। बाद में तो यही अफसोस ऐसा दिल में घुस गया कि निकला ही नहीं। जान लेके ही छोड़ा।" चच्ची कहती जाए और नाक सिनक-सिनककर खटिया के पटिये पर पोंछती जाए।

"फिर घर-घर चौका-बरतन करके पाले-पोसे सलमा को। अब इ नासपीटी बढ़ती जाए है खजूर के तरह। फिकिर से हमार ठठरी में भी तरे-तरे का बीमारी घुस गिया है, बेटा। कभी कमर दरद, कभी सीना में जलन और इ हँफनी तो है ही। दम्मा है तो दम के साथे न निकलीहें। तब इसका का होगा सोंच के...लेकिन एक बात तो तय है बेटा उ जेलराइन के तरह हड्डी खराब होवे के डर से तो शादी ना कर देंगे कोनो आगल-पागल के साथ। भले लड़की उमर भर कुँवारी बैठी रहे..." चच्ची हाँफ रही थी।

बिज्जू ने ब्रेक लगाया–"कहा नहीं कि हमरा अज्जू भी तो कुँवारे बैठा है सलमा के लिए और नौकरी-उकरी नहीं हुई तो कुँवारे मर जाएगा सलमा के लिए। ही ही ही..." अज्जू 'कमीना बदले कभी-ना' कहकर झपटने ही वाला था कि दरवाजे पर ठक-ठक, कुछ जोर से ही–

–मुर्गे का शेयर होल्डर आ गया कोई–कहते हुए अज्जू ने दरवाजा खोला तो दो सिपाही खड़े थे।

–मकान-मालिक कौन है इ लॉज का?

–"गुप्ताजी, उधर रहते हैं। क्या बात है हवलदार साहेब?" –बिज्जू तेल लगाने

में माहिर था।

–"आप लोग केतना विद्यार्थी लोग हैं इ लौज में?"–तफ्तीश जारी थी। गुनाह मालूम नहीं था।

–"छत पर कौन लोग जाता है? जरा सबको कहिएगा हाथ-गोड़ समेटके रहे। पढ़े आय हैं ठीक से पढ़िये। नहीं तो हम पढ़ावेंगे ठीक से। बूझ गए?"

अब गुनाह झाँक रहा था थोड़ा-थोड़ा उसे बिस्तर के नीचे दबाया। अज्जू ने–"हम लोग! छत पर कभी नहीं जाते हैं और हमरे बाबूजी तो खुद पुलिसे डिपाट में हैं सिपाही जी, मसौढ़ी थाना में, इ सब लटर-पटर काम में हम लोग काहे रहेंगे। हम तो खुद दरोगा के तैयारी करते हैं।"

'ओ!' कहते हुए दोनों सिपाही गुप्ताजी की तरफ चले गए जिसका नतीजा था थोड़ी ही देर बाद गुप्ताजी का तमतमाते हुए आना और किराए में सौ रुपया ज्यादा लेने की धमकी जिस सौ रुपए को सिपाहियों ने उन तीनों की करतूतों की वजह से उनसे वसूला था। सूकूने दिल ने गुप्ताजी के दिल का सूकून छीन लिया था। वैसे राहते-जाँ, रूहे-रवाँ के पूरी तरह बंद रखने का दिन है कल। सूकूने दिल पर भी कोई परिंदा पर तक नहीं मारेगा कल। गली के कुत्तों के लिए दिवाली के दिन जितना खतरनाक होता था वह दिन। लॉज के अधिकतर कमरे के दरवाजों पर ताला पड़ जाता था। कई कमरों में तो अन्दर साँस रोके पड़े, प्राणायाम का अभ्यास करते हुए यारों के बावजूद बाहर से सिर्फ ताला दिखता था। एक गुनगुनाहट-सी दौड़ जाती थी इस कमरे से उस कमरे तक–'आ रही है' ...थोड़ी देर पहले तक तकरीबन हर कमरे में बज रहे ट्रांजिस्टर जिस पर–मेरे भैया, मेरे चन्दा, मेरे अनमोल रतन, भैया मेरे राखी के बन्धन को...वगैरह बज रहा होता था, खामोश करा दिए जाते थे और 'आ रही है' का मतलब था आगे-आगे मच्छी भाभी एक थाल में कई सस्ती राखियाँ और लड्डू लिए पीछे-पीछे मंजरी...हर कमरे का दरवाजा खटखटाकर...जो अभागे पकड़े जाते उन्हें मंजरी के भाई होने का गौरव प्रदान करते हुए रक्षा का वचन लेते, मुँह मीठा करवाते हुए बढ़ती जाती। लेकिन इस बार तो हज्जू, अज्जू, बिज्जू तीनों पता नहीं कैसे सोये रह गए वरना हर साल तो इस वक्त तीनों घूमने-घामने, पिक्चर देखने निकल जाते थे। मंजरी भाभी अनवरत चालू थी–"भैया ने कहा है, लड़कों का यहाँ कोई नहीं, पर्व त्यौहार का दिन है कोई छूटना नहीं चाहिए। आइए आप भी आइए, वहाँ क्यों खड़े हैं।"–कोने में बिजूके की तरह खड़े बिज्जू को बुला रही थी। मंजरी थोड़ा हिचकिचा रही थी और ये हिचकिचाहट बिज्जू की उन तमाम कोशिशों का नतीजा थी जब तकरीबन हर दिन बिज्जू–"भाभी जी, सब्जी लेने जा रहे हैं चौक पर, कुछ मँगवाना है क्या।" जवाब में कभी हाँ कभी ना और साथ ही मंजरी की मुस्कान मुफ्त। और कभी-कभी तो झोला पकड़ाते हुए मंजरी का हाथ छू गया तो उस दिन बिज्जू हाथ धोने तक को तैयार नहीं। बस रेलवे की नौकरी होते ही मंजरी को...और रेलवे की परीक्षाओं का स्पेशलिस्ट तो बन ही चुका था बिज्जू। किसी एस.सी./एस.टी. दोस्त के नाम का फार्म भरकर फ्री पास मँगवाना–मैथ्स,

रिजनिंग–सब तो ठीक ही हो जाता है फिर भी वही–थोड़ा-सा फासला। एक बार तो जमाल रोड तक (रेलवे भर्ती बोर्ड के कार्यालय) पहुँच भी गया था। लेकिन वहाँ की माँग के मगरमच्छों ने घेरा तो भाग खड़ा हुआ। उसी के एक दोस्त ने फार्मूला भी बताया बाद में, अरे लड़कीवाले के बाप से लेकर दे देना था–डेढ़ पेटी न देना था, चार पेटी लेके डेढ़ देने में क्या था। लेकिन तब तक देर हो चुकी थी। जमाल रोड बिदक चुका था। बिज्जू के काठ हो चुके हाथों पर मच्छी भाभी के निर्देशन में मंजरी कच्चा धागा लपेट रही थी सिर झुकाए। मच्छी भाभी की फरमाइशें जारी थीं–'सुनिए न, कल जरा हम लोग घर जा रहे हैं। मिट्ठू को चना देते रहिएगा। यहीं एक कोने में टंगा रहेगा। मंजरी के लिए हम लोग कितना चिन्ता में हैं। कुछ लोग देखने आनेवाले हैं घर पर। पाँच-सात दिन में लौट आएँगे।' मंजरी की डबडबाई नजर बिज्जू पर ही लगी रही जब शाम में दाँत पीसता हुआ वह मंजरी के घर मिट्ठू को पिंजरे समेत उठा लाने गया। दाँत पीसने की वजह भी थी–दिनभर हज्जू और अज्जू ने उसे भैया-सैंया-बैंया वाले गाने सुना-सुनाकर तबाह जो कर डाला था। मिट्ठू के पिंजरे के साथ मिला था पसीने से भीगा एक कागज का मुड़ा-तुड़ा टुकड़ा जिसके टूटे-फूटे अक्षरों के बीच से मजमून निकला– "कब तक होगी नौकरी–आखिर कब तक?' यही प्रश्नचिह्न बिज्जू के कलेजे में ऐसा खुभा कि चिढ़कर रात से ही बिज्जू भिड़ गया तोते को सिखाने में "मुच्छू...माँ की पंचाक्षरी गाली।" सात दिन तक चने और मिर्च खिला-खिलाकर सिखलाते हुए कुछ हद तक सिखा ही दिया–"मुच्छू..." अब तोते की ज़बान का क्या है थोड़ा तो सुनने में लगने ही लगता है...–"साला हमें राखी बँधवाने चला है पता लगेगा जब लौट के आएगा।" बिज्जू की कड़ी ट्रेनिंग कुछ हद तक कामयाब भी हो गई थी शायद, क्योंकि लौटने के बाद एक दिन मुच्छू भैया तोते को हुश-हुश करके उड़ाते देखे गए थे–बड़बड़ाते हुए– साला पता नहीं क्या-क्या अनाप-शनाप बोलने लगा था। बिज्जू के चेहरे पर सूकून था जो शायद मंजरी की बात कहीं पक्की नहीं हो पाने की वजह से भी था और रेलवे की परीक्षा सत्रहवीं बार देने जाते हुए भी वह खुश था जबकि पैसे उसने हज्जू से लिए थे क्योंकि अब पिताजी ने हाथ खड़े कर दिए थे–'जानते हो इस बार खेती मार खा गई। किशोरी की शादी भी अगहन में तय कर दिए हैं अब अपना बेवस्था (व्यवस्था) अपने देखो।" वक्त की सितम जरीफी ये कि हज्जू के अब्बा ने भी यही आखिरी बार ही भेजे थे पैसे लेकिन हज्जू ने कहा नहीं था किसी से। ट्यूशनों से काम चलेगा उसका कुछ दिनों तक।

चच्ची ने आखिरी कोशिश की थी आरजू के आरजुओं के कत्ल होने से बचाने की। लाल दाढ़ीवाले मौलाना को मिन्नतें कर भेजा था जेलर साहब के घर। हज्जू के शज़रे से मुतास्सिर भी हुई थी जेलरानी लेकिन जेलर साहब भड़क गए–"करते क्या हैं जनाब वही ट्यूशन? खिलाएँगे क्या, रखेंगे कहाँ वहीं गुप्ता लौज में? बाप तो मुंशी है किसी वकील का। एक तो वकील ही दोटकिया होता है तिस पर उसका मुंशी। क्या पिद्दी क्या पिद्दी का शोरबा। अरे, औकात तो देखी होती। अरे अस्करी साहब के इकलौते

नूरे-चश्म से तय हुआ है निकाह, गिरी हालत में भी लाखों की मालकिन बन ही जाएगी। आप भी मौलाना साहब कहाँ-कहाँ से रिश्ते ले आते हैं निकम्मों का।'' आरजू ने जब पहली और आखिरी बार एस.ओ.एस. भेजा, वो भी भाईजान के हाथों तो अज्जू-बिज्जू सब तैयार, जोश भी दिलाने की कोशिश की–'हज्जू बेटे मत घबराना, तेरे पीछे नया जमाना।' नए जमाने का तत्त्व ये था कि हज्जू इन दिनों कम्प्यूटर वगैरह में कुछ करने की कोशिश कर रहा था। अंग्रेजी उसकी ठीक-ठाक थी और आई.टी. में सुना था कि जितनी नौकरियाँ हैं उसकी आधी भी भर नहीं पा रहीं। गली-गली उग आए थे कम्प्यूटर संस्थान जिसमें इन्हीं सपनों का जाल बुना जा रहा था। लेकिन हज्जू ने अभी जाल को आजमाया तो पाया कि अभी इतना मजबूत नहीं हो पाया है ये सपनजाल। सो हज्जू हटेला हट गया भाईजान के रास्ते से; भाईजान के हाथों ही वो आखिरी खत भेजकर। सहारा फिर एक बार बशीर बद्र का ही–'उजाले अपनी यादों के मेरे साथ रहने दे/ न जाने किस गली में जिन्दगी की शाम हो जाए।' और फिर एक शाम जेलर के घर उजाला हुआ–निकाह, दावते वलीमा। सब तो उसी घर में होना था। सूकूने-दिल पर बैठकर हज्जू ने देखी हजार कुंकुंमों की रोशनी जब तक अज्जू-बिज्जू दावत से लौट नहीं आए दाँत खोदते हुए। सिर्फ भाईजान समझ नहीं पाए अब तक कि क्यों आरजू ने उस कागज के टुकड़े-टुकड़े कर भाईजान के मुँह पर ही मार दिया था और रोती हुई अन्दर भाग गई थी।

भागा तो था अज्जू भी उस दिन फेफड़ों की पूरी ताकत के साथ–कहीं थी ये बात कि ये दौड़ तय करेगी उसका मुस्तकबिल–हाथ-पैर-कान सब गरम। सीना धौंकनी, टाँगें लड़खड़ाना चाहती थीं पर अज्जू इजाजत नहीं दे रहा था। उसके कानों में गूँज रही थी आवाज–बकअप बकअप–दौड़-दौड़–भीड़ के एक कोने में फुसफुसाहट की गर्द उड़ी और फिजाओं में छाने लगी–'पैसा', 'रेट', होते होते 'पहले से तय है', 'चूतिया बना रहे हैं', फिर 'मर्जी है' माहौल बिगड़ता गया–गर्मी, प्यास, पानी का इन्तजाम नहीं–पहले से ही गरम दिमागों पर और गरमी छाती गई। पुलिसवालों की आँखों में गर्द पड़ी तो निकल पड़ीं लाठियाँ–फिर तो मार, कुटाई, भाग-दौड़, चिल्ल-पों, गुत्थम-गुत्था, सिपाही पीटने लगे भावी दरोगाओं को–इसी रेलमपेल में अज्जू गिर गया किसी से टकराकर। कई दौड़ गए उसके ऊपर से होकर लाठियाँ खाते हुए। किसी ने टखने पर पैर रख दिया उसके, 'किच' से आवाज हुई और अज्जू काँधों पर। पी.एम.सी.एच. डॉक्टरों ने बताया कि टखना टूटकर मुड़ गया था, काफी वक्त लग जाएगा और सामान्य ढंग से चल नहीं पाएगा शायद कभी। अब लंगड़ा दारोगा तो हो नहीं सकता था। तो कई महीनों के लिए अज्जू गए घर और जिस तरह लंगड़ाती चाल के साथ लौटे उसी दिन गुप्ताजी उन लोगों का सामान वगैरह फेंकने पर आमादा। लंगड़ी चाल से धीरे-धीरे खौफनाक तरीके से गुप्ताजी की तरफ बढ़ते हुए, लाल-लाल आँखों से घूरते हुए ऐसा उस्तादाना धक्का मारा कि गुप्ताजी का गंजा सर सीधे चौखट से जा टकराया। फिर कभी गुप्ताजी ने उन तीनों को टोका ही नहीं, बाकी कमरों का किराया ही बीस-बीस रुपए बढ़ाकर क्षतिपूर्ति करने

लगे। लंगड़े उस्ताद की लाल आँखों का भय गुप्ताजी की आँखों से होता हुआ मोहल्ले के लोगों के चेहरों पर दिखने लगा। यहाँ तक कि मौलाना की बात पर भी लोग विश्वास करने लगे कुछ ही दिनों में कि लंगड़ा खुद तो गंजेड़ी है ही, गाँजा-चरस आदि के धंधे में भी घुस चुका है और सलमा जो अब मौलाना की बीबी है उसको भी लाल-लाल आँखों जब-तब घूरता रहता है। गुप्ता लॉज के तीनों स्थायी निवासी मोहल्ले के इतने परिचित चेहरे हो चुके हैं कि लगता है जनम-जनम से यहीं हैं। बातचीत नहीं के बराबर होती है। हज्जू पूरी संजीदगी के साथ रेडियो पर खबरें सुनता है और जब शायर वजीरे आजम ने हर साल एक लाख रोजगार देने का वायदा किया था तो हज्जू बोला–'शायर है झूठ नहीं बोलेगा।' फिर जब आर्थिक मामलों के विशेषज्ञ प्रधानमंत्री बने और उन्होंने भी कुछ ऐसे ही वायदे किए तो हज्जू फिर बोला पूरी तरह संजीदा होकर–'जहीन आदमी है झूठ नहीं बोलेगा।' इस विश्वास से हटता नहीं है हज्जू हटेला। बच्चों को कंचे खेलते हुए देखता रहता है। बच्चे भी उसे आजकल भाईजान बुलाने लगे हैं और मोहल्लेवाले कहते हैं कि वह कुछ-कुछ भाईजान-सा दिखने भी लगा है। बिज्जू इन कुछ सालों में रेलयात्राएँ कर-करके थक चुका है और अब सहारा के सहारे है, दुकानों में जाकर रोज पैसे वसूलता है उनके लिए लेकिन बच्चों को रेलगाड़ी वाला खेल खेलने का आग्रह करता देखा जाता है। मुच्छू भैया के अचानक इन्तकाल के बाद मच्छी भाभी ने जो छोटी-सी परचून की दुकान खोली है उसमें मंजरी जिसके सामने के कुछ बाल सफेद हो चुके हैं, भाभी से अक्सर लड़ती देखी जाती है और बाकी वक्त में मोहल्ले के एक स्कूल में पढ़ाने जाती है वह भी दो छाते लेकर–एक धूप के लिए, एक बारिश के लिए। लड़के उसे डबल छाता कहकर छेड़ते भी हैं। रोज की तरह बिज्जू एक दिन जब मंजरी को स्कूल से डबल छाता लेकर लौटते देख रहा था टुकुर-टुकुर, गुप्ता लॉज के कमरे के दरवाजे पर खड़े होकर मंजरी ने कहा था विरक्त होकर–'ऐ! तुम्हारी माँ-बहन नहीं है क्या। देखता क्या है, निकम्मा कहीं का सब?' अज्जू लंगड़े ने लाल आँखों से हज्जू हटेला को देखा था लेकिन हज्जू पूरी संजीदगी से तब भी रेडियो पर खबरें सुन रहा था और यकीन से सर हिला रहा था।

हुड़कलुल्लु

"बड़का हुड़ुकलुल्लु हैं जी आप तो। खाली बन टू थ्री टाइप करते रहते हैं। माँ को एनटेन करके ही छोड़िएगा क्या?"

इन जुमलों का कुछ मतलब समझे आप, नहीं समझे न? हम लोग भी कहाँ समझ पाए थे–मसलन ये हुड़ुकलुल्लु क्या चीज है, वन टू थ्री टाइप के काम कैसे काम होते हैं या एनटेन कैसे हो जाता है कोई। जादूगर। महाकाल के घर से वापस आते हुए इन्हीं सवालों पर गौर करता रहा। घर आकर अमरकोश, तरह-तरह की डिक्शनरियाँ–जितने घर में, लाइब्रेरी में उपलब्ध थे–लुगद, थिसॉरस वगैरह...सब देखा, ये जुमले कहीं थे नहीं तो मिलते कहाँ से...जी हाँ, जादूगर, महाकाल और ऐसे कई नाम थे उसके। जादूगर हम इसीलिए कहते थे उसे क्योंकि वह हवा से पैसे पैदा करता था और जादू के पैसों की तरह गायब नहीं हो जाते थे वे पैसे। मजे में और कभी-कभी कष्ट से उसका घर-परिवार चलता रहता था उन्हीं पैसों से। पैसे कहाँ से आते, कैसे आते इसका पता कम से कम हमें तो कभी चल नहीं पाया था।

उसके पिता ने इन जुमलों को सुना, गुना और घुनघुनाने लगे। साथ ही उनकी वो मशहूर सुचिन्तित मुद्रा यानि लुंगी के कमरवाले पिछले हिस्से में उल्टी नमस्कारी मुद्रा में हाथ घुसाकर लुंगी को तूफान में तम्बू की तरह हिलाने लगे।

"देखिए, देखिए बात करने का तरीका। बाबू साहेब पढ़े-लिखे हैं, सूरतहराम कहीं का, अपने बाप से ऐसे ही बात किया जाता है?"

"हुड़ुकलुल्लु आदमी से हुड़ुकलुल्लु टाइप से ही न बात किया जाएगा।"

फिर हम कुछ समझ नहीं पाए। वैसे भी बाप-बेटे के पचड़े में क्या पड़ना। और बाप-बेटे भी कैसे-कैसे–सब 'अजगर करे न चाकरी'...वाली परम्परा में–बाबा मलूकदास के पक्के शिष्य। उसके घर में कोई भी कुछ काम नहीं करता था बस बातचीत होती थी, जो ज्यादातर बहस-मुबाहसे की चक्करदार गलियों से होकर झगड़े में बदल जाया करती थी। बातचीत का पैटर्न कुछ ऐसा कि हमेशा बात पाँच लाख, दस लाख से शुरू ही होती थी–

"और उ जो बरहबीघवा (बारह बीघे जमीन) है उसका कोय कस्टमर खोजिए न। अब हम लोग से खेती होगा जब आप लोग से नहीं हुआ तो? दस लाख तो देबे करेगा कम से कम।"

यह उसका मंझला भाई सुनील था जो अपने पिता को कीमती सलाह दे रहा था। सभी कीमती सलाहें अक्सर वही दिया करता था और कीमती का मतलब था वह कीमत बताता रहता था चीजों की। पिता ने सुना, गुना और फिर लुंगी के पीछे हाथ डालकर तूफान में तम्बू की तरह हिलाने लगे और फिर बाहर निकल गए।

"हाँ दस लाख देगा कि भाँपल (उबला) कद्दू देगा। और लेगा के? कौन हुड़ुकलुल्लु नक्सलइटवन से भिड़ेगा।"

उसने बोथल (पानी डाला हुआ बासी) भात, चोखा और आग में पकाई हुई लाल मिर्च खाते हुए कहा। यह उसकी फेवरिट रेसिपी थी। जिसे उसका कहना था कि वह सालों भर खा सकता था और जिसका नाम सुनते ही उसकी बराबर बीमार रहनेवाली, चिड़चिड़ी पर दबंग पत्नी चिढ़ जाती थी–"अच्छा खाना देखले कभियो। जंगली बनमानुष सब। खाली पइसा खातिर बियाह कर लेलसन।"

"तुम लोग जोन बरहबीघवा के खातिर लड़ रहे हो पहले पूछे बाप से कि अभी तक है अपने पास कि लिख दिए हैं उ चुड़ैल को।" उसकी माँ ने कहा था अन्दरवाले कमरे से ही काफी जोर से ताकि बाहर बरामदे में खड़े उसके पिता तक बात पहुँच जाए।

हर परिवार के कुछ फैमिली सीक्रेट्स होते हैं और उनकी चर्चा आमतौर पर बाहर के लोगों के सामने नहीं की जाती है लेकिन उसके घर की यही तो खासियत थी–चारों तरफ खुला वातावरण। कोई किसी को, कभी भी, कुछ भी बोल दे सकता था। अब घर में बैठा कोई बाहरी आदमी पड़ जाता था फेर में कि उठकर जाए कैसे और जाए नहीं तो बैठे कैसे। अब फिर उसके पिता अन्दर आ गए थे और बरस पड़े थे उसकी माँ पर–"का उलजुलूल बोल रही है, कुछ होश है? उ बरहबीघवा मेरा अपना अरजा हुआ प्रोपर्टी है। किसी साले का उसमें कुछ नहीं है। अब मेरा मन जिसको दें।"

"फेर, फेर, फेर हुड़ुकलुल्लु टाइप से दोनों झगड़ा शुरू कर दिए आप लोग। ओह! आप लोग के फेर में तो हमरा सब कामे गड़बड़ा जाएगा।"

"कोन राजकाज में जा रहे हैं सुने जरा।" उसकी पत्नी ने फोरन डाला।

"तुम हुड़ुकलुल्लु का समझोगी, एगो लड़का खबर भेजा है कि बंगाली टोला में एक आदमी के पास बहुत पुराना सिक्का है। देखते हैं जाके। असली निकल गया तो समझती हो, लाइफे बन जाएगा। पाँच लाख से कम में क्या बिकेगा।"

इन दिनों वह इसी धन्धे में बल्कि यों कहें कि धन्धे की खोज में रहता था–कभी चमत्कारी चावल, पुरातन सिक्के, हत्थाजोड़ी नाम की दुर्लभ जड़ी, तो कभी बिल्ली की नार–इन्हीं सब चीजों के चक्कर में रहता था, किसी ने कहीं से खबर भिजवाई कि फलाँ जगह ये है, चिलाँ जगह वो है।

फिर वहाँ पहुँचकर तरह-तरह की जाँच की पद्धतियाँ–कोई सिक्के में सटता है कि नहीं, आग से जलता है या नहीं, पानी में भिगोकर निरीक्षण, परीक्षण–इन चमत्कारिक परिघटनाओं का निष्कर्ष होता था कि ओह! इस बार तो चूक गया–असली निकलता तो पाँच लाख तो कहीं नहीं गए थे। वह निकल गया, भाई निकल चुका था, पिता भी

निकलने की तैयारी में थे। सभी हमेशा कहीं न कहीं निकलने को तैयार रहते थे जैसे कोई बहुत जरूरी काम हो पर दरअसल सभी थोड़ी देर में ही घूमघामकर, ज्यादा से ज्यादा पान, गुटखा, खैनी आदि खाकर फिर-फिर लौट आते–जैसे उड़ि जहाज को पंछी...वैसे कोई किसी के सामने भी ये सब चीज़ें खाने में परहेज नहीं करता था बल्कि बाप कभी बेटे से तो बेटे भी कभी-कभार बाप से खैनी मलवाकर नहीं तो माँगकर तो खा ही लेते थे और ये बात पुराने ख्याल के किसी भी आदमी पर नागवार गुजरती थी। अब जैसे बगल वाले मकान के पांडे जी सुबह-सुबह खाकी निक्कर, काली टोपी में हाथ में डण्डा लेकर निकलते तो ठीक यही वक्त होता था जब उसके पिता हाँक लगाते थे– ''लाओ जी थोड़ा खैनी लाओ, उधर जाना है।'' अब पांडे जी को जो भी सामने दिख जाता उसी से–''क्या जमाना आ गया देखिए, बाप बेटा से खैनी माँगता है और बेटा बाप से। संस्कार भ्रष्ट हो गया है पूरी पीढ़ी का। और रामस्वरूप बाबू तो...'' इस पर उसकी तीखी प्रतिक्रिया होती–''बोलने दीजिए हुडुकलुल्लु को। अपना बेटा को नहीं देखते हैं। कोयला क्लब का आदमी बना हुआ है। माफियागिरी में संस्कार कहाँ घुस जाता है हुडुकलुल्लु का।'' और उसके पिता कहते–''इ पंड़ेबा का कहेगा जी, अपने का कम कमीना है। जुमरतिया को हड़काके दंगा में फैदा (फायदा) उठा लिहिस। कैम्पस अपना बढ़ा लिहिस एकदम वहाँ तक।''

पाण्डे जी उसे पसन्द नहीं थे एकदम बचपन से ही। शुरू में सिपाही समझकर डरता था–खाकी निक्कर, हाथ में डण्डा–लेकिन काली टोपी से थोड़ा शक होता था उसे, क्योंकि तब सिपाहियों की टोपियाँ आमतौर पर लाल हुआ करती थीं। जब कभी उनके सामने पड़ गया बस–''ठीक से पढ़ते-लिखते हो बाबू कि खाली इधर-उधर ढनकते चलते हो। अच्छा बताओ तो इस श्लोक का मतलब–'उद्यमेन ही सिद्धान्ति कार्याणि न मनोरथे। नहि सुप्तस्य सिंहस्य प्रविशन्ति मुखे मृगाः', नहीं बता पाए न? छोड़ो अंग्रेजी ही बताओ, बनाओ ट्रांसलेशन बनाओ–घोड़ा सड़क पर अकड़कर भड़क गया। क्या पढ़ते हो बाबू, सुथनी? न संस्कृत जानते हो न अंग्रेजी और स्वास्थ्य देखो अपना। सुबह आते काहे नहीं शाखा में? व्यायाम करोगे तो मन-मस्तिष्क सब ताजा रहेगा?'' उस वक्त पाण्डे जी का बेटा शम्भू कनखियों से उसे देखता हुआ मुस्कियाता रहता। जब पाण्डे जी उसे देखते तो खाकी निक्कर पहने सिर झुकाए पिता के साथ चल देता लेकिन जाने से पहले पाण्डे जी उसे शम्भू के साथ पंजा जरूर लड़वाते जिसमें हर बार शम्भू उसे हरा देता था क्योंकि शम्भू सीनियर भी था उससे और ताकतवर भी, जाते-जाते पाण्डे जी हिकारत से देखते थे उसकी तरफ और हँस देते थे। हँसी 'लगत करेजवा में तीर' की तरह उसके नाजुक, छोटे से सीने में धँसी रह जाती थी हर बार और ये सारे तीर तभी निकले थे जब एक रात पुलिस ने पाण्डे जी को गिरफ्तार कर लिया था। ये वो दौर था जब अचानक ट्रेनें समय से चलने लगी थीं, दफ्तरों में बाबू लोग समय पर आने लगे थे, रिश्वत कुछ ज्यादा छुपाकर ली जाने लगी थी, कई अखबारों पर एडीटोरियल की जगह काली पट्टियाँ छपने लगी थीं और कई अखबारों में खुलकर दुर्गामइया का गुणगान

छपने लगा था। एक रात हबड़-दबड़ से नींद खुल गई तो देखा उसके पिता कोने में खड़े होकर थर-थर काँप रहे हैं और कई पुलिसवाले उसके बिस्तर के बिल्कुल पास खड़े थे। और उसके और छोटे भाई के बीच एक रजाई ढँकी आकृति को डण्डे से कोंच रहे हैं। झट से एक पुलिसवाला रजाई खींच लेता है और–''सार इहाँ लुकवले बाड़। सर! मिल गईल इ पाण्डे''। पाण्डे जी खड़े हो जाते हैं और सिपाही उन्हें हथकड़ी लगा देते हैं। उसके पिता का कम्पन बदस्तूर जारी है। एक पुलिसवाला जो अफसर रहा होगा, उसकी तिरछी नजर पड़ते ही पिता भलभलाकर रोने लगते हैं–''नहीं, सर! हम लोग कुच्छो नहीं जानते हैं सर, कब आकर इ छुप गए इहाँ। हम लोग तो पुराना सपोटर है सर कांग्रेस का। राणा सिंह मेरा भाई है सर, अपना ओन चचेरा भाई। आप जानते होंगे सर, कांग्रेस का लीडर है सर। और हम लोग भी तो–पता लगा लिया जाए सर, यहीं बगल के सरौनी में हमारी जमींदारी थी सर...''

सिपाही लोग मुस्कराते हैं, साहब कहते हैं–''सिंह जी! जब आपने कुछ किया ही नहीं तो रो काहे रहे हैं जनाना के तरह। इतनी रात में हम आए हैं और इ दंगाई पाण्डे पकड़ाया है आप ही के घर में।'' एक सिपाही उसके पिता को एक किनारे ले जाता है। उसके पिता हाँ सर! हाँ सर! कहते हुए आश्वस्त दिखते हैं फिर अन्दरवाले कमरे से कुछ लाकर देते हैं। पूरी टीम पाण्डे जी को गिरफ्तार करके ले जाती है। उसे खुशी होती है क्योंकि पाण्डे जी ठीक उसी जगह पर छुपकर लेट गए थे जहाँ पर उसके छोटे भाई ने रात में ही बिस्तर गीला कर दिया था। शम्भू के घर से रोने की ही आवाज आ रही थी–शम्भू की ही आवाज थी। उसे फिर अच्छा लगा था लेकिन पिता का इस तरह रोना-गिड़गिड़ाना उसे एकदम अच्छा नहीं लगा था। मगर तब वह करता क्या। तब उसकी उम्र ही क्या थी...पुलिस के जाते ही उसके पिता शेर हो गए थे। बरस पड़े थे माँ पर–''साली! मना किए थे। दिन-समय ठीक नहीं है आजकल का। लेकिन झंझट को न्यौता देने का आदत। ऊँह! और निभाओ पड़ोसी धरम। उ तो समझो कि राणा भैया का नाम ले लिए तो सस्ते में छूट गए नहीं तो और का होता पता नहीं।'' माँ भी कहाँ दबनेवाली थी–''ऊँह बड़का राणा सिंह! वही तो हम लोग का इ हाल कर दिए। सब बढ़ियावाला जगह-जमीन चाँपकर बैठ गया और आप लोग को दिखला दिया 'इ' (इ के साथ अँगूठे का प्रदर्शन) उ तो हमरे भैयाजी थे, कोलियरी में लगवा दिए तो कुछ इज्जत बचा है।''

''दुर! मूतते हैं तुमरे भाई के नौकरी पर। साला जमींदार का बेटा थे। कोलियरी का कुली मजूर बनाके छोड़ दिया। बुझाता है बड़का एहसान कर दिहिस। अब भोलंटरी रिटायरमेण्ट ले लेंगे। कहाँ साला हमरे बाबू जी का अपना पाँच गो कोलियरी चलता था... ।''

''हाँ गइया बिक गइल, पगहिया रह गईल...जा सुता जाइके।'' उसकी माँ ने ब्रह्मास्त्र छोड़ दिया। खतम हो चुके जमींदारी ठाटबाट पर कोई भी फिकरा पिता को एकदम निस्तेज कर देता।

"अब का नींद आवेगा–पाँच सौ रुपैया दन से उड़ गया–नहीं देते तो मीसा उसा का, का होता है, सड़ा देता साला। इ जुमरतिया को जब से उजाड़ा है उसी का हाय लग गया पाण्डे को।"

जुमरतिया का जिक्र आते ही उसकी आँखों के सामने झक सफेद दाँतोंवाली एक छोटी-सी लड़की की तस्वीर कौंध जाती थी जिसकी भौंह के ऊपर एक कटे का निशान था और जिसकी नाक नीचे की तरफ थोड़ी छोटी मोटी-सी थी। अभी लगता है बिल्कुल पुराने जमाने की हीरोइन मुमताज-सी थी, हँसने पर थोड़ी सिकुड़ती थी नाक और ऊपर-नीचे हिलती-सी छोटी-सी नथ। कुछ भी कहो सबका जवाब होता–एक मुस्कान बड़ी-सी। उसके खेल की साथिन। लुका-छिपी, अट्ठा गोटी (पत्थर के छोटे टुकड़ों का एक खेल) और घर कूदनेवाले लड़कियों के सारे खेल उसी ने सिखाए थे उसे, उसी शन्नो ने। जब से बड़ों की बातचीत से उसे पता चला था कि उन लोगों को यहाँ से भगाने में शम्भू के पिता यानि पाण्डे जी का हाथ है तो पाण्डे जी से उसकी नफरत और बढ़ गई थी। अब लुका-छिपी खेलते समय वह शन्नो के साथ चौकी के नीचे छुपकर नहीं बैठ पाता था। यह उसका पसन्दीदा खेल था। लुका-छिपी के खेल के अलावा भी दोनों घण्टों चौकी के नीचे छुपकर बैठे रहते थे–कभी अपने घर में और कभी-कभार शन्नो के घर में भी। वह कहता था–"हम लोगों की गुफा है यह।" शुरू-शुरू में माँ ढूँढ़-ढूँढ़कर परेशान हो जाती थी। लेकिन बाद में आसानी से पकड़े जाते थे वे–कभी 'औका-बौका तीन तड़ौका, लौआ लाठी चन्दन काठी' तो कभी पैरों को मिलाकर 'ताड़ काटूँ तरकुन काटूँ के तड़खाजा" खेलते हुए...मन्नो नाम से सिर्फ वही बुलाती थी उसे, जबकि सब मन्नू बुलाते थे। मजेदार थी मन्नो और शन्नो की जोड़ी। वह साँवला-सा गोलगाल बल्कि मुटल्ला-सा लड़का मन्नो और ठीक उसके कन्ट्रास्ट में दुबली-सी छोटी-सी शन्नो। उसने अपनी नोनी लगी दीवार की कई ईंट खिसकाकर एक खोल-सा बना दिया था जिससे छोटी-सी शन्नो रेंगकर कभी आर कभी पार आ-जा सकती थी। फिर दोनों खेलते थे जिसमें कभी-कभी पाण्डे जी का बेटा शम्भू भी शामिल होता था लेकिन सिर्फ शन्नो की चुटिया खींचने के लिए। उस वक्त वह कसमसाकर रह जाता था क्योंकि शम्भू से लड़ना उसके बस में नहीं था। शम्भू के दादा जी जिन्दा थे उस वक्त और उनके बिछावन पर कोई बैठ नहीं सकता था। हाथ में जो भी पकड़ा होता उन्होंने–छाता, छड़ी, टार्च कुछ भी, उसी से मारते थे। खासकर अगर वह मुसलमान हुआ तब तो उसकी शामत ही आ जाती थी। शम्भू कभी-कभी अपने दादाजी को चिढ़ाने के ख्याल से किसी भी लड़के से कह देता था–"अरे जमशेदवा, दादा जी के बिछौना पर बैठ गया है रे।" बस उसके दादा जी छड़ी लेकर उस लड़के के पीछे, अब वो लड़का भागता जा रहा है और कहता जा रहा है–"दादा, मेरा नाम अशोक है, अशोक, जमशेद नहीं, ब्रज बिहारी बाबू का बेटा हूँ अरे-अरे बाप रे।" तब तक तो दादा जी की छड़ी उसके चूतड़ को चूम चुकी होती थी। ऐसे ही एक बार गलती से वह और शन्नो शम्भू के दादा जी की चौकी के नीचे

बैठकर खेल रहे थे। कई ईंट लगाकर पायों में, चौकी को ऊपर उठाया गया था। तभी शम्भू जयचन्द बन गया था—"दादा जी आपके चौकी के नीचे शन्नो है, जुमरतिया की बेटी।" और दादा जी की छड़ी सड़ाप से, भागती हुई शन्नो की पीठ पर पड़ने ही वाली थी कि शन्नो ने सिर झटककर बचने की कोशिश की तो छड़ी सीधे आँखों के ऐन ऊपर भौंह पर...दर्र-दर्र खून बहना शुरू। तब उसने ही घर से डेटॉल भिगोई रुई लाकर लगाई थी शन्नो को। शन्नो एकदम रोई नहीं, दाँतों से होंठों को दबाकर, आँखें डबडबाईं, बस देखती रही, देखती रही। जब-जब उस कटे निशान को देखता था तो शम्भू के दादा जी पर उसको गुस्सा आ जाता था। ये गुस्सा उसके दादा जी की मृत्यु के बाद शम्भू के पिता यानि पाण्डे जी पर शिफ्ट हो गया था। खासकर उस दिन के बाद से ज्यादा, जब एक दिन सुबह सोकर उठा था तो दीवार की खोल से झाँककर देखा। शन्नो के खपरैलवाले घर के आसपास कोई नहीं था। शन्नो अभी वहाँ पर रस्सी कूदती रहती थी। लेकिन वहाँ पर खालीपन था। सिर्फ शेरू घूम रहा था, शेरू काला-सा कान कटा कुत्ता था शन्नो का। उससे शन्नो के बारे में पूछा तो कुई-कुई के अलावा कुछ भी न बता पाया। माँ से पूछा तो डाँट पड़ी और छोटी-सी सूचना—मियाँ लोग के बस्ती में चला गया है रात ही को फिर 'क्यों' का जवाब मुख्तसर-सा—"मियाँ था न उ लोग।" उसे समझ नहीं आया था तब कि शन्नो मियाँ कैसे थी—मियाँ क्या होता है, उसे इस घर को छोड़कर एक मियाँ बस्ती में क्यों चले जाना पड़ा। दूसरे-तीसरे दिन से ही शम्भू के पिता शन्नो के घर के सामने की खाली जमीन पर तिकोना-सा केसरिया रंग का झंडा लगाकर छाती पर दाहिना हाथ रखकर—"नमस्ते सदा वत्सले" करते हुए बड़ी पाँयचोंवाली खाकी निक्कर पहनकर झण्डा लिए नजर आने लगे और सुबह-सुबह उसी की उम्र के लड़के जुटने लगे थे। इत्तफाकन ये खाली जमीन पाण्डे जी के घर के दीवार के उस पार ही थी। उसकी नींद अमूमन सवेरे खुलती नहीं थी और कभी खुल गई तो कभी दीवार के उसी खोल से बैठकर या दीवार पर खड़े होकर नज़ारे देखा करता था वह—इन नजारों में होती थी पाण्डे जी और गुप्ता जी की जोड़ी, जो मुहल्ले के बड़े लड़कों में 'टनटनाटन पोंपो' के नाम से मशहूर थी, बड़े-बड़े पाँयचोंवाली निक्कर पहने कसरत करते नजर आती थी। इस नामकरण का राज तो उसे बहुत बाद में पता चला—दरअसल पाण्डे जी का अण्डकोष काफी बढ़ा हुआ था और कसरत के दौरान बड़े पाँयचोंवाली पेंट में इधर-उधर डोला करता था। टनटनाटन...और गुप्ता जी के पेट की गैस उन्हें और मुहल्लेवालों को समान रूप से परेशान किए रहती थी—इसी का प्रतिफल था उनका नाम पोंपो...बेचारे शम्भू के पास इन दोनों से बचने का कोई उपाय न था तो शम्भू उनके साथ कसरत कर-करके अपने कल्ले मजबूत करने में लगा रहता था और वह शम्भू के निरन्तर मजबूत होते कल्ले देखकर हसद पालता रहा मन में। अपने सींकिया शरीर पर हाथी-छाप सरसों तेल की मालिश कर आईने के सामने खड़े होकर हर कोण से देखता कि कहीं तो मसल्स नजर आएँ लेकिन जो चीज कहीं थी नहीं वो भला

नजर कैसे आती। हसद बढ़ती गई उम्र के साथ और उस दिन काफी बड़ी हो गई जिस दिन शम्भू ने स्कूल में छुट्टी के पहले ही घंटा बजा दिया था। शायद नौवें, दसवें वगैरह में रहा होगा शम्भू उस वक्त और बन गया था पूरे स्कूल का हीरो। वह जूनियर था काफी। सातवीं-आठवीं क्लास में। ये वही दौर था जब छात्रों को स्कूलों, कॉलेजों से निकल आने और आधी-अधूरी कटी-फटी नहीं बल्कि पूरी क्रान्ति कर देने का आह्वान किया जा रहा था। ऐसे में ही एक गर्मियों की दोपहर जब सभी मास्टर ऊँघ रहे थे और लड़के धमाचौकड़ी मचा रहे थे, कुछ कालेजिया लड़के घुस आए उसके स्कूल में और लड़कों के सामने क्रान्ति कर देने को प्रेरित करनेवाले भाषण देने और स्कूल से बाहर निकल आने को कहने लगे। इन भाषणों से अगर पूरी तरह कोई प्रभावित हो पाया तो वह शम्भू था। वह इतना अधिक प्रेरित और उत्तेजित हो गया कि स्कूल के सबसे खूँखार शिक्षक रामकिशुन बाबू की लपलपाती छड़ी की परवाह नहीं करते हुए उसने स्कूल का घंटा मतलब जो रेल की पटरी टंगी थी ऐन प्रिंसिपल के कमरे के सामने–टन-टन-टन...सारे बच्चे हो-हो करते हुए क्लासों से बाहर। और फिर किसी ने मेनगेट भी खोल दिया था।

सभी खुश थे पहले छुट्टी हो जाने पर और शम्भू बन गया सबका हीरो। हमारा कथानायक तो बेचारा छोटा-सा था तब और आजकल के बच्चों की तरह का एक्सपोजर भी कहाँ था उस समय तो वह तो कुछ समझ ही नहीं पा रहा था। सिर्फ दूसरे दिन जब स्कूल के मैदान में रामकिशुन बाबू ने फोलटा-फोलटाकर पीटना शुरू किया तो रामकिशुन बाबू उसे अंग्रेज मजिस्ट्रेट की तरह लगे थे और शम्भू छोटा चन्द्रशेखर आजाद। अभी हाल में ही उसने हिन्दी की किताब में वो पाठ पढ़ा था कि कैसे छोटे-से चन्द्रशेखर आजाद को अंग्रेज मजिस्ट्रेट ने टिकटी से बाँधकर हण्टर मारने का हुकुम दिया था और हर बार हण्टर पड़ने पर 'वन्देमातरम्' कहा था हालाँकि शम्भू ने वन्देमातरम् की जगह "हाय रे माय!" "अब नै मास्टर साब", "अरे बाप रे बाप" कहा था। बाद में उन कलौंछवाले निशानों को देखकर सोचा था उसने कि ठीक ही हुआ जो शम्भू की तरह हीरो बनने का मौका उसने गँवा दिया।

पर मौका गँवाया नहीं शम्भू पाण्डे ने भी। उसी के बादवाले साल मैट्रिक की परीक्षाओं में एवरेज मार्किंग हुई थी और छात्रों के भरपूर योगदान का फल दिया गया उन्हें, बिना पढ़े पास कर जाने के तोहफे के रूप में। और ये बहुत सारे तीन-तीन चार-चार साल से मैट्रिक की नाली में अटके हुए लड़के एवरेज मार्किंग की बाढ़ में बहकर पार हो गए तो शम्भू बाबू भी पहुँच गए कॉलेज–"नो नॉलेज विदाउट कॉलेज"–सो कॉलेज गये तो नॉलेज बढ़ा काफी, अब इस नॉलेज को बढ़ाने में कॉलेज का कितना योगदान रहा और कितना शम्भू की व्यक्तिगत प्रतिभा का, यह तो शोध का विषय है और पाण्डे जी के क्रोध का–"समय ही खराब है गुप्ता जी"–वह ईर्ष्या मिश्रित प्रशंसा-भाव से देखा करता था शम्भू और उसके दोस्तों को जो हाथ में मात्र एक नोटबुक लेकर साइकिलों पर कॉलेज जाया करते थे। उस वक्त तक

मोटरसाइकिल क्रान्ति के बीज युवाओं में नहीं पड़े थे और कुछ दिनों के बाद पहली बार शम्भू ने जब एक सेकेण्ड हैड बुलेट मोटरसाइकिल जो पुलिसवालों, ठेकेदारों और दबंग लोगों की गाड़ी मानी जाती थी, पर धड़धड़ाते हुए मोहल्ले में प्रवेश किया था तो लगा था जैसे सिकन्दर महान की सेनाएँ भारत में प्रवेश कर रही हों। उसकी परीक्षाएँ चल रही थीं उन दिनों और वह ट्यूशन पढ़ने सामनेवाले मकान में रहनेवाले सान्याल बाबू मास्टर के घर जाया करता था। सान्याल बाबू तो दिवंगत हो चुके थे बहुत पहले और उस मकान में उनकी तीन बेटियाँ–शतरूपा, कल्याणी और चुमकी–अपनी विधवा माँ के साथ रहती थीं, तीनों थीं तो साँवली पर चेहरों पर लुनाई थी सबके, सब जहीन और सलीकेदार। शतरूपा दी के पास पढ़ते हुए जो सुबह को ही बहुत सारे ट्यूशन्स पढ़ाती थीं उसे लगता था कि शतरूपा दी शायद कई जन्मों से ट्यूशन ही पढ़ाती आ रही हैं और पढ़ाते-पढ़ाते इतना थक चुकी हैं कि उस थकान को मिटाने के लिए कभी-कभी अपनी माँ से झगड़ा करती थीं–"तोमार संसारेर घानी टानते-टानतेई आमार जीवोन नष्टो होये गेलो।" (तुम्हारे परिवार का कोल्हू पेरते हुए मेरा जीवन नष्ट हो गया) उसे ये भी लगता कभी-कभी शतरूपा दी और उनकी माँ आपस में बहनें हैं–शायद शतरूपा दी के बालों में थोड़ी सफेदी झलकने के कारण ऐसा होगा। उस वक्त ये भी नहीं समझ पाता था वह कि क्यों शम्भू भैया बार-बार इसी गली से बुलेट धड़धड़ाते आ-जा रहे हैं और शतरूपा दी बार-बार खिड़की पर पड़े पुराने साड़ी के पर्दे को खींच दे रही हैं–उसी खिड़की के पास बैठकर कल्याणी दी किताबें सामने रखे किन्हीं ख्यालों में खोई हैं। तभी छोटीवाली चुमकी दो चोटियाँ लहराती हुई आती है–"दीदी देख ना शोम्भू दा आमाय की दिएछे" (दीदी, देखो न शम्भू दा ने मुझे क्या दिया है) उसके हाथ में च्यूइंगम की एक पैकेट थी जिसे सबके देखते-देखते मुँह में डाल लिया था उसने–तभी–ठास! शतरूपा दी ने चाँटा दे मारा था चुमकी को। एक-दो च्यूइंगम मुँह से फिसलकर बाहर गिर पड़े थे–च्यूइंगम चबाती हुई चुमकी भों-भों करके रो रही थी। कल्याणी दी ने आग के शोले आँखों से उगले थे शतरूपा दी की तरफ। उसे बिल्कुल अच्छा नहीं लगा था क्योंकि कल्याणी दी उसे बहुत अच्छी लगती थी। तीनों में सबसे सुन्दर वही थी और सलीकेदार कपड़े पहनती थी जो आमतौर पर कीमती भी होते थे। घर में किसी से ज्यादा बोलती नहीं थी लेकिन चुमकी को जब-तब उससे पैसे लेते और शतरूपा दी और कल्याणी दी के बीच एक खिंचाव को वह महसूस कर सकता था। कल्याणी दी अक्सर बाहर जाती थीं–कहाँ, क्यों कुछ नहीं जानता था वह। सिर्फ उसे एक ही बात की ललक रहती थी कि कल्याणी दी उसे कुछ काम करने को कह दे। जैसे गुप्ता जी की दुकान से मूढ़ी, कभी गुड़ ला देना। खासतौर पर जाड़े के दिनों में वह खजूर का गुड़ जरूर मँगवाती थी। इस जुमले का मतलब, जो कल्याणी दी के बारे में बड़े लड़के कहते थे, बहुत बाद में समझ पाया था वह–"माने पड़तौ, मंझलकी के मेन्टनेन्स बड़ी हार्ड हौ। एक बार देख लेबे बेट्टा तो अंखियाँ हुड़ुकलुल्लु तरी खुल्ले रह जैतो" (मानना पड़ेगा, मंझली का मेन्टनेन्स बड़ा

हार्ड है। एक बार देख लोगे तो आँखें हुड़ुकलुल्लु की तरह खुली रह जाएँगी) और चुमकी, वह तो पागल है एकदम। हमेशा नाचती हुई आती और नाचती हुई गायब हो जाती। इधर-उधर किसी को नहीं देखा तो पास आके, कान के पास मुँह ले जाकर– 'एई बेहारी भूत' (बिहारी भूत) कहकर भाग जाती। इसकी काट स्कूल के एक दोस्त ने सुझायी–अरे अबकी बोलेगी तो बोल देना तुम भी–बंगाली भूत। खटिया पर सुत/खटिया में आग लगलो/फड़फड़ाके उठ। लेकिन कभी कह नहीं पाया क्योंकि ये बात तो सभी यानि शतरूपा दी, कल्याणी दी, काकी माँ सब पर लागू हो जाती न। तो कैसे कह सकता था और फिर चुमकी की शरारतें उसे अच्छी भी तो लगती थीं कभी-कभी, सिर्फ उस आखिरी शरारत को छोड़कर जो उसे बिल्कुल अच्छी नहीं लगी थी...वो बात...खैर फिर कभी...

कॉलेज के पहले दिन जब उसने कैम्पस में लगी गांधी-मूर्ति के नीचे बुलेट मोटरसाइकिल पर बैठे शम्भू पाण्डे को देखा जिसे घेरकर कई लड़के खड़े थे, उसकी हसद थोड़ी कम होती-सी लगी क्योंकि इस अनजाने माहौल में एकमात्र शम्भू को ही पहचानता था वह, हाँ, उसी शम्भू को, जिसे घेरकर लड़के प्रशंसा भरी निगाहों से उसे देख रहे थे–"अबे हुड़ुकलुल्लु! इधर आ।" शम्भू के ही एक साथी ने पुकारा था उसे–"अरे फ्रेशर हौ। चल एन्टरटेनमेंट के मसाला आ गेलौ।"

हुड़ुकलुल्लु! पहली बार सुना था उसने। इसका मतलब भी नहीं समझ पाया था वह। शायद कोई मतलब था भी नहीं। तभी शम्भू की नजर पड़ गई उस पर–"अरे! जाय दे, रामस्वरूप चचवा के लड़का हौ, जा रे क्लास में जा।"

शम्भू ने उबार लिया था उसे इस संकट से वरना उसकी घिग्घी नामक चीज आलरेडी बँध गई थी। अब उसे शम्भू से ईर्ष्या नहीं बल्कि गर्व था उस पर–उसके परिचितों में होने का गर्व–उस गर्व-बोध की कीमत शाम में ही चुकानी पड़ गई उसे– "ऐ हुड़ुकलुल्लु! सुन!! तू जाता है न वहाँ...अरे वहीं सामने–ई चिट्ठिया दे देना मंझलकी के। बड़की से बचाके दिहौ। हुड़ुकलुल्लु की तरह सामने ही मत दे देना समझा।"

उसे खुशी हुई कि शम्भू के कुछ काम आया है वह लेकिन फिर कल्याणी दी का ख्याल आते ही थोड़ा दुःखी हो गया क्योंकि शम्भू और कल्याणी दी–"बान्दरेर गलाय मुक्तोर हार" (बन्दर के गले में मोतियों की माला)–जैसा चुमकी उसे कोई अच्छी-सी ड्रेरा पहने देखकर बोलती थी और हँसकर भाग जाती थी। चलो उसे क्या, कल्याणी दी यही चाहती है तो वही सही। उसी दिन शम्भू के पिता और गुप्ता जी में शाखा के दौरान कुछ इस तरह सरगोशियाँ हुईं–

पाण्डे जी–पूरा मोहल्ला घिना के रख दिया है सब।

गुप्ता जी–और का छिनाल हैं सब, पहले जानते तो मकानों नहीं देते। सान्याल मास्टर सीधा आदमी था बेचारा। उसको कोई भी देता मकान, ऐ पाण्डे जी! आपका बेटवा भी तो परिक गया है आजकल, खूब चक्कर लगाता है।

पाण्डे जी–अरे तो हम क्या करें? जवान लड़का है, कोई थाली परोस देगा तो छोड़

देगा? नई पीढ़ी एकदम भ्रष्ट हो गई है, संस्कार खत्तम है।

गुप्ता जी–और का हमरा बेटवा भी आजकल पैखाना में एक-एक घंटा बैठता है, जाने कौन राजकाज करता है वहाँ।

पाण्डे जी–कौन राजकाज करेगा, वही सब हस्तमैथुन का चक्कर होगा। सुबह उठ के ठंडा पानी से स्नान, फिर व्यायाम काहे नहीं करवाते हैं।

गुप्ता जी–हाँ! बेकहल हो गेलौ जी, अब। हाथ से बाहर हौ, एकदम। ऐं पाण्डे जी! लेकिन मास्टराइन जवानी में हलौ एकदम टंच, मस्टरवा जब मरलौ ने, खूब (सहलाई) हसतलियौ ओकर पीठवा–''चुप रहा! चुप रहा!'' एकदम मक्खन।

पाण्डे जी–दुर मरदे! चल व्यायाम करें।

इसके बाद फिर दोनों 'टन टनाटन पोंपो' में लग गए।

लग गया था वह भी कॉलेज में शम्भू की नकल करने में–उसी की तरह बाँहें मोड़कर चढ़ाकर रखना, दोनों हाथों से बालों को समेटकर पीछे फेंकना, दोनों हाथ छोड़कर साइकिल चलाना, होली की छुट्टी के ऐन पहले पंखे के ब्लेड्स के ऊपर गुलाल रखकर लड़कियों के बैठ जाने पर पंखा चला देना, प्रोफेसर साहब की कलम उठाने के बहाने ऊपर की जेब में रखी अठन्नियों, चवन्नियों को बार-बार गिरा देना–झन्न-झन्न–और लड़के-लड़कियों की खी-खी-खी–लेकिन उसे हमेशा लगता रहता कि ये सब तो शम्भू पाण्डे कर चुका था पहले ही इसी कॉलेज में–उसकी अपनी पहचान–अलग जैसी पहचान नहीं बन पा रही थी और इस बात से दुखी रहता था थोड़ा। पहली बार उसे अपनी थोड़ी अलग पहचान कायम करने का मौका तब मिला जब तुलसी जयन्ती पर एक तगड़ा भाषण अपने समय की बेस्ट डिबेटर रही शतरूपा दी से लिखवाकर रट्टा लगाकर, कॉलेज में झाड़ आया और फिर उसका शुमार अच्छे डिबेटरों में होने लगा–इण्टर कॉलेज, इण्टर यूनिवर्सिटी, यूथ फेस्टीवल, प्रशासन द्वारा आयोजित कार्यक्रम–गाहे-बगाहे कॉलेज के नाटकों में भी।

नुक्कड़ नाटकों का यह वह दौर था जब इमरजेन्सी के दौरान परवान चढ़े इन गुरिल्ला नाटकों के प्रति अभी भी रुचि बरकरार थी थोड़ी–मतलब सपने जिन्दा थे तब तक कहीं न कहीं...भले ही हुकुर-हुकुर कर रहे थे...अभी तक हलक में आवाज अटक जाती है उसकी उस बात को याद करके जब अपने पहले नाटक 'हम सब एक हैं' के नुक्कड़ प्रदर्शन में उसने एक मुसलमान युवक की छोटी-सी भूमिका निभाई थी। चारों तरफ से भीड़ की बेधती निगाहें और इतनी करीब कि चेहरे भी पहचान सकता था सबके–उसकी क्लास की लड़कियाँ, लड़के सब–कॉलेज ग्राउण्ड में ही हो रहा था...इसका प्रदर्शन, उसे बस अल्लाहो अकबर बोलना था। देखा चारों ओर सब जाने-पहचाने चेहरे। शायद व्यंग्य से मुस्कराते चेहरे! बस हड़ास हो गया आत्मविश्वास उसका। किसी तरह बोल पाया अल्लाहो अकबर और फिर भीड़ को चीरता हुआ सीधे कॉलेज के बाथरूम में घुसकर दरवाजा बन्द...पीछे-पीछे कई लड़कों का हुजूम–''अरे हुडुकलुल्लु! कहाँ भागता है रे। डुबा देगा सब।'' लेकिन क्यों खोले वह! निकलने पर

वह लानत-मलामत हुई कि बस...लेकिन साथियों ने भी ठान ही लिया था पीट-पीटकर हकीम बनाएँगे उसे–आईने के सामने अभ्यास, लड़कों के सामने, चुमकी के सामने–जब उसने भी ओके कर दिया तब लौट आया था उसका आत्मविश्वास। फिर तो धीरे-धीरे जनता पागल हो गई, मशीन, राजा का बाजा, रामलीला कई नाटकों का दर्जनों प्रदर्शन। पर सब पिता से छुपाकर क्योंकि उनकी पहली प्रतिक्रिया होती ''सूरतहराम कहीं का, नचनिया बन गया। बाबू साहेब का औलाद होके नेटुआगिरी कर रहा है। सब कमनिस्ट बन दिमाग खराब कर रहा है इ लड़कन सबका। पहले तो उ बुढ़वा, सबको स्कूल कॉलेज से निकाला अब पौलिटिक्स में घुस रहा है सब। बाप का होटल में खाओ और नाच नौटंकी कर चाहे पौलिटिक्स के अखाड़ा में दण्ड पेलो।'' लेकिन खिजाब लगे बाल बल्कि जुल्फोंवाले चमन बाबू की प्रतिक्रिया खासी उत्साहवर्धक थी–''वाह वा वाह वा! क्या बात है। एकदम जिन्दा कर दिया कैरेक्टर को खड़ा कर दिया सामने। वाह। कहाँ छुपे हुए थे भाई। देखिए अनिमेष बाबू वाच दिस बाय। आपकी संस्था के लिए एसेट हो सकता है। हीरा है हीरा, जरा-सा बस तराशने, मतलब मौके की जरूरत है।'' ब्रेक...चमन बाबू के लटक में चल रहे अनिमेष बाबू ने फटाफट निमन्त्रण पत्र पेश कर दिया–''आइए न कभी शाम में मेरे यहाँ। संस्था है। चमन बाबू चीफ पेट्रन हैं इसके।''

चमन बाबू ने गेंद लपकी–''हाँ भई! अब हमारी तो कोई संस्था है नहीं, मतलब हम तो संस्था चलाते नहीं, बस जरा-सा सजा-सँवार देते हैं। धीरे-धीरे आप जान जाएँगे, आइए कभी।''

''जी जरूर''–इतना ही कह पाया था क्योंकि उनके नाम से तो वाकिफ हो ही गया था इतने दिनों में। वही अजीब शख्सियत उसका परिचय करवा रही थी सबसे–''अरे! आप! आइए, आइए ह्वाट ए प्लेजेण्ट सरप्राइज! मिलिए आप हमारे शहर के एक राइजिंग स्टार से।'' कई लड़कियाँ, कई अल्हड़ किस्म की गतयौवनाएँ और कुछ शोहदे किस्म के दिखते लड़के सभी आपस में ही दिल्लगी जैसा कुछ कर रहे थे जिसे अनिमेष बाबू बार-बार रिहर्सल का नाम दे रहे थे–सभी चौंककर उसकी ओर देखने लगे। वह झेंप गया, अनिमेष बाबू ने घोषणा कर दी–आगामी नाटक का नायक वह होगा, संजय महतो नहीं। फिर इसके कारण भी गिनाए–एक इसका फिजिक सूट करता है पुलिस इन्स्पेक्टर के लिए, दूसरा इसकी अभिनय प्रतिभा और तीसरी बात जो सुनकर उसे अच्छी नहीं लगी वह राजा बाबू जैसे दबंग आदमी का अपना भतीजा होना था। लेकिन भाई-भतीजावाद जब अपने पक्ष में जा रहा हो तो किसे बुरा लगता सोचकर चुप लगा गया। संजय मेहता अग्निवर्षक आँखों से उसे देखता हुआ उठने लगा–''हाँ, मुझे समय भी नहीं मिल पाता है। बीच-बीच में गाँव भी जाना पड़ता है। लॉज से यहाँ दूरी ज्यादा है।'' चमन बाबू ने उसकी पीठ पोंछी–''अरे, नाटक में तो तुम रहोगे ही, दूसरी भूमिका में रहो। सबका सहयोग चाहिए।'' और बाद में अकेले में कहा–''ऐसा कितना एक्टर को हम पैदा कर चुके हैं। ऐंठ रहा है।'' उसकी तबियत हुई पूछने की–पैदा किया है?

वल्दियत में आपका नाम लिखते हैं वो लोग–लेकिन चुप लगा गया।

खैर, नाटक शुरू हो गया–'खून भरी माँग'–जाहिर है–इसके कई दृश्य थे, खून हुआ तो बलात्कार भी जरूरी था, कैबरे की शक्ल में आसनसोल से आई लड़कियों के कामुक नृत्यों की छौंक बीच-बीच में, उस पर कोई सीन–अनिमेष बाबू रिहर्सल में ही खुश थे। नाटक तो हिट होना ही था–ग्वालटोली, मल्लाह टोला और रानीबाजार की भीड़ टूट पड़ेगी...और नायिका थी कल्याणी दी–जानकर उसका उत्साह बढ़ गया था–उसके साथ कोई दृश्य न था उसका–जानकर आश्वस्त था क्योंकि हो सकता था कि उसकी आवाज ही न निकल पाती उसके सामने–आवाज उसकी वैसे भी निकलने नहीं दी जाएगी ये तब कहाँ मालूम था उसे–प्रदर्शन के ऐन पहले उसे अनिमेष बाबू ने च्यूइंगम दिया–"इसे डायलाग के समय चबाना।" हैरान रह गया वह–"लेकिन..."

"लेकिन क्या, साउण्डट्रेक नाटक है ना।" अनिमेष बाबू ने नई सूचना दी–"तुम्हें सिर्फ अभिनय करना है बेआवाज, बाकी सब रिकॉर्डेड है!"

नाटक के बाद चुमकी ने चुटकी ली–"कौन-सा च्यूइंगम खाया बेहारी भूत? तुम तो अनिमेष बाबू के आवाज में बोल रहा था!" उसे लगा संजय मेहता व्यंग्य से मुस्करा रहा है। चमन बाबू से कहा तो हँसने लगा–"अनिमेष बाबू का प्रयोग है। नुक्कड़ नाटक में चीखने-चिल्लाने की जरूरत होती है। कहाँ तुम भी फँसे हुए थे वहाँ प्रचार करने में राजनैतिक। हम लोग भी पहले करते थे लेकिन मिला क्या। पॉकेट के पैसे से ही चाय भी पीनी पड़ती थी, वो भी तेईस नम्बर की–नहीं समझे–दो में तीन। हो गए तेईस, बस अब नहीं। अब कुछ लगाओ तो कुछ पाओ भी।" उसने क्या पाया–कुछ दिन कल्याणी दी के साथ रिहर्सल करने का सुख–सचमुच गजब की अभिनेत्री थी कल्याणी दी। घर में कितनी गुम-सी, लेकिन मंच पर आते ही जबरजस्त (यही कहा जाता है कि जबर्दस्त को) और इससे भी बड़ा सुख चुमकी के आसपास रहने का–इसी कल्याणी दी के बहाने, नाटकों के बहाने, रिहर्सल के बहाने...तो आजकल चमन बाबू भी उसी के साथ रिहर्सल में जाते-आते थे/पिता ने दरअसल एक पुराना स्कूटर खरीद दिया था। उनके अपने तर्क भी थे जब माँ ने मना किया था–"अभी तो पढ़ता है। का जरूरी है इसका, और सब लड़कन के तरह साइकिल से नहीं जा सकता है।"

"दुर बुड़बक औरत है एकदम। लड़का बी.ए. में पढ़ता है, केतना साइकिल पेरेगा। जो जानता है हम लोग के बारे में कि क्या थे हम–तो क्या बोलेगा। अरे हाथी बैठ भी जाएगा तो गदहा से तो ऊँच्चे न रहेगा। कुछ दिन में अगुवा लोग भी आने लगेगा (शादी-ब्याह तय करनेवाले मध्यस्थ) कोनो देख लिया कि लड़का साइकिल पेरता है तो रेट सीधे डौन हो जाएगा कि नहीं।"

अब इसका सीधा फायदा था चमन बाबू को। कभी-कभार तो बाजार वगैरह भी जाना हो तो बुलवा लेते थे–"सुनिए न, आपको तकलीफ तो नहीं होगी–जरा तीन बजे आइए न। आप तो जानते ही हैं हमें तो कुछ चलाना नहीं आता।" अब हर जगह चमन बाबू उसके स्कूटर के पीछे नजर आने लगे तो लोग तो जालिम हैं हरेक बात का ताना

देने लगे–कोई कहता "चमन बाबू भी ज़ौक़े फिराक़ रखने लगे क्या" कोई कहता–"बता विक्रम आज अकेले, बैताल नहीं चढ़ा आज पीठ पर।" उसे भी चस्का लग गया था चमन बाबू के आशीर्वाद का–"अरे वाह वा! क्या अभिनय था, चेहरा भी तो आपका एकदम जैकी श्राफ से मिलता है। आप तो फिल्मों में भी ट्राय कर सकते हैं।" अनिमेष बाबू की भी तो योजना थी मेरी ही लिखी कहानी पर एक टी.वी. सीरियल बनाने की मैं पूछूँगा उनसे। बदनाम जौनपुरी से बात भी हुई थी डायरेक्शन के लिए–"खैर जब भी बने आप तो रहेंगे ही उसमें..." मैकबेथ नाटक की चुड़ैलों की तरह उसके अन्दर महत्त्वाकांक्षाएँ जगाते रहते थे चमन बाबू, कहा था संजय मेहता ने जब उसके सम्बन्ध उससे ठीक-ठाक हो गए थे–"जानते हैं, चमन बाबू, वो चीज हैं जो शीशे से पत्थर को तोड़ते हैं, सिगरेट के डब्बे में बीड़ी रखकर पीते हैं और नित्यकर्म की तरह कहानियाँ लिखते हैं। जितनी कहानियाँ आमतौर पर लेखक जीवनभर में नहीं लिख पाता है उतनी सालभर में लिखकर टाल लगा देते हैं।" खुद चमन बाबू के मुँह से भी–"मुझे तो शौचालय में बीड़ियाँ पीते हुए कहानियाँ आ जाती हैं, मतलब शायरी की तरह...लिखता नहीं हूँ आ जाती हैं"–तभी कुछ दिलजले लेखक दबी जुबान से कहते भी हैं–"ऐसी जगह में बैठकर कहानियाँ सोचते हैं इसलिए तो कहानियों से भी बदबू आती है।" पर इन तमाम आरोपों से बेखबर चमन बाबू बुनते थे अपनी कहानियाँ, बने रहते इस शहर की सांस्कृतिक गतिविधियों के जरूरी तत्व। दिमाग थे वे तो, हाथ-पैर थे अमिनेष बाबू। कहनेवाले तो सरकारी आयोजनों में इनका हजारों का वारा-न्यारा हो जाने की भी बात करते थे लेकिन उसे कभी विश्वास हुआ नहीं इस तरह की बातों पर। बल्कि अनिमेष बाबू ने उसे यह कहकर आश्वस्त भी कर दिया कि कुछ पैसों का जुगाड़ होते ही हम, आप और चमन बाबू चलेंगे दिल्ली, सीरियल पास कराके ही लौटेंगे और 'बाकी इन्तजाम'–उसके इस मुख्तसर से सवाल का इतना ही मुख्तसर जवाब था–"देखा जाएगा।"

इस 'देखा जाएगा' को ऐसे देखा गया कि एक सुहानी सुबह शहर के सारे नवोदयोत्सुक, नवोदित और ब्रकेच्छु कलाकारों ने स्थानीय अखबारों में एक विज्ञापन देखा–*स्टार बनना चाहते हैं तो फलाँ तारीख को 3 बजे आइए होटल गुलजार, सिर्फ सौ रुपये में फॉर्म भरिए और दीजिए स्क्रीन टेस्ट–आनेवाले टी.वी. सीरियल 'बदनाम बस्ती' के लिए निर्देशक–बदनाम जौनपुरी और स्थानीय संयोजक–आपके जाने-पहचाने अपने अनिमेषचन्द्र।*

बस फलाँ तारीख आते ही शहर के सारे हवेलीरामों, लाजोजीओं, संजय दत्तों, सन्नी देवलों, माधुरी दीक्षितों ने अपने सबसे अच्छे कपड़ों पर इस्त्री करवाई, बाल-दाढ़ियों, चेहरों को ठीक-ठाक करवाया और सौ रुपया जुगाड़ कर लाइन में लग गए। पहली बार स्टार बनने का मौका खुद हाथ जोड़कर उनके द्वार खड़ा था। लड़कियाँ कुछ कम आई थीं क्योंकि वो दौर जरा दूसरा था मतलब कस्बाई लड़कियों में आत्मविश्वास का विस्फोट अभी हो नहीं पाया था। फिर भी जिनकी आँखों के सपने उग्र रूप ले चुके थे वे आईं।

फार्म लेने-भरने की कतार बड़ी लम्बी थी और फॉर्म में एक कालम था–सीरियल के लिए आर्थिक सहयोग और वादा था प्राफिट में हिस्सा उनके लिए जो ज्यादा लगाएँगे। बस आधे स्टारेच्छु बिदक गए। रह गए कुछ बड़े बापों के बिगड़े बेटे-बेटियाँ, कुछ कोयला माफियाओं के नूरेचश्म–दरअसल उन्हीं को टार्गेट बनाकर यह विज्ञापन दिया ही गया था। बदनाम जौनपुरी साहब तशरीफफर्मा थे और निर्देशक महोदय को इतनी चढ़ गई थी कि उन्हें खुद को ही लघुशंका निवारण तक के लिए निर्देशन की आवश्यकता पड़ रही थी। वे कुछ गुनगुना भी रहे थे जिससे उनके मुँह से महुआ के दारू का भभका बदस्तूर निकल रहा था। गौर करके सुनने पर उनकी गुनगुनाहट गालिब की कोई गन्दी पैरोडी जैसी लगती थी–"दर्द मिन्नतकशे दवा न हुआ/लाख रगड़ा मगर खड़ा न हुआ।" कस्बाई कलाकारों के लिए उनका बायोडाटा प्रभावशाली था–कई भोजपुरी फिल्मों के सह-निर्देशक और गीतकार बदनाम साहब उसे ओके कर चुके थे। संजय मेहता को देखकर उसे आश्चर्य हुआ लेकिन बाद में मालूम हुआ कि विधायक जी आकर धौंसा (डरा) गए हैं कि उनके किसी जात भाई को नहीं मिला इसमें काम तो सब तामझाम हो जाएगा राम-राम, सो संजय मेहता आ गया टीम में। एक लड़का निकला अन्दर से स्क्रीन टेस्ट देकर। कइयों ने घेर लिया उसे–"कैसे का होलौ के?" "का हो तौ बे। केमरा में देखलको फेर कहलको जरा रो-काँद के देखाओ, देखा देलिऔ और का।" (क्या होगा, कैमरा में देखके फिर कहा जरा रो के दिखाओ, दिखा दिया और क्या)

कुछ को पैसों के बल पर स्टारडम मिल जाने की उम्मीद थी, कुछ को अपनी अभिनय प्रतिभा पर। पैसे-वैसे किसने कितने दिए थे ये उसे तो पता नहीं चल पाया लेकिन संजय मेहता की रनिंग कमेन्ट्री से कुछ अंदाजा तो हो ही गया था–ये देखिए, ये जो मुछमुण्डा जा रहा है इ जायसवाल जी, दारू के ठेकेदार हैं, उन्हीं का सुपुत्र है। अक्सर इसको वीमेन्स कॉलेज के पास बुलेट पर मँडराते देखिएगा और इ लम्बे बालवाला कोयला माफिया राजकिशोर बाबू का बेटा है, कुल्ला भी दारू से करता है। और इ देखिए, रामेश्वर है यह, हमरे गाँव का है, बाबू जी किसान हैं माथा पर पट्टी बँधा है। बाप से पैसा माँगा होगा, दिया होगा, गिराके।

"और संजय तुम, तुम क्यों आए हो?" पूछा था किसी ने।

"ऐसे ही, घुसके तमाशा देखने। विधायक मेहता जी के दूर के रिश्ते में फूफा लगते हैं। इ सब तो कभी बनना है नहीं सीरियल, फीरियल। इ लोग हर साल दू साल में इ सब नाटक पसारते हैं।"

ऐसे ही कह रहा होगा। ऐसा थोड़े ही होगा। उसकी सोच सही थी। जब वह, अनिमेष बाबू और चमन बाबू दिल्ली गए भी–चमन बाबू तो न जाने कहाँ बिला गए और वह अनिमेष बाबू के साथ मंडी हाउस के इर्द-गिर्द घूमता रहा। फिर सभी वापस आ गए। रास्ते में ट्रेन से आते हुए–उसे बताया गया कि एक दलाल को पैसे देकर आए हैं। पास हुआ ही समझो सीरियल। स्टारेच्छु लड़के भी बीच-बीच में चमन बाबू और अनिमेष बाबू के घर के चक्कर लगाते देखे गए और कभी-कभी उनके घरेलू कामों

को निपटाते भी–मसलन उनकी लड़की को स्कूल छोड़ देना, भाभी जी को पिक्चर दिखा लाना, सीमेन्ट, बालू, छर्री का ऑर्डर दे आना (अनिमेष बाबू के मकान की रिमाडलिंग जो हो रही थी), कभी-कभार सब्जी-भाजी ले आना और चमन बाबू की बीड़ी-सिगरेट की अनवरत सप्लाई और ऐसे ही छोटे-मोटे काम। ''देखते हैं'', ''करते हैं'', ''फोन किया है''–जैसे छोटे-छोटे जवाब सुनते-सुनते जब तंग आ गए लड़के तब जाके सबको मालूम होने लगा कि किसी से पाँच हजार किसी से दस हजार, किसी से और भी ज्यादा पैसे लिए गए हैं। तरह-तरह की धमकियाँ जब मिलने लगीं अनिमेष बाबू को तो एक दिन तीनों यानि अनिमेष बाबू, उनकी बीवी और बेटी ने मिलकर ऐसा कौवारोर मचाया, चीख-चिल्लाहट कारुणिक विलाप का इतना सजीव अभिनय किया कि मोहल्लेवालों ने मिलकर उन स्टारेच्छुओं को पीट दिया और खदेड़ते हुए सलाह दे डाली–'कभी नजर मत आना इस मुहल्ले में'–मकान की रिमाडलिंग पूरी हो गई थी और फिर से गृहप्रवेश का भोजभात हुआ जिसमें चमन बाबू एक बन्द गले का सूट पहने विल्स फिल्टर सिगरेट पीते हुए देखे गए। किसी ने फब्ती भी कसी–''नया सूट कसवाए हैं क्या बॉस?'' चमन बाबू ने डिप्लोमैटिक जवाब दिया–''सब आप ही लोगों का प्यार है। अरे साहित्यकार तो होता है फक्कड़। जनता जो प्यार से दे दे वही उसका। वैसे भी अपने हाथ से पैसा हीड़-हाड़ करना मुझे पसन्द नहीं आप जानते ही हैं–'' और नशा थोड़ा गहरा हो जाने पर–''कोई साला कह नहीं सकता कि उसका एक रुपया भी हमने अपने हाथ से छुआ हो, बात में सच्चाई भी थी क्योंकि पैसा तो अनिमेष बाबू ने लिया था वो भी बिना रसीद, बिना स्टाम्प पेपर।

और एक दिन जब उन्हीं घायल, दिलजले, दिलटुट्टे, चनके सपनोंवाले कलाकारों ने घेर लिया तीनों (उसे, चमन बाबू एवं अनिमेष बाबू) को कचहरी कैम्पस में बड़गाछ के नीचे जहाँ मुवक्किलों के पैसों से कई बार चाय पीनेवाले वकील, नाक का इस्तेमाल करनेवाले पत्रकार, शिकार खोजनेवाले जमीन दलाल, उदीयमान एवं अस्ताचलगामी आपराधिक एवं नेतृत्व प्रतिभाएँ रोज की तरह जमा थीं–तो तीनों के उद्धारक बने जिले में नए-नए ताजे आए कला संगीत साहित्य नाट्यप्रेमी पुलिस कप्तान। बल्कि उसी दौरान बड़गाछतर (वटवृक्ष के नीचे) की उपस्थित जनता ने प्रथम बार जाना उनके अन्दर छिपे इन गुणों के बारे में, अनुपस्थित जनता ने दूसरे दिन स्थानीय अखबारों की सुर्खियों से–''असामाजिक तत्त्वों के हाथों से साहित्यकारों एवं कलाकारों की रक्षा की खुद कला-मर्मज्ञ पुलिस कप्तान ने।''

''थैंक्यू सर''–अश्रुविजड़ित स्वर में कहा था अनिमेष बाबू ने–''आज आप नहीं होते तो इस शहर की कला की दुनिया ही उजड़ जाती सर। एक रिक्वेस्ट है सर। मना मत कीजिएगा, प्लीज, हमारी संस्था के आगामी कार्यक्रम में आपको मुख्य अतिथि के रूप में निमन्त्रित करना हमारा सौभाग्य होगा सर। नहीं सर, नहीं मत कहिएगा, नहीं तो, हमारा दिल टूट जाएगा सर...''

''ठीक है, दो-चार दिन पहले मुझे सूचना दे दीजिएगा।'' पुलिस कप्तान ने कलाकार

के नाजुक दिल को टूटने से बचा लिया था। फिर तो जैसे ही खबर फैली, फैली क्या खुशबू की तरह गोशे-गोशे में बिखर गई–कभी हुडहुडू में हास्य कवि सम्मेलन तो मटवारी में मुशायरा, न्यू एरिया में नृत्य तो ओकन में अंत्याक्षरी–हर कहीं मुख्य अतिथि का गुरुतर दायित्व कलामर्मज्ञ पुलिस कप्तान के कंधों पर ही। कृपापूर्वक स्वीकार भी करते जाते थे वे। कोकिल कंठी कन्याओं के स्वर में–''स्वागत है अभिनन्दन है'' का गायन जो खासतौर पर उन्हीं के लिए होता था, उठती उमर की लड़कियों द्वारा माल्यार्पण और कोमल, मसृण गालों का थपथपाना एवज में धन्य-धन्य कर देना उन्हें, भला किसे बुरा लगता। कलाकार तो सभी प्रतिभा के प्रचण्ड विस्फोट थे–हर का अपना एक स्कूल ही था–कोयला क्लब के सदस्यगण तक अचानक सांस्कृतिक रूप से अत्यन्त जागरूक हो गए।

कोयले का धंधा करके पाँचों उंगलियों में हीरे की अँगूठी पहननेवाले ने एक बड़ा सांस्कृतिक आयोजन किया उन्हीं दिनों–शहर की साहित्यिक, सांस्कृतिक विभूतियों का सम्मान समारोह–शाल ओढ़कर, माला पहनकर, नारियल साथ में कुछ पत्रपुष्प भी–सभी धन्य-धन्य। मुख्य अतिथि स्वाभाविक तौर पर वही कलाप्रेमी पुलिस कप्तान। अब इस शहर का सांस्कृतिक उत्थान अवश्यम्भावी है–कोयला क्लब उमड़ पड़ा था पुलिस कप्तान के साथ उझक-उझककर फोटो–फड़ाक-फड़ाक चमक रहे थे फ्लैश। इसी सुअवसर पर सांस्कृतिक कार्यक्रमों के भीष्म पितामह चमन बाबू को भी सम्मानित किया जाना था। शाम से ही आदर आप्यायन की भी व्यवस्था थी सो चमन जरा ज्यादा ही गुलजार हो चुका था। लड़खड़ाते कदमों से, पाजामे का नाड़ा हाथ में पकड़े चमन बाबू चले मंच की ओर–दरअसल नगर भवन की दीवार को अभिषिक्त करना आरम्भ ही किया था कि उनका नाम सम्मान के लिए पुकार दिया गया उनके ही एक पट्टशिष्य उद्घोषक के द्वारा–स्वनामधन्य, जाज्वल्यमान नक्षत्र, राष्ट्रीय नहीं अन्तर्राष्ट्रीय प्रसिद्धि के साहित्यप्रेमी वगैरह-वगैरह–मुख्य अतिथि मंच पर खड़े थे माला लेकर, उझककर गर्दन तो डाल दी किसी तरह माला के अन्दर चमन बाबू ने, जैसे ही नारिकेल प्रदान का कार्यक्रम हुआ कि हाथ से छोड़ना पड़ा नाड़ा–ईमाँ मुझे रोके है तो खैचे है मुझे कुफ्रवाली हालत थी–बस कलफ किया हुआ बुर्राक पाजामा सीधे नीचे–सर्र-र्र–सिर्फ कुर्ते में निहंगों की तरह खड़े थे चमन बाबू और गुलोबुलबुल नुमायाँ सामइन के आगे। खैर, किसी तरह जल्दी-जल्दी समाप्त किया गया ये सब। लोग हो-हो करते रहे। पुलिसवालों ने डण्डों से ही चुप कराया सबको। फिर उसकी एकल नाट्य प्रस्तुति ने तो जैसे पर्दा डाल दिया इस पूरे शर्मिन्दगी वाले वाकये पर ही। उसके अभिनय से इतने अभिभूत थे कप्तान साहब कि उसकी तारीफ में बाकायदा कसीदे पढ़े उन्होंने। बराबर ड्राइवर भेजकर बुलवाने लगे बंगले पर–कुछ साहित्य चर्चा, कुछ इधर-उधर की बातें, उन दिनों पिता भी खुश रहने लगे थे। उनका ओहदा कुछ ऊँचा हो गया था मोहल्ले में। पीली बत्ती लगी साक्षात पुलिस कप्तान की गाड़ी उनके दरवाजे पर आ खड़ी होती थी अक्सरहाँ–बरामदे पर खड़े होकर हाँक लगाते, अड़ोसी-पड़ोसी के घरों की तरफ,

देखते हुए–"अरे एस.पी. साहब का ड्राइवर आया है लेने।" और फिर कभी अकेले में–"एस.पी. साहेब से कहके कोनों चीज में घुस काहे नहीं जाते, पुलिस डिपाट में। सिपाही जमादार से भी दरोगा बन जाता है आदमी। मौका का फैदा उठाने का टेक्टिस होना चाहिए..." लुंगी का पिछला हिस्सा तम्बू की तरह बदस्तूर हिलता रहता।

"नहीं हो, तो सुनीलवे को घुसवा दो सिपाही उपाही में, दिनभर लफंगा लोग के साथ किरकेट खेलता रहता है ससुरा...।"

"अच्छा देखेंगे, बात करेंगे।"

उसे बड़ा आश्चर्य उस दिन हुआ जब उसे भूल चुके मित्र के बड़े भैया उससे मिलने आए। मालूम हुआ दरोगा हैं–"कहाँ हैं अनिल आजकल" वगैरह के बाद दरोगाजी सीधे मुद्दे पर कूदे। "साहेब से तो तुम्हारा अच्छा जान-पहचान है। माँडू थाना में करवा न दो पोस्टिंग।"

"हम! आश्चर्य से कहा था उसने।"

"हाँ जो लगेगा उ तो देबे करेंगे। बस तनी सिफारिश कर देना। माँडू के लिए बड़ा कम्पटीशन न है। कभी-कभी सीधे सी.एम. के यहाँ से पोस्टिंग होता है।"

पुलिस कप्तान जब एक दिन हल्के मूड में थे तो उसने पूछा माँडू थाने में पोस्टिंग का रहस्य। सुनकर हँसने लगे वे–"वहाँ कोयला के खान से सोना निकलता है।" पूरी कथा बाद में जान पाया प्रमोद खबरची से–"माँडू थाने के आसपास बहुत सारी खानें हैं जहाँ वैध-अवैध खनन होता रहता है। ये जो आसपास इतने हार्ड कोक, साफ्ट कोक वगैरह की फैक्ट्रियाँ देख रहे हो न, सब कोयले का धंधा करते हैं–बैनर चलता है भाई लोगों का–ज्यादातर भगवानों को कोयले के काम में लगा रखा है जय हनुमान कोल, माँ दुर्गा कोल–बैनर मतलब साख पर होता है सारा कारोबार, ट्रकवाले कोयला उठाते हैं कोक फैक्ट्री के नाम पर सस्ती दरों में और बैनर का कागज लहराते हुए सीधे बनारस की मंडी, रास्ते में जितने थाने हैं सबका हिसाब-किताब होता रहता है–सब बैनर का कागज देखकर जाने देते हैं। माँडू थाने के एरिया से रोज हजारों गाड़ियाँ निकलती हैं इस हिसाब से कमाई है उस थाने में लाखों की। यहीं से यहीं थाना में पोस्टिंग के लिए लार चुआते रहते हैं। कभी दबिश भी हुई तो चालीस-पचास किलो ढोनेवाला साइकिल पार्टी को पकड़ लिया, हो गई खानापूरी..." अब प्रमोद उत्तेजित हो गया था। थोड़ा उत्तेजित हो जाने पर वह स्थानीय बोली पर उतर आता था–"ई एरिया के लकड़वन के काला कर देलथु जी इ कोयला के धंधा। सब मेहनत से भागेवाला हौ। जब दू हाथ जमीन के नीचे खजाना हौ तो मेहनत करे वाला हुडुकलुल्लुए न होतौ जी। एक ट्रक डिस्को कोयला बेच देल कौ निकल गेलौ खर्चा-पानी।"

अब कुछ-कुछ समझ में आ रहा था उसे कि क्यों उसके मित्र हमेशा कोयला चर्चा करते रहते हैं–डिस्को कोयला, सीजन, एक ट्रक से फलाने से पाँच ट्रक बना लिए वगैरह। और कैसे पड़ोस में शम्भू पाण्डे के घर में कुछ न कुछ तामीरी काम हमेशा चलता रहता है–कभी मार्बल फिनिशिंग, कभी छोटा गेट बदलकर बड़ा गेट, कभी छत पर कमरे

बन रहे हैं तो कभी फूल-पत्ती लग रही है और गाड़ियाँ भी बदलने लगी थीं उसके यहाँ। सुनील ने भी पिता के सामने एक दिन प्रस्ताव रखा था–''राणा चच्चा के साथ कोयला का काम करेंगे।'' पिता की लुंगी ज्यादा तेजी से हिलने लगी थी–''अभी मोंछ का रेखा भी नै निकला है चले हैं बाबू साहब कोयला का काम करे। सूरतहराम कहीं का, अरे उ लोग रसूखवाला हैं, थाना पुलिस मैनेज कर लेता है, तू गेला भीतरे तो के बचइतो जी।'' उसके पिता थाना पुलिस से जितना डरते थे उतनी ही प्रीति बढ़ती जाती थी उनकी।

पोस्टिंग हो गई थी दरोगा की, शायद मैनेज कर लिया होगा। मिठाई का एक बड़ा-सा डब्बा पहुँचा गए थे उसकी अनुपस्थिति में। पिता ने ही बताया–''कोन एको दरोगा जी आए थे। उनका पोस्टिंग माँडू थाना में करवा दिए हो तुम इसलिए दे गया है। अंय जी एतना जब एस.पी. साहेब मानते हैं तुमको तो कुच्छो काम काहे नहीं निकाल लेते हो। न हो तो कोयले का काम कर लो कुछ दिन...इ सब लड़बहेरी से कितना दिन काम चलेगा।'' दूसरे ही दिन एक और दरोगा जी दूरदराज से परिचय जोड़कर पहुँचे, कहने लगे–''अब दस ने–बीस हजारवाला चाय पीए में माजा (मजा) नइखे आवेला। लाख रुपयावाला चाय मिले तो...'' वह तिलस्म में फँस चुका था, तिलस्म की चाबी भी दी दरोगा जी ने ही–एस.पी. साहेब के ड्राइंगरूम में एक कप चाय आती है किसी थाना इंजार्च के पहुँचते ही। चाय पीकर लिफाफा वहीं छोड़ जाता है अपने थाने की हैसियत के हिसाब से–पाँच, दस, बीस हजार से लाख-दो लाख तक। ''केतना के चाय पड़ल''–पूछने पर बताते थे–दस, बीस या जितनी होती उसकी कीमत।

एक शाम कप्तान साहब के बंगले पर पहुँचा तो गार्ड ने टोक दिया–''अभी साहेब बिजी बाड़न, एगो फ्रेण्ड आयल बाड़न, अभी बोले हैं किसी को आने नहीं देने।'' उसका मुँह लाल। उसको रोक दे एक अदना-सा सिपाही...उसको...जिसको खुद एस.पी. गाड़ी घर भेजकर बुलवाते हैं, कविताएँ सुनते हैं, नाटकों के बारे में बातचीत करते हैं। वह हड़बड़ाकर भीतर घुस गया। गार्ड, अरे-अरे करता रह गया–बल-प्रयोग ज्यादा किया नहीं, साहबों का क्या भरोसा। इसी बात पर सस्पेण्ड कर दें कि उसको टोका क्यों। आफिसवाले कमरे में पहुँचते ही बगलवाले कमरे से आती आवाजें पहचानकर ठिठक गया। आवाज शम्भू पाण्डे की लग रही थी–''वाह सर, वाह, क्या शायरी कहा गया है सर, फिर से एक बार कहा जाए सर, उ क्या कहते हैं न–फिरशाद फिरशाद।''

एस.पी. साहब की लटपटाती आवाज–*काजू भुनी प्लेट में, ह्विस्की गिलास में/उतरा है रामराज विधायक निवास में,* शम्भू–''क्या बात है, क्या बात है, अपने लिखा गया है न सर, वाह क्या लिखा गया है सर।''

फिर एस.पी. साहब का एक गुरुगम्भीर-सा 'हूँ' बस। उसे याद आया कि ये तो उसकी सुनी हुई गजल है शायद अदम गोंडवी की फिर एस.पी. साहेब इसे अपना क्यूँ...

''बड़ा अकेलापन लगता है पाण्डे, वाइफ वहाँ पड़ी है, साली आना ही नहीं

चाहती। कहती है जंगल है जंगल, हम साला यहाँ अकेले...'' नशे से थकी आवाज गुडुप हो गई थी।

''खाली कहा जाए न सर, आदेश किया जाए, सब बेवस्था यहीं हो जाएगा सर। फ्रेण्ड ही सर अपनी, यहीं बाहर गाड़ी में बैठी है, अभी दो मिनट में।''

कुर्सी खिसकने की आवाज होते ही, वह एक भारी पर्दे के पीछे हो जाता है। शम्भू पाण्डे ही था, बरामदे में खड़े एक सिपाही से धीरे-से कुछ कहकर फिर कमरे के अन्दर।

''पाण्डे, तुम मेरा बहुत ख्याल रखते हो पाण्डे...'' शायद एस.पी. साहब ने पाण्डे के गले में हाथ डाल दिया होगा।

''नहीं सर, इ तो मेरा कर्त्तव्य है सर...''

वह झटके से कमरे से वापस निकल ही रहा था, तभी एक सलवार कुर्त्ताधारिणी आकृति टकराई उससे। अचानक देखी उसने एक झलक—कल्याणी दी तुम!!!

उसके बाद एस.पी. साहेब के घर का रास्ता छोड़ दिया उसने। गाड़ी आने पर कभी कहला देता तबियत खराब है कभी परीक्षाएँ हैं, कभी घर पर नहीं है। बेजार-सा रहने लगा। चुमकी के घर भी नहीं जाए। वहाँ कल्याणी दी का सामना कैसे पर पाएगा वह। उसे थोड़ी खुशी थोड़ा गम तब हुआ जब उसने सुना कि शम्भू पाण्डे ने चुमकी से ब्याह का प्रस्ताव रखा। इस पर शतरूपा दी और कल्याणी दी ने उसे चप्पलों से सरेआम पीटा। उसे शतरूपा दी लेडी अमिताभ बच्चन-सी लगी थीं। बधाई देने के अंदाज में वह पहुँचा था उनके घर। मालूम हुआ दोनों शहर से बाहर गई हुई हैं—कल्याणी दी के लिए किसी नौकरी का इन्तजाम करने—लखनऊ में कोई रिश्ते के मेसो (मौसा) रहते हैं वहीं क्योंकि शम्भू पाण्डे कल्याणी दी को चैन से जीने नहीं देगा। चुमकी यह बताते हुए रोने लगी, तो उसने उसका चेहरा हाथों में ले लिया। आँसुओं से धुला चेहरा आज गौर किया उसने कि चुमकी की भौंह के पास में एक नन्हा-सा कटे का निशान है। वहाँ पर चूम लिया उसने, आँसू के नमक का स्वाद कितना अच्छा होता है खासकर जब आँसू एकदम अपने के हों। कुछ ज्यादा ही इमोशनल हो गया था वह और शम्भू पाण्डे किसी विलेन-सा लग रहा था उसे और वह बीच में कूदते हुए—कुत्ते, कमीने कहता हुआ चुमकी का उद्धार कर लेना चाहता था। जब इस आशय का अंदाजा चुमकी को हुआ तो उसने आँसू पोंछकर मुस्कराकर कहा—खिलाओगे क्या, बेहारी भूत, छातू (सत्तू)? उभी तो मँहगा हो गिया है। पहले नौकरी तब छोकरी। समझा। बुद्धिर माथा खेयछे (बुद्धि का माथा खाने की बात उसे एकदम समझ में नहीं आई) वह कहना चाहता था कि उसकी फरमाइश पर वह चाँद-तारे तोड़कर ला सकता है, पहाड़ तोड़कर नदियाँ बहा सकता है, रेगिस्तान में भटक सकता है—गोया जान देना छोड़कर सब कुछ कर सकता है। (जान दे देना कोई समाधान थोड़े ही है) लेकिन इन सब चीजों से न तो रोटी बन सकती थी और न मकान मिल सकता था। (चुमकी से शादी करके तो उसे पिता का मकान छोड़ना ही पड़ता) इसीलिए इस बात को ज्यादा आगे बढ़ाने का कोई फायदे का एंगल नहीं देखते हुए उसने आयडिया ड्राप कर दिया, रफी साहब का वो यादगार गीत गाते हुए जिसमें

न जाने कितने ही बिछड़े दिलों को सुकून पहुँचाया था–*''खुश रहे तू सदा ये दुआ है मेरी''* इन्हीं विरह-वेदना वाले दिनों में जब वह बेजार रहता था और छत की तरफ देखते हुए कई-कई मिनटों तक रह जाता था तो उसके पिता समझ गए थे कि उसकी शादी अब हो जानी चाहिए। ये शादी उसे साजिश-सी लगी थी जब वो पहली नजर-खैर वो किस्सा बाद में पहले उसकी शादी के मुतल्लिक माता-पिता संवाद :

''काहे हमरा बेटा काना है कि लंगड़ा है, कोनची है। जो वैसन लड़की से शादी करेगा।''

''अरे बुड़बक औरत, देरी हो रहा है शादी में, और फेर तिलक भी तो अच्छा दे रहा है उ भोजपुर वाला पार्टी। कहा है बारात का सुआगत भी जमके करेगा। उ लोग भी इधरे कहीं का जमींदारे था।''

''बहुते मिलेगा ऐसन, एम्मे किया है एम्मे।''

''ऊंह! ऐसन एम्मे-टेम्मे बड़ी भटकल चलता है। जानती-बूझाती कुछ है नहीं। अरे राणा भइया अगुआ (शादी तय करवानेवाले मध्यस्थ) हैं तो कुछ उनका भी मान रखेंगे कि नहीं।''

''हाँ खूब रखिए मान, ढकेल दीजिए पानी में, बड़ा बेटा है...''

''अरे ढेर देर हो जाएगा तो संझका बैगन जे पेठियाटाँड़ में मिलता है न वैसे दाम मिलेगा। और नाटक नौटंकी में रहता है कोनो दिन ले आया कोनो कुजात तब समझेगी।''

''हम नै जानते हैं जो मन में आए करिए।'' हमेशा की तरह माँ ने हथियार डालकर कोपभवन का रास्ता लिया।

बारात का स्वागत-सत्कार सचमुच बड़ा जमकर हुआ। इधर से पिता ने बाकायदा लड़के को रुठाया था–टेलीविजन की माँग पर। इस पर वधू पक्ष के एक मुस्टण्डे की पहली आवाजें बुलन्द प्रतिक्रिया थी–''सार के, माइ के दूध पिये से पेट न भरल त बाप के लाँड़ चाटे से का होई!'' एक दूसरे मुस्टण्डे ने गिरा दिया एक लम्बा-सा बाँस, खींच दी विभाजक रेखा जमीन पर–''जे ना खइब हेने आब, जे खइब से होने जाके पत्तल पर बइठ। हुनका के सुआगत होखी। और फिर खानेवालों (सभी बाँस के उस तरफ खानेवालों में ही शामिल हो गए थे धीरे-धीरे) के सामने पैर से दिखाकर वॉलंटियरों से कहा–''रे सार, हेने पूड़ी दे पूड़ी, मारब न जेहन लउर (डंडा)। पूड़ी ना देबे त का खइंहसन सब–हमार 'इ'।'' और फिर 'इ' की सांकेतिक अभिव्यक्ति...

सुहागरात को जब पत्नी ने तिरछी नजर से उसे देखा तो उसे लगा कि शायद अदा है लेकिन जब कई बार उसी तरह देखा तो उसे मालूम हुआ कि मामला 'लुकिंग टोक्यो, गोइंग लन्दन' का है। मन मारकर वह लेट गया और तमाम सपनों को ध्वस्त करता हुआ एकदम सो ही गया। रात में बड़ी जोरों की प्यास लगी। जगते ही जो नजारा देखा उसका खून सर्द हो गया। पत्नी की आँख बाहर आकर टेबुल पर प्याले में रखी थी और पत्नी की आँख की जगह पर कोटर कुछ धंसी हुई-सी लग रही थी। वह चीखते-चीखते

बचा...उसे पत्नी से ज्यादा गुस्सा अपने पिता पर आ रहा था। बहुत दिनों तक वह उनसे बोला नहीं, और बहुत दिनों तक उसे आदत बनानी पड़ी इस बात को समझने के लिए कि कब पत्नी उसकी तरफ देख रही है कब दूसरी तरफ। जब तक समझे-समझे तब पिता ने अबोला तोड़कर हुरपेटना शुरू कर दिया–''ढोल बाँध लिया है, बजाओ अपने अब। अरे वोलंटरी रिटायरमेन्ट में जो पैसा उसे मिला सब खतमे हो रहा है। रोज पानी निकलेगा तो नदियो सूख जाएगा। शादी में क्या मिला सबको मालूम है।'' माँ को मौका मिल गया–''पड़े थे न राणा भइया के फेर में, हुँह! राणा भइया! अपना बेटवा तो मरा गया दूनम्बरी धंधा में, पुतोहिया (पुत्रवधू) को देखा के चारा फँसाते हैं तोरा जैसन बुढ़वा लोग के–हुँह! तेल मालिश कर दें चच्चा...का जरूरत है राते में तेल लगाने का–वो ही तेलवा लगवाने न भागते हैं गाँव हर तीन दिन पर... ।''

''चुप रहेगी कि काटे के फ.किए देंगे...''

''हाँ! कोनो ऐसन वैसन घर के नहीं हैं, हमरे भइया लोग सुन लिए न कि हमरा बुढ़ारी (बुढ़ापा) में इ गिंजन (फजीहत) हो रहा है तो एक्को गत नै रखेंगे, सबको बँधवा देंगे, भंसा दिया (बहा दिया) बेटवा को पानी में इ बुढ़वा।''

रोज-रोज की किचिर-पिचिर से तंग आ गया था वह भी और उन्हीं दिनों सीरियसली सोचने लगा था किसी भी नौकरी के बारे में। पिता रोज एक नई योजना बनाते–फलनवाँ का बेटा कुट्टीमील खोल लिया है, दू पइसा कमा रहा है। चिलनवाँ का बेटा लॉ का डिग्री लेके कचहरी में गाद्दतर बैठ के कम से कम सब्जी का खर्चा तो निकाल लेता है। अरे अनाज तो साल भर खा लेंगे, बटाई पर खेत देंगे लेकिन और भी तो खर्चा है। बाबू साहब तो खेतियौ नहीं कर सकते हैं। एम्मे-टेम्मे हो गए हैं, अब मट्टी में हाथ कैसे लेटावेंगे...

उसने अपने मित्र प्रमोद खबरची से सलाह ली, प्रमोद एकसाथ एक स्थानीय वित्तरहित कॉलेज में लेक्चरर, स्थानीय साप्ताहिक 'लुआठी' का सम्पादक, हास्य कवि और केहुनी तक हाथ जोड़कर प्रणाम करनेवाला एक जीव था। यूँ 'लुआठी' का सर्कुलेशन तो बहुत कम था लेकिन पॉल्यूशन बहुत ज्यादा था। शरीफ लोग इस अखबार से डरते थे जैसे संक्रामक बीमारी से डरते हैं। लोग उससे परहेज रखते और प्रमोद मस्ती में सेकेण्ड हैण्ड मारुति कार पर घूमने लगा था। कोयला माफियाओं के कवि सम्मेलनों का पर्मानेन्ट आयोजक था और सबसे बड़ी बात जो थी वह यह कि उसकी जाति बिरादरी का था छूटते ही बोला–''हमिन तो कब्बे से इन्तजार करैत हलियो, दोस्त! परमोदवा (प्रमोद) खड़ा बाजार में लिए लुआठी हाथ। जे घर जारै दोसराके चले हमारे साथ। अब ऐसा न हौ कि नौकरी-चाकरी तो मिलतौ नै बाबू साहेब के...होतौ कैसे–इ राजा नै फकीर हौ, देश के जे तकदीर हौ न, उहै तो सब बाबू साहेब बड़कवन के तकदीरे बिगाड़ देलथु। एक्के गो उपाय हलो उ करिया कोट, अरे ओकील! लेकिन अब तो हौ उनरको में ठेलाठेली साँझ के सब्जी तक के जोगाड़ मुश्किल हौ। तो बचलौ कि इ पत्रकार, माने पत्र में लिख कार पर चढ़, इ फील्ड अभी सेफ हौ, चमार सियार के

प्रवेश अभी नाय होलौ हो। लुआठी ले ला हाथ में और निकल जो–दोसर के घर जार/आपन घर उजियार...बूझ गेला हुडुकलुल्लु!"

इस जूलियस सीजर के मार्क एंटनी, उत्थान के समय हिटलर और द्वितीय विश्वयुद्ध के समय के चर्चिल के भाषणों की तरह के भाषण का असर कुछ ऐसा हुआ कि दूसरे ही दिन से वह 'लुआठी' के दफ्तर में आकर खबरें लिखने लगा।

जितना वह प्रमोद के करीब आता उसके व्यक्तित्व से चमत्कृत हो जाता। पल में तोला पल में माशा, अपने को घिसकर हर तरह का पुर्जा बन जाने की सलाहियत, वह क्या अभिनय खाक करता है, अभिनय चल रहा था प्रमोद का– लाइव–फोन पर ही :

"क्या सर! हम लोग भी जिए खाएँगे मालिक।"

उधर से कुछ कहा गया–

"नहीं, नहीं, हम लोग के पास तो पक्का इन्फॉरमेशन है, ऐसे भी लुआठी बिना सबूत किसी पर हाथ नहीं डालता है मालिक नहीं...नहीं सुना जाए न पहले...उ मछली का जीरा जो मँगवाया गया था...अच्छा-अच्छा केतना...अरे चाय, गुटखा लायक हो जाए और क्या। सब स्टाफ लोग का भी बाल-बच्चा है...हाँ, हाँ...ठीक है, ठीक है, भेज रहे हैं और सुनिए न, रोहू मराया है कि कतला...ठीक है..."

–"जो बाबू चल जो जरा मत्स्य विभाग, कहियौं प्रमोद बाबू भेजलथु लुआठीवाला।"

एक घण्टे में पाँच किलो रोहू मछली और दो हजार रुपये लेकर लौटा वह–पाँच सौ रुपये और दो किलो के आसपास की रोहू मछली उसे दरियादिली के साथ दे दिया प्रमोद ने–"जो ऐश कर बाबू, इ हौ दू रोज के तनखा और मछली फ्री साथ में।" घर जाकर उत्साह के साथ मछली के झोल और भात का आनन्द ले ही रहा था कि उसके गले में मछली का काँटा लग गया। खाँसते-खाँसते बेहाल, पानी पिया, सूखे भात का गोला बनाकर कई बार निगला तब जाके राहत हुई थोड़ी। सुनकर प्रमोद हँसने लगा– "पहला बार एच. के. किया है हुडुकलुल्लु इसीलिए।" बकलोल की तरह अपनी तरफ ताकता पाकर एच. के. का मतलब भी बताया–"अरे हरामखोरी रे हरामखोरी, गला के चिकना बनाओ एकदम चिक्कन, सड़ाक से माल सीधे पेट में। ना दिल के पास रुके ने समय दे और न दिमाग के सोचे के। लटकले तो गेले बेटा।" फिर टेलीफोन उसकी तरफ बढ़ाते हुए कहा–"जरा इ रजकुमरा कोयलाचोर के फोन कर–अरे ट्रेनिंग होतो...पहले थोड़ा पोलाइट..."

"हलो! राजकुमार जी हैं, हम लुआठी अखबार से बोल रहे हैं।"

"दरअसल बात ऐसी थी कि ऐसा है कि..." आवाज हलक में अटक-सी गई थी, प्रमोद ने फोन छीन लिया–'हुडुकलुल्लु है पूरा'–"अरे राजकुमार भाय! हमिन के अखबार चलतौ कि बन्द कर दियौ, अरे तोहरिन के सहजोगे से न अखबार चलैत हौ..." कोयला माफिया के सहयोग से अखबार–चौंका वह, प्रमोद ने आँख से इशारा किया चुप रहने का–"त बाबू, तोर नाम तो एस.पी. के हिट लिस्ट में सबसे ऊपर है, कैसे...? अरे उ

एगो हमर मित्र नै हलौ नाटक-उटक वाला...हाँ! हाँ! वही एस.पी. साहेब के डायरेक्ट कनेक्शन माने...हाँ! हाँ! अरे काम तो हो जैतो...लेकिन तोर एरिया में एगो हमर हुडुकलुल्लु रिपोर्टर हौ–एगो बड़ी लम्बा आर्टिकल लिखके...हाँ! हाँ!...तोहनिये पर हौ...अब हम पड़ गेलियौ मुश्किल में–अरे नै! नै, सबके बचवन के जिये खाए के हक हौ न–ठीक है ठीक...हमर आदमी पहुँच जैतो कल...''

–''हुडुकलुल्लु साला नै देगा...रंग फाड़ देलियौ बेट्टा के, कल चल जइहौ, पाँच के इन्तजाम हौ।''

सुबह से शाम तक खबरचियों और खबरों की भीड़ रहती–कार्यक्रमों की कवरेज, खबरें लिखना, दुरुस्त करना, हिज्जे रिपोर्टरों के...इन्हीं सबमें लगा रहता। जबकि ज्यादातर बंधु लोग दूसरे-तीसरे धंधों की बातें करते रहते–कोई एल.आई.सी. की पॉलिसी तो कोई योजनाओं के अभिकर्त्ता बनने की, कोई चिटफण्ट, कोई जमीन-जगह के धंधे, कोई नेटवर्क मार्केटिंग, कोई ड्रीमवे-शेमवे आदि तरह-तरह के रास्तों की यानि–मुख्य काम के अलावे हर तरह की बातें...प्रमोद इसे साइड इशू स्पेशलाइजेशन कहता था–''सब सरवैन (साले) इन्क्लूडिंग मी साइट इशू स्पेशलाइजेशन करले हथु। कोइयो अखबार के कार्ड ले ले और जे मन आवौ कर। यही कार्ड हौ ट्रम्पकार्ड। अखबार के भरोसे रहबे तो बिन खैले (खाए) मर जैबे।'' उसे यह सब किसी रहस्यमय तंत्रलोक की तरह लगता और इर्द-गिर्द सारे तान्त्रिक घूम रहे हों जैसे–एक तान्त्रिक इशारा करता–''देखा जाए न सर यहीं पर न है उ चेकडैम।''

''कहाँ?'' उजबक की तरह ताकते हुए दूसरा कहता।

''अब नहीं न है सर। पहाड़ी नदी है न सर...बरसात में इतना जोर पानी आया कि कहाँ सँभाल पाएगा उ नन्हा-सा चेकडैम। फिर इस साल वाला अलाटमेण्ट में देखा जाएगा। अब चला जाए न सर। उ कन्हेरी पहाड़ पर बड़ा सुन्दर रेस्ट हाउस है। वहीं न सब बेवस्था है सर...।''

ऐसे ही एक तिलस्म उद्भेदन के लिए एक बार ऊपर-नीचे लदी बस पर बैठकर केरेडारी जाते हुए उसे दिख गए इन्स्पेक्टर यादव जी–अपनी पहचान छुपाने की तमाम कोशिशों के बावजूद–जैसे वर्दी देह की बजाय एक प्लास्टिक के झोले में। मूँछें भी शायद उतनी कड़क नहीं लग रही थीं या ये शायद सिर्फ वहम हो–लेकिन उनकी निगाहें–कोई शको-सुबहा की गुंजाइश ही नहीं थी–चोरों का तरह इधर-उधर नाचती सबको शक की निगाह से देखती हुई कि कोई पहचान न ले–और बस...–''का यादव जी कहाँ चले?''

यादव जी इधर-उधर देखने लगे जैसे सुना ही न हो।

–''अरे आप ही से कह रहा हूँ, इन्स्पेक्टर साहेब।''

''रोको, रोको अरे, बस यहीं...'' इन्स्पेक्टर यादव उसे बिल्ली की तरह देखते हुए उतर गए बस से, जिसने रास्ता काट दिया हो। प्रमोद ने इस तिलस्म की चाभी दी–जब उसने पूछा कि यादव जी तो हमेशा अपनी पहचान बताते रहते हैं–को नहीं जानत है जग में–''उ इलाका कोन हथो नाय जानोहि, नक्सलाइट भाय लोग के–हुंआ तो

इन्स्पेक्टर यादव अपना बाप तक के चीन्हे से इन्कार कर देतियो। मालूम हो गेलौ कि इन्स्पेक्टर हौ तो गड़िये के टान के वन टू थ्री कर देतियौ भाय लोग। आर तोंय भी उ सब इलाका में पुलिस-उलिस के मत्ते टोकल कर। चीन्हार हौवे से का फैदा।''

सचमुच भाय लोगों का ऐसा था कि अपनी सिद्धि में बाधक तत्त्वों के जीवन को वे तुच्छ समझते थे। तमाम लोगों की अलग-अलग प्रतिक्रियाएँ होतीं, उनके तौर-तरीकों पर–कोई कहता–''भटके हुए तान्त्रिक हैं, इन्हें मुख्यधारा नाम की धारा में लाना जरूरी है।'' यह मुख्यधारा कहाँ पर बहती थी कोई नहीं जानता था। कोई कहता–''सब सिस्टम जब फेल हो रहा है तो आदमी क्या करे, उठा ही लेगा बन्दूक। जब कोई और काम ही न मिले तो।'' प्रमोद की मौलिक सोच थी–''इ सब भी स्वरोजगार हौ बेट्टा–लड़कन (लड़के) कि करतथु, चाहे गांधी के गुण्डा बन, लोहिया के लफंगा बन, मार्क्स के मुसंडा बन, चाहे आडवाणी-अटल के अण्डा बन, ढोना तो है बाबू उन्हें झण्डा-डण्डा, बन्दूक-सन्दूक, लड़कन के। फेर जात-पात के फेरा में भी फँसबे करबा, जइबा कहाँ। तू खबर लिख इ वाला अबकीए (इसी बार) तो एस.पी. साहेब के वालेकुम परनाम हो जैतो।'' फिर खबर लिखने में मदद करने की मुद्रा में आँख बन्द कर आज की इस बड़ी खबर पर टिप्पणी करता गया–कि किस जाँबाजी के साथ एस.पी. साहेब ने भाई लोगों के कई बंकर, सूचनाओं के आधार पर ध्वस्त कर दिए, जिसमें ढेर सारा नक्सली साहित्य, कुछ असलहा और रुपयेवाला एक सन्दूक मिला है। और ये सब हुआ है छह जवानों के शहीद हो जाने की कीमत पर। बारूदी सुरंग फटने पर एस.पी. साहब बाल-बाल बचे थे क्योंकि उनकी गाड़ी थी ठीक उस पुलिस वैन के पीछे। हर बार एस. पी. साहब की गाड़ी थोड़ी पीछे रह जाती थी क्योंकि जवानों की गाड़ी आगे बढ़वाकर एस.पी. साहब जिप्सी से पीछे-पीछे आते थे। और कभी भी कच्चे रास्ते से नहीं जाते थे। क्योंकि ऐसे रास्तों पर बारूदी सुरंग के छिपे होने का पता नहीं चलता था। लेकिन उस दिन पता नहीं कौन-सा जुनून सवार था कि हर तरह के नियम-कानून को ताक पर रखकर कच्चे रास्ते पर ही चल दिए थे। रुपयोंवाला सन्दूक लदवाकर कोठी पर ले आए। सुबह प्रेस कान्फ्रेन्स की गई जिसमें सबने उत्साह के साथ ताला टूटा हुआ सन्दूक देखा–जिसमें से बताया गया कि पाँच लाख रुपये बरामद हुए हैं–सामने टेबल पर बिखरा हुआ था सारा सामान–बंकरों से बरामद हुआ–ढेर सारा नक्सली साहित्य (जो हर बार बरामद होता था, कई बार ऐसे नौजवानों के बंकर से जिनके लिए इसको समझना तो दूर पढ़ना भी मुश्किल था), कुछ टूटे-फूटे डिब्बे जिसमें बम बताया जा रहा था। कुछ भराठी बन्दूकें...ये सब चीज़ें डिस्प्ले की गई थीं और इन सब चीजों के साथ एस.पी. साहब ने ठीक वैसे ही फोटो खिंचवाई जैसे पुराने जमाने के मरे हुए बाघ की पीठ पर लात रखकर, हाथ में दुनाली लेकर, और जोधपुरी ब्रीचेज पहनकर राजे-रजवाड़े खिंचवाया करते थे। इस ब्रीफिंग में एस.पी. साहब ने अपनी जाँबाजी के किस्से सुनाए, मृत जवानों को श्रद्धांजलि दी और इस बढ़ती हुई प्रवृत्ति के बारे में कहा–''दे आर आल आफ्टर ईजी मनी नाऊ। नो आयडियोलॉजी, नथिंग सिर्फ पैसा और कास्टिज्म। इसी पर वर्चस्व

की लड़ाई है अब। बस लेवी लो जमा करो। अपने बच्चों को राज्य के बाहर अच्छे स्कूल में पढ़ाओ। ऐश करो बस।''

बीच में उसने नजर प्रमोद की तरफ उठाई तो देखा वह सिर हिला रहा है बहुत तेजी से। लोग समझे कि वह एस.पी. की बात का समर्थन कर रहा है लेकिन इसका मतलब यह था वह सन्तुष्ट नहीं था। अचानक सवाल का गोला दागा उसने–''अच्छा सर! ये सन्दूक क्या इसी हालत में बरामद हुआ या ताला आपने तुड़वाया। किन लोगों के सामने यह ताला तोड़ा गया?''

''अरे प्रमोद जी...प्रमोद जी क्या मैं अथॉरिटी नहीं हूँ ताला तोड़ने का या ये काम सिर्फ चोरों से ही हो सकता है''–फिर एक ठहाका लगाया और सिपाहियों को इशारा किया–पनीर के पकौड़े, कॉफी, मिठाइयाँ सर्व कर दी गईं। सभी मगन हो गए और एस.पी. साहब के उस पैर को कई देखने लगे जो एक-दो जगह से छिल गया था।

शाम को अस्सी प्रतिशत बिरादरी आइ.पी.ए. की बैठक में शामिल होती थी और आइ.पी.ए. का मतलब भी उसे प्रमोद ने बताया था–इण्डियन पियक्कड़ एसोसिएशन। दो पैग के बाद प्रमोद उद्विग्न हो गया–''बूझले बाबू, बतवा जे हौने वैसन नाय हौ जैसन साहब कहलथिन।'' (बात वैसी नहीं जैसा साहब ने कहा)

''मतलब?'' पूछा उसने।

''मतलब कि इ माल हलौ बेसी, एनटेन हो गैलो बीच्चे में।''

''कैसे, क्या सबूत है?'' वह खोजी पत्रकार बन रहा था।

''हाँ सबूत तो नखौ अभी लेकिन मिल जैतो जल्दिए, एसपीया/हमिन के अँधरा समझ के लल्लटेन देखा रहलो है सब सोचलयु चल, नक्सलइटवन के पाँच लाख रुपिया पकड़ा गेलो–भागल भूत के झाँट नफा हो गैलो, लेकिन...'' फिर प्रमोद कहीं चला गया था जैसे जल्दी में उसे किसी से मिलना है। उसने भी सोचा कि प्रमोद का सूचनातन्त्र इतना मजबूत है कि जरूर उसे कुछ गंध लगी होगी। तभी शक हो रहा है उसे वरना और बन्धुगण तो गरमागरम पनीर पकौड़ा खाके साहब की दिलेरी का गुणगान करते ही निकल रहे थे। वरिष्ठतम पत्रकार और एल.आई.सी. के करोड़पति एजेण्ट, सभी बन्धुओं के दादा, अंग्रेजी अखबार के स्थानीय संवाददाता ने तो सर्टीफिकेट भी दे दिया तुरन्त–''अगर ये एस.पी. हिंया रह गिया ना तो समझो कि इन नक्शाल लोक का ताम्बू उखाड़ देगा।''

पर प्रमोद था कि लुआठी लेके एस.पी. के ही तम्बू के पीछे पड़ गया। आजकल अखबार के दफ्तर में भी कम ही आता। कहाँ-कहाँ बाइक पर आसपास के कई गाँवों में चक्कर लगाता रहता। सूचनाएँ जुटाता और परेशान नजर आता–उन्हीं दिनों सुरेश गंझू नाम का एक दुबला-पतला-सा नौजवान अक्सर आने लगा था प्रमोद के पास–चौकन्नी आँखोंवाला, ज्यादातर अँधेरे में ही आता। दोनों एकान्त में जाकर कुछ बातें करते और फिर वह अँधेरे में गायब हो जाता था। एक दिन उत्तेजित-सा आया और कहने लगा–''कहाँ है प्रमोद भइया?''

"अभी आ जाएँगे, बैठिए।"

"नहीं, माने कहाँ गए हैं कुछ है मालूम।" उसने उसकी बेचैनी को खासतौर पर लक्ष्य किया। तभी प्रमोद आ गया। वह उसे एक किनारे ले गया। दोनों हाथ हिला-हिलाकर बात कर रहे थे–फिर वह अँधेरे में हमेशा की तरह गायब हो गया। उसके जाते ही प्रमोद ने भविष्यवाणी की–"अब इ बेट्टा जल्दिए एनटेन हो जैतो।" दूसरे ही दिन अखबारों की हेडलाइन ने ये भविष्यवाणी सही साबित कर दी–*कुख्यात उग्रवादी एरिया कमाण्डर सुरेश गंझू पुलिस मुठभेड़ में मारा गया। कल रात नेशनल पार्क के पास जाँबाज पुलिस कप्तान ने ये कारनामा कर दिखाया। वो भी अपने एकमात्र अंगरक्षक के साथ। पुलिस की गाड़ी देखते ही सुरेश गंझू जिस पर दर्जनों हत्याओं, बलात्कार और फिरौती के मामले थे, भागने की कोशिश करने लगा लेकिन एस.पी. साहब ने मुस्तैदी और जाँबाजी के साथ उसे एनकाउण्टर में मार गिराया।*

"वालेकुम परनाम एस.पी. साहब।" अखबार देखते ही प्रमोद ने डायल किया–"तब एनटेन कर दिए न सुरेशवा को। इ लेकिन ठीक नहीं हुआ साहेब।"

उधर से कुछ कहा गया जो वह सुन तो नहीं पाया लेकिन प्रमोद के चेहरे के बदलते रंग से महसूस जरूर किया उसने।

"न त ठीके है, आते हैं आजे शाम में।" फोन रख दिया–"हुडुकलुल्लु साला... बूझते बाबू अबरी (इस बार) गोटी सेट हो गैलो न तो सब दलिद्दर दूर...अखबार के भी हमिन (हम लोगों) के भी..." प्रमोद के चेहरे पर उत्साह था और वह भी उत्साह से संक्रमित हो रहा था। घर आने पर पत्नी ने बताया आज बेटे को स्कूल में डाँट पड़ी, दो महीने की फीस बकाया होने के कारण और कल गार्जियन को बुलाया है स्कूल में। उसने प्रमोद के उत्साह से चमकते चेहरे को याद किया और सोचा इस स्कूलवाले 'हुडुकलुल्लु प्रिंसिपल' के बारे में भी कुछ लिखना पड़ेगा। खटमल की तरह चूस तो रहा है खून। दो-चार महीना देर से ही चूसेगा तो क्या होगा। थोड़ा अजीब भी लगा–उसकी बातचीत के लहजे यहाँ तक कि सोच पर भी प्रमोद हवा हो रहा था इन दिनों। पर सुबह उत्साह गायब और गुस्सा काबिज था प्रमोद के चेहरे पर–"इ सरवा (साला) एसपीया हमरा सड़कछाप जर्नलिस्ट समझ लेलथु। अरे हर आदमी को अपने औकात के हिसाब से न भौंकना चाहिए।" प्रमोद गुस्सा जाने पर हिन्दी बोलने लगता था नहीं तो ज्यादातर वह अपनी बोली में बात करता था। तब उसे भी आशंका हो आई कि अब दलिद्दर दूर नहीं हो पाएगा, दलिद्दर तो उसके साथ ही पैदा हुआ है, वह मरेगा फिर भी दलिद्दर जिन्दा रहेगा–आज उसने भी फोन उठाया और शुरू हो गया–"हाँ...दलिद्दर...अरे लुआठी अखबार से बोल रहा हूँ...नहीं, नहीं...बस विज्ञापन चाहिए–अरे आप लोग के सहयोग से ही न अखबार चलेगा...ठीक है। लेकिन लोकल का भी कुछ ध्यान रखिए। ठीक है, आते हैं, थोड़ी देर में। ऑफिस में ही हैं न, ठीक..." कट "हुडुकलुल्लु साला, सब लकड़ी कटवा के बेच दिया। देगा नहीं तो चैन से रहेगा कैसे।" बाद में उसने गौर किया कि प्रमोद उसकी ओर गर्वमिश्रित आश्चर्य से देख रहा है और मुस्करा रहा है फिर बोला–

"आज से होगा सफेदपोश एस.पी. का पर्दाफाश।" फिर पूरी कहानी तफसील से बताई– कैसे सुरेश गंझू जो एक पुराना उग्रवादी था पर इन दिनों वह यह रास्ता छोड़ देना चाहता था...बल्कि छोड़ चुका था। कुछ लालच, कुछ मजबूरी...कुछ सदिच्छा भी रही हो शायद। उसी की सूचना पर वह सन्दूक बरामद हुआ जिसमें अस्सी लाख रुपये थे। अभी भी उन शहीद (?) हो चुके जवानों की विधवाओं का रोना-धोना प्रमोद भूल नहीं पाता है। उसमें से जाहिर था कुछ हिस्सा सुरेश गंझू भी चाहता था लेकिन एस.पी. के मन में तो कुछ और ही था। एक दिन आधी रात को घर से सुरेश को उठाकर लाया गया। घर वालों को शक नहीं हुआ ज्यादा क्योंकि इन दिनों वह एस.पी. के लगातार सम्पर्क में था और रुपया मिलते ही वह सपरिवार किसी दूसरे राज्य में हमेशा के लिए चला जाना चाहता था। लेकिन नेशनल पार्क के पास सुनसान रास्ते में ले जाकर...इसके बाद क्या, कैसे हुआ ये तो एस.पी. बता सकता है या फिर उसका बॉडी गार्ड...लेकिन सुरेश की पत्नी के बयान पर एस.पी. पर एफ.आई.आर. तो हो ही सकता था।

लुआठी में ये खबर छपी तो सारी प्रतियाँ हाथोंहाथ स्टालों से बिक गईं। बड़े अखबारों के एडीटरों के फोन घनघनाए तो स्थानीय ब्यूरो प्रमुखों की डाँट पड़ने लगी– क्या कर रहे हो तुम लोग। एक छोटा अखबार तूफान खड़ा किए हुए है और तुम लोग– पहले तो एस.पी. ने सारे आरोपों को खारिज करते हुए कहा कि अरे ये सब अखबार या तो मूँगफली खाने के काम आते हैं या बच्चे की पॉटी साफ करने में, लेकिन सात दिनों में ही कुछ ऐसा माहौल बन गया कि उन्हें पड़ोसी जिले में जाना ही पड़ा। विदाई समारोह एवं नवागत का स्वागत समारोह नगर भवन में आयोजित हुआ जिसके मुख्य प्रायोजक थे–"कोयला क्लब के सदस्य और खासकर शम्भू पाण्डे एण्ड कम्पनी। उस पुराने एस.पी. के कलामर्मज्ञ होने की भरपूर तारीफ की गई और चमन बाबू ने इस मौके पर एक लम्बी और अत्यन्त मार्मिक कविता पढ़ी और रोने लगे। इसमें कवित्व का कितना योगदान था और कितना दूसरे तत्त्वों का, ये पता ठीक से नहीं चल पाया। सभी कोयला क्लब के सदस्यों, दारू भट्‌टी यूनियनवालों ने उझक-उझककर नवागत एस.पी. के साथ फोटो खिंचवाई और बड़े साइज का करवाकर ड्राइंग रूम में लटकाई, दूसरे दिन अखबारों की कई प्रतियाँ इन्हीं के घरों में गईं। प्रमोद ने तो लुआठी के दफ्तर में ही बाकायदा जश्न मनाया और उसका भी दारूप्राशन हुआ उसी दिन। घर पहुँचते ही पत्नी ने "इ सब का बकरी का मूत पीके आए हैं। बच्चा लोग बड़ा हो रहा है, कुछ होश है।" कहकर सारा सुरूर ही उतार दिया।

इसके बाद तो प्रमोद ज्यादातर कचहरी कैम्पस में ही दिखने लगा था–कभी सुरेश गंझू की पत्नी के साथ वकीलों से जाकर मिल रहा है तो कभी कानूनी दाँवपेंचों पर उनसे बहस कर रहा है, कभी स्टाम्प पेपर, कभी फोटो स्टेट, कभी टाइप, इन्हीं सब धंधों में लगा रहता। कभी बड़कागाँव जानेवाली बस पर सुरेश की पत्नी को बिठाकर उसके बच्चे को गुड़झिलिया खरीदकर बस के चल देने पर आता। हिम्मत करके उसने एक दिन कह ही डाला। लुआठी के दफ्तर में जब कई दिनों के बाद प्रमोद ने दर्शन दिए थे–"कुछ

ज्यादा ही इनवाल्व नहीं हो गए हो तुम इस मामले में?" प्रमोद ने कुछ देर सोचा फिर कहा भीनी-सी आवाज़ में—"बड़ी लन्द-फन्द करके कमैलियौं। सुरेश के पत्नी और बचवा के देखैहियो न तो दिमाग खराब हो जाहो। मरे के पहले दिन सुरेश अपना बीवी को बोललको कि बचवा को इ इलाका का हवा भी नै लगने देना है। बस चल जाना है पंजाब...वहीं मजूरी करके बचवा के पढ़ाना है...इ राक्षस एस.पी. सरवा, पूरा सपने खतम कर देलथु ओहरिन के। अब इ पैसा कौड़ी के लड़ाय ना रहलौ। इ सरवा के हम ना छोड़वो।"

केस में संज्ञान लिया जा चुका था, कई सुनवाइयाँ हो चुकी थीं, एस.पी. साहब दौड़-दौड़कर परेशान हो चुके थे। जज की नजर भी टेढ़ी होती दिख रही थी—कहीं अति सक्रिय न्यायपालिका का शिकार न हो जाएँ—डरे रहते थे। तनाव में रहते थे और तब उन्होंने तनाव को समाप्त करने का फैसला कर लिया और प्रमोद खबरची स्वयं एक बड़ी खबर बन गया एक शाम...उसके घर के रास्ते में तकरीबन एक किलोमीटर का एक सुनसान, पुटूस की झाड़ियों से भरा एक पैच था। आई.पी.ए. की बैठक के बाद प्रमोद उधर से ही रोज रात नौ बजे के आसपास गुजरता था अपनी बाइक पर। वहीं पर उसकी बाइक रुकवाकर अज्ञात हमलावरों ने कनपटी से सटाकर गोली मार दी थी और ये काम किसी नौसिखिए का नहीं था, शायद प्रोफेशनल शूटरों को सुपारी दी गई हो। लुआठी के लिए ये खबर लिखते समय वह बड़ी देर तक रोता रहा—निःशब्द—और उसके पिता की शाब्दिक प्रतिक्रिया थी—"लुआठी लग गया न जिनगी में, अरे साहब सूबा से टक्कर लेने का, जरूरत था। उ भी पुलिस से...तुम भी तनी सावधानो रहना।"

ये सब ऐसे सुनहरे आसन्न चुनावी वक्त में हुआ जब सारी पार्टियों के कारकुन मुद्दे की तलाश में थे और मुद्दे की जगह उन्हें मिल गया था एकदम हॉट मुर्दा। बिजली, पानी, सड़क, गरीबी, बेरोजगारी—ये मुद्दे इतने घिस चुके थे कि चुनावी बाजार में अब इनकी कीमत नहीं के बराबर रह गई थी। इन मुद्दों पर कहने-सुनने में मजा नहीं आता था। सभी पार्टियाँ मुर्दे को अपने खेमे में लेने को आतुर थीं—कोई कहता प्रमोद तो पुराना कांग्रेसी था, किसी ने उसे वामपंथी पार्टियों के जलसे में नुक्कड़ नाटकों में भाग लेते देखा था, कोई कह रहा था कि उसके पिता तो पक्के निक्करधारी हैं तो बाप का पूत सिपाही का घोड़ा कुछ नहीं तो थोड़ा-थोड़ा लेकिन सूबे में तब सरकार थी छद्म धर्मनिरपेक्ष पार्टियों की तो सच्ची देशभक्त पार्टी मुर्दे को ले उड़ी ताकि उनके तान्त्रिक शवसाधना कर सकें और उच्चाटन हो सके छद्म का। अभी 'शहीद प्रमोद का खून बेकार नहीं जाएगा', 'बोलने की आजादी दो, नहीं तो गद्दी छोड़ दो', 'यह सरकार निकम्मी है', 'कानून व्यवस्था में सुधार करो'...आदि शुरू ही हुए थे और मुर्दा श्मशान से उठकर बोलने ही वाला था कि शालीनता की प्रतिमूर्ति भगवान श्रीराम की मुखमुद्रा क्रुद्ध हो उठी। अब स्मित हास्यवाली सीताजी के साथ की आशीर्वादी मुद्रा कहीं खो गई थी...और अस्त-व्यस्त जटाजूट, रणवेश में हाथ में तीर-धनुष लिए सन्नद्ध, शत्रुओं की तलाश में निकल पड़े थे। अब साक्षात क्रोधित भगवान श्री राम से भला प्रमोद का मुर्दा

क्या जीत पाता सो यह मुद्दा कमजोर पड़ गया और देशभक्त 'जय श्री राम हो गया काम' का नारा लगाते घूमने लगे, तुलसी बाबा ने लिख दिया था–*रावण रथी विरथ रघुवीरा* तो राम जी तो रथ पर आरूढ़ हो नहीं सकते थे तो सच्चे रामभक्त लोग ही रथों पर आरूढ़ होकर देश को एक कोने से दूसरे कोने तक खूँदने लगे। इसमें इतना गर्दोगुबार उड़ा कि प्रमोद का मुर्दा कहीं रथमार्ग के किनारे पड़ा रह गया, छिप-सा गया और पूर्ण शहीद का दर्जा प्राप्त करते-करते रह गया–प्रमोद का दुर्भाग्य।

प्रमोद के दुर्भाग्य की कालिख लगी चिमनी को साफ करने का बीड़ा इन दिनों उठा रखा था सिर्फ आशाप्रेम ने। रोज शाम में लौंडे-लफाड़ियों के दलबल के साथ लुआठी के दफ्तर आती, रजनीगंधा की एक लड़ीवाली माला प्रमोद की तस्वीर पर टाँगती, एक गायत्री धूप जलाती फिर नमस्कार कर लौट जाती। आगे-आगे उनका दल चलता नारे लगाता–'प्रमोद का खून बेकार नहीं जाएगा', 'यह सरकार निकम्मी है', 'जीने का अधिकार दो नहीं तो गद्दी छोड़ दो'–सरकार चाहे कितनी भी निकम्मी हो वह गद्दी कभी खुद तो छोड़ती नहीं सो अब भी नहीं छोड़ा। वह रोज यह तमाशा देखता रहा, तबियत होती कि शटर गिराकर भाग ले लेकिन भाग नहीं पाता और तमाशे में फँस ही जाता। अलेक्जेण्डर पोप की लाइनों का प्रमोदी तर्जुमा सुन रखा था–वही 'फूल्सरश इन...' वाले दोलाइना का–"हुडुकलुल्लु धँस पड़ते हैं वहाँ। शरीफ फूट लेते हैं जहाँ।" वह शरीफ बना रहना तो चाहता था लेकिन ये शराफत का कवच बहुत दिनों तक कारगर नहीं हो पाया क्योंकि एक दिन आशाप्रेम ने अकेले आकर जादुई नैनबानों से चीर डाला उसकी शराफत का चोला–प्रमोद से उसकी दोस्ती का वास्ता देकर, आसन्न चुनाव में उसकी पूरी मदद करने और प्रमोद हत्याकाण्ड की आन्तरिक कहानी आम जनता तक पहुँचाने के लिए हामी भरवा ही ली। हालाँकि उसके पिता या पत्नी किसी ने भी उसके इस कदम का स्वागत नहीं किया बल्कि पिता ने तो कह भी दिया–"काहे ई मैला में ढेला मारेवाला काम कर रहे हैं, पोलटिस कोनो भला आदमी का काम रह गया है अब।" पत्नी ने तो बाकायदा बेटे के सिर पर हाथ रखवाकर कसम दे दी कि दिनभर चाहे जहाँ रहें लेकिन शाम छह बजे के बाद कभी भी 'आशाप्रेम' के साथ नहीं रहेंगे। उसे समझ में आ गया कि बन्धुओं ने उसके गायबाने में पत्नी के सामने आशाप्रेम की खूब ब्रीफिंग की है और कुछ छौंक भी लगाई है। लुआठी तो आशाप्रेम के चुनाव प्रचार को पूरा महत्त्व देने ही लगा था साथ ही साथ अखबारों के 'लड़कभुड़भुड़ी सिद्धान्त' के तहत कुछ बड़े नामवाले अखबार भी उसको कवरेज देने लगे थे। दरअसल इस सिद्धान्त में होता यह है कि जिसमें उचक्केपनवाले समाचारों को भी पूरी गम्भीरता से जगह दी जाती है। नामचीन अखबारों की लाचारी भी हो गई थी थोड़ी क्योंकि उनके आकाओं ने स्थानीय एडीशन निकालने का फैसला कर दिया था–कल्लूमल हलवाई से लेकर शिवलाल पानवाले तक के प्रतिष्ठानों से विज्ञापन दुह लेने की आस और अखबारों में नाम छपाने की प्यासवाले लोगों की वजह से बढ़ता सर्कुलेशन–अर्जुनों की आँख हमेशा मछली की आँख देखती है। आशाप्रेम मुक्तहस्त से आशा एवं प्रेम का सन्देश बाँट ही रही थी कि इन

बन्धुओं के बीच तो वे भी उसे लेकर लपका-लपकी खेलने लगे। आशाप्रेम भी कोयला माफियाओं, पुलिस और नेताओं की मिलीभगत पर प्रमोद हत्याकाण्ड के सन्दर्भ में बराबर इमोशनल प्रकाश डालती रही ताकि कुछ प्रकाश 'कहीं पे निगाहें कहीं पे निशाना' वाले फार्मूले के अनुसार वर्तमान सांसद महोदय पर भी पड़े।

''तब नगाड़ा बजा रहले हैं न खूब''। एक बन्धु ने बेल्ट के नीचे वार किया था। उसने वार पहचाना–नगाड़ा आशाप्रेम का चुनाव चिह्न था।

''का हुडुकलुल्लु तरी बात कर रहल है के आशा जी के बारे में ऐसन मत बोल।'' उसने प्रतिवाद किया।

''उह! आशाजी! सत्तर चूहा खायके बिलैया गेलौ हज करे, लाश के राजनीति करैत हौ जी, और का। अपन बप्पा के बारे में कभी बतैलको कि ना। नमरी कोयलाचोर हलौ अपना टाइम के उहै रामनिहाल बाबू–और के–जेकर जयन्ती मनावे हौ पूरे धूमधाम से...''

''रहे दें।'' जो भी हो, आशाप्रेम का साथ तो देना ही है क्योंकि मोटी-मोटी कजरारी आँखों में आँसू भरकर जब वह प्रमोद के बारे में बात करती थी तो उसकी नीयत पर आनेवाला कोई भी शक कहाँ टिक पाता था और फिर कुछ हो न हो, मित्र का कर्ज तो कुछ हद तक चुका ही सकता था वह इसी तरीके से–ये तामझाम लुआठी का दफ्तर, उसकी मोटी-मोटी एक पहचान और सबसे बढ़कर उसका घर-परिवार चल रहा था उसी प्रमोद के ही पैसे से–गौर किया उसने कि बिल्कुल प्रमोद की तरह ही बात करने का अंदाज हो गया था फोन पर–''सुना हो डी.टी.ओ. साहेब, सब इन्फॉरमेशन हौ हमरा पास कागज पत्तर के साथ। तू हमर घर-परिवार के, अखबार के टेंशन दूर करा, हमिन तोहर दूर कर देबौ। त आवैत हियौं आज तीन बजे। अच्छा–वालेकुम परनाम।''

एक सुबह घर के ठीक बाहर एक चमचमाती हीरो होंडा देखकर चौंका वह। मालूम हुआ छोटा भाई सुनील लेके आया है। पूछा तो पहले तो थोड़ा दाएँ-बाएँ बतियाने लगा फिर बता दी सारी बात–''त इहै न टाइम है कमाने का। इलेक्शनवा हो जाएगा फेर (फिर) के भेंटायेगा। नहीं, इ वाला तो विकास को मिला है, मेरा दोस्तवा है न उसी को। हम भी भिड़ल हैं दू चार दिन में देगा एगो हमको भी–तोर नगड़वोवाली के पास तो ढेर मनी पैसवा हौ। कमैला कुछ कि सुखले फुटानी हौ।'' भाई की कीमती सलाहें जारी थीं। बड़बड़ाते हुए–''साला हमरे उमर में तेंदुलकर करोड़ों पीट लिया, हम लोग यहाँ बथुआ (एक प्रकार का साग) कबाड़ रहे हैं।''

''तू कुच्छो काम-धाम करोगे तब न होगा कमाय कि खाली हुडुकलुल्लुगिरी से होगा।'' उसने बड़ा भाई होने का नाटक किया।

''दुर मरदे! काम-धाम करे से कभी कमाय होतौ जी। गाँड़ पर पेंट खिया (घिस) जैतो नोकरी-फोकरी में। बस यही सब उड़न्तु कमाय कर ढेर रस्ता हौ कमाय के। कोन-कोन इन्वेस्टमेन्ट कम्पनी और का का सब लाख करोड़ जमा कर और फूट ले पतली गली से–आर नै त नेता उता बन सात पुश्त के इन्तजाम हो जैतो। अभी इ लाइन

में हमिन के स्कोप घट गेलौ एकदम्मे–बैकवर्डवन के राज न हौं–हाँ फेर भी चमचा बेलचा में रह सकोहिं–ओकरो में पूछ हौं।''

''अरे तो अकल कहाँ से लावेगा उ लोग। उ तो फरवर्डवैने न देगा।'' ये उसके पिता थे जो मुदित मन से अपने सुयोग्य पुत्र का भाषण सुन रहे थे और लुंगी के पिछले हिस्से में हाथ डालकर तूफान में तम्बू की तरह हिला रहे थे।

उसकी एन्ट्री 'रामनिहाल मैंशन' में हो चुकी थी। बहुत सारे मित्रों की चवनिया मुस्की का अर्थ समझने लगा था वह भी–ये मुस्की इसीलिए थी कि आजकल वह उस रहगुजर पर था जिस पर से कितने ही कारवाँ गुजरा किए थे।

''का बे फटल नगाड़ा पर डण्डा पीटे से आवाज निकलतो।'' एक का सुमाषित आया था।

''ओकरा से भेंट होवो हौ कि ना 'गो हाथ में जुम्बिश नहीं आँखों में तो दम है/रहने दो अभी सागरो मीना मेरे आगे'।''–दूसरे की उत्सुकता थी।

पहले-पहल तो वह समझ नहीं पाता लेकिन बाद में समझ गया कि ये चर्चा मैडम के 'तथाकथित' पति के बारे में थी तथाकथित इसलिए कि...खैर...प्रमोद का ही सुनाया किस्सा कौंध जाता था–मैडम के जलवों का किस्सा–''रामनिहाल बाबू के फ्रेण्ड लोग चक्षुए से बड़ा कर देलथु मैडम के। बूझे है न बे 'चक्षुचोदन'। रामनिहाल बाबू के जब मार देलकौ लकवा–हाथ गोड़ लकड़ी। मुँहे के नक्शा बिगड़ गैलो। बुढ़वा के बड़ी मन–एकलौती बेटी के पौलिटिक्स में उतारे के, किस्मतो देख मैडम के बियाह भी होलौ तो पहिलिए रात में पता चल गैलो–दूलहवा तो पूरा 'सटक सीताराम' हो, मड़वा (मण्डप) पर लजाबै हलौ तो सब सोचलथु बड़का परिवार के हौ वोही से लाज-शरम हया लेकिन जब कमरिया लचको-मचको करके चललौ त बस...लेकिन रस में कमी नखौ सटक सीताराम के...मैडम भी बड़ी मनी साँढ़ पोसलथु...केतना ऐलो केतना गैलौ...केवड़िया के झिर्री से सटक सीताराम भी रस में ऊभ चूभ...फेर धीरे-धीरे एक्के रूम में बगले के खटिया पर...रहने दो अभी सागरो मीना मेरे आगे...राम निहाल बाबू सब देखौ और अंखियाँ से टप-टप लोर...मुँह से फेचकुर फें-फें...सब बोलहथु कि शम्भुआ भी हलौ कुछ दिन मैडम के सेवा में–त उ संढवा आर बधिया बैलवा दोनों मिलके राम निहाल बाबू के फें-फें बन्द कर देलथु–अब सच बात का हौ वाही लोग जानहथु सब...लेकिन तभिए से मैडम कभी इ पार्टी के नेता से तो कभी उ पार्टी के नेता से नगड़वा बजवा रहलहथु।''

हर बार 'रामनिहाल मैंशन' में जाने पर उसे रहस्यमयी आकृतियाँ दिखाई पड़ती थीं–झण्डे, डण्डे, मुस्टण्डे–मैडम पूरे उत्साह से वोटों का प्रतिशत उसे बताती–''इतने अपने जात के, इतने महिलाओं के, इतने पुराने जान-पहचानवालों के, इतने प्रमोद सहानुभूति लहर के–मतलब जीतना तय है–समझे न! आपको सिर्फ बूथ औ यूथ मैनेजमेन्ट का हिसाब देखना है, पैसे की चिन्ता नहीं। भगवान का दिया सबकुछ है मेरे पास।'' उसके बाद अपनी ही देह की तरफ एक बाँकी-सी चितवन। देर शाम तक एक काली झीनी नाइटी में चुनाव डिस्कस करती रहती थी मैडम। सटक सीताराम भी डोलता

रहता था आसपास।

लेकिन एक शाम पहुँचा तो सब तामझाम गायब। जैसे समाप्त हो चुका हो नाटक का मंचन–झण्डे, डण्डे, मुस्टण्डे सब गायब–'रामनिहाल मैंशन' पूरी तरह खाँय-खाँय–न मैडम न उनकी झीनी नाइटी–सटक सीताराम भी सरक गया था कहीं। मैडम की टेलीफोन लाइन पर भी–डायल किया गया नम्बर अभी खराब है–की यान्त्रिक आवाज गूँजती रहती। फिर कई दिनों के बाद एक दिन सटक सीताराम लहराता हुआ निकला और हाथ उलटकर बोला–''मैडम माउण्ट आबू चली गई है मानसिक शान्ति की तलाश में–कब आएगी मालूम नहीं।''

उसके मन में बगूले उठने लगे, तो पंख लगाकर उड़ती ये खबर ठीक ही थी कि मैडम उसी उम्मीदवार के पक्ष में बैठनेवाली हैं जिस पर प्रमोद के खून के छींटे थे–गया या बिहार शरीफ या जाने कहाँ के शूटरों की इन्तजामिया कमेटी में थे वे भी। हो सकता है नगाड़े की आवाज बन्द करने का भी कुछ दूसरे तरह का इन्तजाम किया होगा। उसके हाथ में भी जुम्बिश नहीं बची थी और आँखों का दम भी खत्म था।

उसको तो मानसिक शान्ति मिली अपनी पत्नी की गोद में सर रखकर बच्चे की तरह हिलक-हिलककर रोने में। रोते हुए उसके कान की लव पर दो गरम-गरम बूँदें गिरीं। उसने सर उठाया तो देखा पत्नी की भी इकलौती आँख से आँसू गिर रहे थे। आज उसे अपनी पत्नी बहुत सुन्दर लगी थी। शायद पहली बार बहुत दिनों बाद पत्नी ने उसके सिर में बहुत सारा कड़वा तेल चुपड़कर सुला दिया था। वह सो जाना चाहता था बिल्कुल निश्चिन्त होकर। क्योंकि कल से फिर तीन-चार दिनों तक कहाँ सो पाएगा ठीक से...परसों रामनवमी है, आज मंगला निकलेगा रात में, रामनवमी से पहले कई मंगलवारों को जुलूस की शक्ल में लोग निकलते थे–झण्डा-डण्डा लेकर–बजता था ताशा–ढमर-ढमर, डिडिम-डिडिम...और जारी रहता था ये ढमर-ढमर, डिडिम-डिडिम–रामनवमी, रामदशमी, रामएकादशी तक खिंचता जाता था ये...उत्साह, उल्लास और आस्था का पर्व–कभी-कभी अपनी राजनैतिक ताकत प्रदर्शित करने का कारगर हथियार भी–हफ्ते दस दिन तक यहाँ के 'लड़कवन' के रोजगारी हो जाने का पर्व–कभी ताशा पार्टी ठीक करने जा रहे हैं आसनसोल, पुरुलिया...कभी मूर्ति वाले का बयाना देने कलकत्ता, चन्दा चिट्ठा, झगड़ा-झंझट–जुलूस झाँकी की तैयारी–डेकोरेशन–हथियारों–तलवार, बाना, लाठी–साफ-सुथरा कर तेल पिलाकर रखना–कितने ही तो काम हो जाते थे इस पर्व में–फिर महासमिति के चुनाव...वर्षों से यहाँ की परम्पराओं में शामिल होता जाता पर्व–शम्भू के पिता पाण्डे जी पर्व में कम होती जाती आस्था से चिढ़कर और बढ़ती प्रदर्शनप्रियता को कोसते हुए यहाँ की बोली पर उतर जाते थे–वैसे आमतौर पर तत्सम हिन्दी में ही बातचीत करना पसन्द करते थे वो भी एक खास लहजे में चबा-चबाकर बोले गए शब्द–जैसे पार्टी को पारटी कहना स्वयं को स्वयम बोलना। गुप्ताजी से कहा उन्होंने–''अरे अब कहाँ वैसन रमनौमी। अब त सब सरवैन छकवन (हिजड़ों) तरी गँड़िया डोलाबहथुन आर छौड़ियन के टेबहथु (नजर

डालते हैं)" गुप्ताजी ने बुकनी छोड़ी–"ठीके बोलला पाण्डे बबा। पिछला साल देखहला न एगो सरवा बनल हलथु हनुमानजी और झाँकीवाला ट्रक के नीचे आके साइड में दे दनादन सिगरेट के सुट्टा।"

पाण्डे बाबा ने फिर अपना सांस्कृतिक दर्द उड़ेला–"अरे इ तो कुच्छो नाय हौ गुप्ता भाय। दू-तीन साल पहले तक तो हम जा हलियौ न रामनौमी जुलूस में त का देखलियौ कि एगो छौड़वा, हलो चिक्कन चाकन, वेश बनैले हो रामजी के झाँकी में, हर दस-पन्द्रह मिनट में नीचे आय के ट्रकवा के पिछला साइड में घुसो फिर निकलो, घुसो फेर निकलो। जाके हम देखलियो, तो हुंआ सरवैन बादुल कम्पनी के दारू के पूरा जरीकेन रखले हौ। देलियौ सरवा के हुंए दुहत्था–सरवा बनल हैं रामजी लक्षण हो सब रावणवाला। तब से जाने छोड़ देलियौ जुलूस में।"

गुप्ता जी–"सब ठीके हौ लेकिन इहौ बात हौ न कि इ सब जुलूस-उलूस नाय होतो तो कटुअन के मन बढ़ जैतो न।"

दरअसल हवा बयार कुछ ऐसी हो जाती कि मस्जिद गली से जुलूस का पार कर जाना ही पड़ोसी दुश्मन देश को जीत लेने का प्रतीक बन जाता था। मस्जिद के ऐन सामने ही ज्यादा देर तक झाँकियाँ रोककर लाठी बाना, तलवार फरसा भाँजना–अल्लाह मियाँ को धौसा (डरा) देने का गर्व भाव भी होता इसमें–साथ ही ताशे का ढमर-ढमर, डिडिम-डिडिम का युद्धवाद्य तो था ही–झाँकियों के साथ-साथ होते थे कश्मीर–खीर–चीर आदि के काफिये मिलाकर लगाए जा रहे आतंकवादी नारे, गोया गली के नुक्कड़ पर ठेला लगाकर अण्डे बेचनेवाला बदरू मियाँ कश्मीर माँग रहा हो, अण्डों के एवज में–चार-पाँच दिन तक तो बेचारा बन्द ही रखता था दुकान अपनी...हफ्तों पहले से पाँच-दस रुपये बचाकर रखता जाता ताकि इन चार-पाँच दिनों में दो वक्त का रोटी सालन चल सके। इसमें से भी दस-बीस-पचास उसके मुहल्ले के लौंडे ले जाते चंदे में–"अरे बदरूचा, का करबा बचाके पैसा। चच्ची के सोना किन देबा का? अभी तो सोना बेच के लोहा किने के काम हौ। उ लोग तो तनी धौंसे हथुन वही बड़का-बड़का पड़कवा (पटाखा, बम) के स्टौक से। नै त हमिन तोहरिन के तो जित्ते (जिन्दे) निगल जैथुन सब।"

उसी की गाढ़ी कमाई के पैसों से उन्हें मतलब जमलवा, तौफीकवा सबको एगरौल के ठेले पर एगरौल खाते और स्टील के गिलासों में पानी की जगह बादुल कम्पनी का माल पीते देखकर भी निरीह बदरू मियाँ चुप रहता। मुल्ला-मौलवी समझाते उसे–"ये खुदा के बन्दे ही दीन की हिफाजत कर रहे हैं। काफिरों से लोहा लेने के लिए असलहा और हिम्मत चाहिए ही उन्हें, नहीं तो भागलपुर में देखा न क्या हुआ?"

बदरू मियाँ समझ नहीं पाता–"अयं मौली साब, असलहा खातिर त पैसा देलियौ हम भी लेकिन हिम्मत खातिर इ बादुल बाबू वाला टौनिकवा–जरूरी हौ का। हम एक बार पीलियौ (पिया) तो नाय बढ़लौ हिम्मतवा जी हमर।" उसे याद आता है कि एक बार दस-पाँच रुपये ज्यादा कमाई हो गई तो झण्डाचौक पर ठेले पर चाय बेचनेवाले मंगल के चक्कर में चला गया था–पौच (पाउच) ले लिया। घर पहुँचते-पहुँचते उसकी

हिम्मत बढ़ने के बजाय और कम ही होती गई और दरवाजे की कुण्डी खड़काते वक्त तो पूरी तरह फिस्स हो गई थी हिम्मत उसकी। शर्फुनिया की अम्मा ने तो देखते ही ताड़ लिया और फिर उसकी वो फजीहत हुई कि बस...पूछिए ही मत। लेकिन हिम्मत कहाँ थी उसकी कि उन लौंडों से सवाल जवाब कर सके वह। वही लौंडे तो शर्फुनिया के चक्कर में हमेशा उसके घर के चक्कर लगाते रहते थे फिर भी कहाँ कह पाता था कुछ। कभी कुछ कहती तो शर्फुनिया की अम्मा ही गाली-गलौज करती जिसे वे लौंडे दुआ समझते थे और खी-खी, ठी-ठी करते रहते। उनसे झगड़ा कहाँ तक मोल लेता।

आखिर फसादों के वक्त यही लौंडे तो रहनुमा, रहबर और मुहाफिज थे उन लोगों के। दरअसल इन लोगों की हिफाजत अफलातूनी फैसलों पर टिकी थी। शहर के हाकिम इन जुलूसों वगैरह को निहायत जंगलीपन समझते थे और अपनी नींद खराब करने के सख्त खिलाफ थे। जुलूस को दूसरे रास्ते से जाने का फरमान कर दिया जारी। अब धर्मप्राण, देशप्रेमी जनता भला पाकिस्तान जीतने का सालाना मौका कैसे छोड़ देती—तवा गरम था, रोटियाँ सिंकने लगीं—कुछ हनुमान जी के अवतार अवतरित हुए तो कुछ ने शान्तिमार्च वगैरह निकालना आरम्भ कर दिया—लोग समझ गए मामला अशान्त है तो वे भी लग गए तैयारी में—आलू, चावल, गैस, पेट्रोल, छतों पर पत्थर आदि जमा किए जाने लगे।

उस दिन जब वह बदरूचा के ठेले पर अण्डा बॉइल खाने पहुँचा—उसने अण्डे को बीचोंबीच चीरकर कालीमिर्च, नमक की बुकनी और प्याज-अदरक की कतरनें डालकर स्वाद ही बदल डालते थे बदरूचा, एकदम कहा—''अब दू-चार रोज एन्ने (इधर) मत्ते आवो बाबू। हवा गरम हौ। कुछ ऊँच-नीच हो गैलो तो अल्लामियाँ के कौन मुँह देखैबो।'' उसके पिता ने भी दी थी नेक सलाह—''रात-बिरात का जरूरत है मियाँटोली के तरफ से आने का, दोसरा रास्ता नहीं है? साला का हो गया इ जगह को।'' फिर लुंगी को तम्बू की तरह हिलाते हुए खुद उसी रास्ते पर निकल गए क्योंकि उधर ही तो गयासुद्दीनचा का मकान था और दोनों साथ-साथ शाम में चार खिल्ली खैनी न खा लें तो दोनों के पेट का पानी ही हजम न हो।

लुआठी के अंकों में भी शान्तिपाठ छपने लगा था। लुआठी फिर सुलगने लगी थी धीरे-धीरे। एक दिन झुटपुटे के वक्त शर्फुनिया को किसी गली में खींच लिया गया था जब वह बदरूचा से पैसे लेकर सौ ग्राम सरसों तेल खरीदकर लौट रही थी। शक काफिरों के लड़कों पर जाना ही था क्योंकि उसकी छातियों पर केसरिया तिकोना झण्डा रखा था जब वो बेहोश पाई गई थी। लेकिन कुछ लोगों ने जमलवा, तौफीकवा वगैरह को भी शर्फुनिया के पीछे-पीछे जाते देखा था। ऊँघते-से कस्बे में जैसे जान पड़ गई थी। छतों पर मशालें जलने लगीं, धमाके हुए और इन्सानी खून गलियों की मिट्टी में जज्ब हुआ—यानि वही सब जो ऐसे वक्त में आमतौर पर होता है—हर कौम के रहजनों ने रहबरी शुरू कर दी। शरीफ लोग टी.वी. से पड़ोसी का हाल-चाल जानने लगे और कहा लम्बी साँसें भरकर—''देश रसातल में जा रहा है।''

उन्हीं दिनों गयासुद्दीनचा के घर पुलिस की रेड पड़ी और आटे के कनस्तर में बम मिले थे जो शायद उनके बेटों ने जमा कर रखे थे। गयासुद्दीन को पुलिसवाले ले गए हैं ये खबर सुनकर पिता फटी-फटी आँखों से उसकी तरफ देखते रहे और एक बार भी लुंगी को तम्बू की तरह नहीं हिलाया।

अखबारों ने भी चुन लिए अलग-अलग रंग अपने आकाओं के मिजाज के हिसाब से–कोई भगवा, कोई हरा, कोई लाल तो कोई नीला। शायद ही एकाध अखबार जैसे 'लुआठी' ने भरसक कोशिश की अपने सफेद रंग को बचाए रखने की तो 'देशद्रोही अखबार' की संज्ञा से विभूषित हुआ। जब सबके देह की गर्मी झड़ गई तो राष्ट्रीय एकता पर नगर भवन में सेमिनार आयोजित हुआ जिसमें महती भूमिका निभाई चमन बाबू ने। किसी ने पूछ लिया–"कहाँ थे इस बीच?"

"अरे भाई मैं तो था ही नहीं यहाँ, बेटी के ससुराल चला गया था न।"

कोयला क्लब के सदस्यों ने शान्ति स्थापित होने पर बहुत जोर दिया। उनके धंधे पर बुरा असर पड़ रहा था और इन मौकों पर पुलिस-उलिस का झमेला भी बढ़ जाता था। गुप्ता जी ने भी खूब माल बनाया। उनकी दूरन्देशी ने खाने-पीने के सामानों का स्टॉक कर लिया था और एक का आठ लिया। उसने 'लुआठी' में जब फसादों के वक्त शरीफों की भूमिका पर एक लेख दिया तो लोग भड़क गए। तभी चुनावों का उत्सव एकदम करीब आ गया। सभी ये सब भूलकर इस खेल का मजा लेने में लग गए।

चुनावी नतीजों ने किसी को नहीं चौंकाया हालाँकि सभी पार्टियों ने पुरजोर कोशिश की थी इस फसाद को भुनाने की। कई पार्टियों ने दुखी बदरू, घायल शर्फुनिया एवं दर्द पसारकर दिखानेवाली शर्फुनिया की अम्मा की भी सेवाएँ 'उन लोगों' के मोहल्लों में लीं और शायद हवा भी कुछ बन रही थी दूसरी पार्टियों के लिए लेकिन चुनाव के ऐन एक दिन पहले रात को ही–अफवाह इण्डिया चैनल पर पूरे कस्बे में कानोंकान प्रसारित हो गया कि–सब एम लोग का मीटिंग हुआ है। सब कचियाबाली हो गया है। सब जात-पाँत भूलकर फूल में पानी दो नहीं तो फूल मुरझाया समझो और 'कटुअन' का राज आ जाएगा!

कई शंकाएँ आईं–अगर-मगर, किन्तु-परन्तु...

सब शंकाएँ एक तरफ बुहार दी गईं–"अरे हर पार्टीवाला तो महतो का ही चुनके टिकट दिया है–आबादी, इलाका देखके ही न मिलता है टिकट। कोय न कोय अपना जाते भाय न जीतेगा, घी वहाँ गिरेगा दाले में न? घी भी पियो साथ में फूल का सुगंध भी लो। दिल खोलके, छप्परा फाड़के जिताओ। जिस-जिस इलाके में फूलों के खिलने में कुछ शकोशुबह था उन इलाकों में एक बड़ी रकम देकर (जिसका इन्तजाम हमेशा की तरह कोयला क्लब के सदस्यों ने ही किया था) चुनाव बहिष्कार की घोषणा करवा दी गई। छह इंच छोटा कर देने के पोस्टर पट गए। अब कोई प्रतिघात फिल्म के नाना पाटेकर की तरह का पागल तो था नहीं जो वोट की रक्षा के लिए जान पर खेल जाता। ऐसे ही आदमी की ऊँचाई कम होती जा रही थी ऐसे वक्त में भला और

छह इंच छोटा कौन होना चाहता, सो फूलवाले उम्मीदवार जीत गए बाकी 'ब्लडी फूल' बन गए।

तीसरे दिन उसका भाई सुनील घर से निकलकर वंशीलाल चौक पर पहुँचा तो उसके दोस्त ने पूछा–"का रे बेट्टा सुनीलवा! पैन्ट, शर्ट, जुत्ता, सब नया कसवैले (कसवाया, बनवाया) का बे। कोन पार्टी में कमैले अबरी?"

सुनील–"दुर बे! कोन में ना कमैलियौ इ पूछ ना। इ शर्ट हौ फलनवाँ पार्टी के, पैन्ट चिलनवा आर जुत्ता ढेकनवा के...कैश तो मोटा-मोटी सब पार्टी से टान लियौ। चल रे बाबू एगो रसगुल्ला पान लगाओ हम आवैत हियो सामने से लस्सी पीके।"

थकाहारा-सा वह घर पर बैठा था। पत्नी रसोई में थी, बच्चे धमाचौकड़ी मचा रहे थे। पिता ने उसकी कोई गति न रखी...आते ही शुरू हो गए–"कौन बोला था धार के खिलाफ तैरने। थकिए न जाएगा आदमी। सब जब उसको जिता रहा था तो तुम उसके अगेंस्ट बोलता रहा। का हुआ फैदा। सुने सब पत्रकार लोग के मिला ब्रीफकेस, रिस्टवॉच, कोन-कोन सब गिफ्ट, कुछ माल-पानी भी–तुमको का मिला, भाँपल कद्दू?" दादा ने भी सावधान किया उसे–"तुम्हारा खिलाफ में नया सांसोद महोदय बहुत बोलता था...एलेक्शन के सोमोय जा काच्चा चिट्ठा खोला तुम लुआठी में...जरा सावधानी से रहना।" दादा की भविष्यवाणी इतनी जल्दी सच हो जाएगी उसे मालूम न था। विजयी सांसद महोदय का विजय जुलूस जब लुआठी के दफ्तर के सामने से गुजरा तो विजय मद में डूबे किसी कार्यकर्ता ने ढेला उठाकर अखबार के साइनबोर्ड पर दे मारा। किसी ने नारा भी गढ़ दिया तुरन्त–*लुआठी गेलो भाँड़ में/हाथी के गाँड़ में।* जब तक रोक-रोक, छोड़-छोड़ हो तब तक झण्डे-डण्डे, हॉकी स्टिकों, लाठियों आदि से ऑफिस का शीशे का दरवाजा चूर हो चुका था, एकमात्र कम्प्यूटर का मानिटर तोड़ा जा चुका था और उसे भी दो-तीन लाठियाँ लग चुकी थीं। गर्वोन्नत माथा लिए हँसती हुई विजय यात्रा आगे बढ़ गई। घावोन्नत माथा लिए वह घर पहुँचा। बच्चोंसहित पत्नी भी घबरा गई। माँ दूसरे कमरे से दौड़ती हुई आई–पट्टी बँधी थी उसके माथे पर, थका टूटा...पत्नी की कसम पर उसने दूसरे ही दिन प्रमोद के पिता जी को लुआठी के दफ्तर की चाबियाँ भिजवा दीं। उसमें ये हिम्मत नहीं थी कि खुद जाकर दे आता। हालाँकि एक बार ये ख्याल जरूर आया था कि थाने जाकर सबके खिलाफ कम्प्लेण्ट लिखवा आए। सांसद महोदय, उनके चमचे, सभी के खिलाफ–और अभिव्यक्ति की स्वतन्त्रता पर भाषण दे आए कोतवाली में–लेकिन थाना इंचार्ज को वह अच्छी तरह जानता था–अक्सर खबरों के चक्कर में मिलना-जुलना होता था–काइयाँ आदमी है, मुस्कराके बोलेगा–"काहे पत्रकार महोदय, हमर नौकरी खाय पर लगल हैं, जा न घरे सुत जा। तहरा अराम के जरूरत बा।"

उसके व्यंग्य से मुस्कराते चेहरे का ख्याल आते ही वह क्रान्तिकारी विचार कहीं बिला गया। अभिव्यक्ति की स्वतन्त्रता पर की लम्बी तकरीर का आइडिया भी खुद-ब-खुद कैंसिल हो गया क्योंकि कल ही उसने अपने एक वरिष्ठ बन्धु को कहते

सुना था—"आजे भोरे राशिफल देखे थे। धनलाभ लिखा था, सो तो हो गया। बाकी घड़ी थोड़ा और बढ़िया क्वालिटी का देना चाहिए था।" इस पर उन्हीं के एक साथी की खाँटी देशज प्रतिक्रिया थी—"त का करबा, छोट जगह में पैदा होला तो दिल्ली बम्बई ऐसन गिफ्ट कहाँ मिलतौ। किस्मते में धसल हौ...तो कहाँ से खैबा पकौड़ा।"

किस्मत ने फिर ग्राउण्ड जीरों पर पटक दिया था उसे। फिर से तरह-तरह की सलाहें जारी हो गई थीं। पिता सलाह देते—"अरे हाथ गोड़ तो ठीक है। पढ़ल-लिखल हो...चार गो बच्चे पढ़ाओ। लुआठी में तो लुआठी लगिए गया।"

पत्नी भी कहने लगी—"फिर तीन महीना का स्कूल का फीस बाकी हो गया। स्कूल से रोज चिट्ठी आने लगा है।"

कालेज के दिनों में मजाक में किसी का हाथ देखते हुए कहा था कभी—तोर तो बैडलकबे (बैक लक) खराब हौ जी। उस समय कीरो-वीरो जो पढ़ा था उसी का प्रयोग बैठकर आजकल अपनी हस्तरेखाएँ देखने में कर रहा था। कभी लगता कैरियर ही बना ले लेकिन कचहरी में बैठनेवाले तोता पण्डित की याद आते ही आइडिया कैंसिल कर देता। तभी वही घटना हो गई जिसे कहानी में संयोग फैक्टर कहा जाता है और इस पर बहुत सारे भाई लोग नाक-भौं सिकोड़ते हैं लेकिन अब किया क्या जाए जो हुआ सो हुआ ही...एक बन्धु थे जो निज संवाददाता में बहुत दिनों से अपनी प्रतिभा और ऊर्जा नष्ट कर रहे थे और आजकल के एकमात्र बन्धु बचे थे जो उनके पास आते थे कभी-कभी—किसी समाचार पर बात करने या फिर भाषागत अशुद्धियों को बुहारकर साफ करवाने। शाम को कॉलेज ग्राउण्ड में खेलते हुए बच्चों को देखना आजकल उसका शगल था और समय काटने का जरिया भी। उसका हाथ देखते हुए कह दिया—"तुम्हारी तो जल्द ही तरक्की होनेवाली है।" पूरी तरह कांफिडेण्ट हस्तरेखाविद् की तरह—उसी शाम को ब्यूरोचीफ की एडीटर से फोन पर माय बहिन हो गई—यहीं पर वह संयोग फैक्टर छिपा था—ब्यूरोचीफ ने दूसरे अखबार का रास्ता देखा तो निज संवाददाता की तरक्की बतौर ब्यूरोचीफ हो गई। अब बन्धु का प्रचारतन्त्र गोयबल्स की तरह या आधुनिक सन्दर्भ में रूपर्ड मर्डोक की तरह का था इस कस्बे की हैसियत से।

सो वह भी महाकाल बाबा बन गया रातोंरात घर बैठे ही। ज्यादातर कोयला क्लब के सदस्यगण अपने ट्रकों की हालत के बारे में जानने, दरोगा जी लोग अपनी आसन्न पोस्टिंग के बारे में, सरकारी कर्मचारी महँगाई भत्ते की किश्त, सटोरिए सट्टा के बारे में, भावी पिता लोग आसन्न प्रसवा पत्नियों के गर्भ में पल रहे शिशु के बारे में, लड़के नौकरियों के बारे में तो लड़कियाँ अपनी शादी के बारे में जानने आने लगीं। उसे लगा कि कॉलेज के दिनों में लड़कियों का हाथ पकड़कर हस्तरेखा देखने के लोभ में जो थोड़ा कीरो-वीरो पढ़ा था, उसमें थोड़ा कांफिडेण्स, थोड़ा सेल्समैनशिप और थोड़ा मनोविज्ञान मिलाकर पीस छान घोटकर ठीक ही काम चल रहा है। उसी दौरान प्रमोद की कही बात भी ठीक लगने लगी—"अरे सब इण्डियन हुड़ुकलुल्लु, तीन 'पी' होता ही है—फिजिशियन,

पामिस्ट और फिलॉस्फर। जितनी अनिश्चितता बढ़े, जुए, सट्टे का बाजार बढ़े, उदारीकरण उधारीकरण बढ़े, भोग बढ़े, रोग बढ़े, भोगने के सामान बढ़े और इसके अरमान बढ़ें–अच्छा ही है उतना ही उसका धंधा चमकेगा। शुरू में तो कुछ दिन शौकिया चलाता रहा फिर बाद में माँ काली की एक तस्वीर के सामने एक छेदवाला टीन का बक्सा रख दिया और सीख गया टेक्नीक भी–"सब माँय के आशीर्वाद हौ बाबू, हम तो छूबौ (छुएँगे) नाय, जो रखना हौ रख दे माँय के नाम प।" रात आठ बजे तक काम के लायक जमा होने लगा। इसी धंधे का एक्सटेन्शन था पुरातात्विक महत्त्व की चीजों की तलाश, अजूबा चीजें खोजना–दूसरों की हस्तरेखाएँ देखते-देखते किसी गड़े खजाने के अचानक मिल जानेवाली बात पर यकीन करने लगा था शायद–कभी कौन सिक्का, कभी कौन जादुई चावल, कभी लाल कोहड़ा, कभी हत्था जोड़ी की जड़, कभी बिल्ली की नार, कभी शेर के नाखून–लग जाए हाथ तो सब दलिद्दर दूर, महाकाल बाबा का...

वो चीजें तो हाथ आनेवाली थीं नहीं, लेकिन हाथ में हाथ आ गया अंजलि जोसेफीन कूजुर का जो एक झक्कड़ बरगद के पेड़ की तरह के बड़े साइज के एन.जी.ओ. की डाल पर हाल में ही आकर बैठी थी और हर एन.जी.ओ. कार्यकर्ता की तरह ही अपना एक बड़े साइज का एन.जी.ओ. शुरू करने का सपना पालती थी। इस सपने को पूरा होने की राह में दो सबसे बड़ी बाधाएँ थीं जो इन्सानी शक्लों में थीं और इतनी अभिन्न रूप में आपस में जुड़ी थीं कि एक-दूसरे का नाम तक अपना चुकी थीं–अपने-अपने नामों को मिटाकर। मसलन अगर एक का नाम था अजय और दूसरे का विजय तो उनके नाम हो गए थे अजयविजय और विजयअजय। दोनों सत्तर साल के बूढ़े की मुनादी पर नौकरी-वौकरी छोड़कर चले आए थे समाजसेवा का संकल्प लेकर और उनका सेवा फेज बहुत पहले खत्म हो चुका था जो किसी भी एन.जी.ओ. का पहला फेज होता है। दूसरा फेज मेवाफेज भी बहुत दिन पहले चालू हो चुका था। उनकी मिथकीय दोस्ती का सबसे बड़ा पहलू, जिसके बारे में बातें करते हुए यहाँ के लोग अघाते नहीं थे वो ये कि दोनों ने एक ही औरत से ब्याह किया था और दोनों से बच्चे थे। सहजीविता, सहकारिता, सहभागिता का इससे जबर्दस्त उदाहरण पेश करना किसी के लिए भी सम्भव नहीं था। लोगों की सारी कल्पनाशक्ति उनके शयनकक्ष तक जाते-जाते दम तोड़ देती थी। दोनों एक-दूसरे की ताकत भी थे–एक मुँह खोले-खोले तब तक दूसरा ठीक वही बात बोलता। दूसरा सोचे-सोचे तब तक पहला उसे कर डालता था। हाथ-पैर इतने लम्बे कि कहाँ उंगली है कहाँ घुटना है बहुत बार पता ही नहीं चल पाता–एक पैर देश में है तो दूसरा विदेश में–कभी बालश्रम पर होनोलुलू में सेमिनार तो कभी एड्स पर हांगकांग में, कभी वर्ल्ड बैंक की किसी गोष्ठी में न्यूयार्क तो कभी मानवाधिकार के किसी विचारसत्र में जिनेवा। उनकी संस्था का हर सदस्य उन्हीं की तरह होना चाहता था उन्हीं से प्रेरित होकर तो, अंजलि जोसेफीन कूजुर की भला क्या गलती थी। उसने तो डिग्री भी ले रखी थी जेबियर

इन्स्टीट्यूट ऑफ सोशल साइंसेस से समाज-सेवा की ही, तो वो किसी से भी ज्यादा उपयुक्त थी समाज-सेवा का मेवा चखने के लिए। ऐसा वो खुद सोचती थी लेकिन वो दोनों, जिन्हें संता-बंता के नाम से पुकारा जाता था उनके गायबाने में, वो ऐसा नहीं समझते थे। सबको पेरकर तेल निकालने की जुगत भिड़ाते रहते थे वे–''क्यों अंजलि, तुम नहीं गईं वहाँ, देखो वहाँ तो एक काम्पीटेण्ट आदमी चाहिए था न। ऐसा करो अभी निकल जाओ, रात तक तो पहुँच ही जाओगी। फोन कर दो संजय मेहता को, सबको मोबिलाइज करके रखेगा फिर सुबह वहीं से ऊपर चले जाना। परसों सुबह तक तो लौट ही आओगी।'' परसों तक लौटी तो–''देखो एड्स अवेयरनेसवाला प्रोग्राम पीछे पड़ रहा है। फौरन फलाँ-फलाँ को लेके निकल पड़ो। डब्ल्यू.एच.ओ. की टीम आनेवाली है नेक्स्ट मंथ में, पुअर शो न हो, सब तुम्हारे ऊपर है।''

अब छोटी-सी लड़की, अंजलि जोसेफीन कुजूर दौड़ते-भागते, काँपते-हाँफते, बिल्कुल बेहाल। रात को लौटकर सोती तो घोड़े, गधे और तमाम जानवर बिक जाते। सुबह उठते ही फिर किसी तरह ब्रेड केला निगलकर फिर संता-बंता के चक्कर में...चक्करों से परेशान, कोई तरक्की नहीं, ऊपरवाले के दरबार में भी कोई सुनवाई नहीं। रोज गले में लटके क्रास को दोनों आँखों से लगाकर चूमकर घर (मतलब किराए का वन रूम एकोमोडेशन) से निकलती थी, लेण्ट का पूरी श्रद्धा से पालन करती, हमेशा नवजागरण केन्द्र नामक एन.जी.ओ. के बारे में पूरी ईमानदारी से सोचती...फिर भी गुड सोल का कोई महत्त्व ही नहीं उसके दरबार में। उसके यानि ऊपरवाले डिजाइन को समझना पड़ेगा। उसने सुना था कि किसी मित्र से ही ऊपरवाले का डिजाइन मतलब किसी की जिन्दगी की दिशा क्या होगी, ये कोडेड रहता है हाथ की रेखाओं में। अब बस चाहिए यही कोड ब्रेक करनेवाला जो डिजाइन को सही-सही पढ़ सके, ऊपरवाले के–ढूँढ़ते-ढाँढ़ते मिल गए महाकाल बाबा...।

महाकाल बाबा ने नजर डालते ही सारा कोड डिकोड कर लिया था मसलन इस तरह के चमड़े का थैला आजकल या तो पत्रकार रखते हैं या फिर एन.जी.ओ. वाले, थैले पर लिखा नवजागरण केन्द्र का नाम...बड़ी ही उजली-सी मुस्कान...आदिवासी फीचर्स लेकिन शार्प...महाकाल बाबा ने भी सेल्समैनशिप डेवलप कर ली थी उन दिनों। शुरुआत की उन्हीं चीजों से जिनसे आमतौर पर कोई भी भाग्यबाँचू करता है–''इतना काम करती हो अपने एनजीओ के लिए लेकिन तरक्की नहीं होती। अधूरे सपने हैं बहुत सारे जो पूरे नहीं होते, जो भी काम करती हो उसका यश प्राप्त नहीं होता। दो दुष्ट ग्रहों की छायाएँ हैं।'' अंजलि ने दोनों दुष्ट ग्रहों की जगह संता-बंता को देखा–''लाओ हाथ लाओ।'' बाबा पूरे मूड में थे। दोनों हाथों में पकड़ीं हथेलियाँ–गुदाज हथेलियाँ, इधर-उधर देखा, पत्नी रसोई में थी। हथेलियों को सूँघा–महाकाल बाबा को कुछ अलग दिखना चाहिए। हथेली सैलून के नाइयों की तरह खुशबूदार थी–यानि लोशन-वोशन का इस्तेमाल किया गया था–ठीक-ठाक खाते-पीते घर की ही होगी यानि मैनेजमेन्ट ट्रेनींग वगैरह होगी, आम वर्कर नहीं है तो सपना भी जरूर बड़ा होगा

ही–"तुम्हारा अपना एन.जी.ओ. होगा लेकिन अभी उसमें कम से कम दो साल हैं।" वह अभिभूत थी, मुस्कान और चौड़ी और उजली...महाकाल बाबा तो अन्तर्यामी हैं, हँसके बोली–"आप एतना कैसे जानने सकें?"

बाबा चुप, इम्प्रेशन और गहरा। चिन्तन मुद्रा, शायद कुछ याद करने की कोशिश। ये हँसी...ये हँसी...ये थोड़ी छोटी-मोटी-सी नाक...बिल्कुल पुराने जमाने की हीरोइन मुमताज-सी...बाबा के मुँह से अचानक निकला–"शन्नो"!!!

खिलखिलाकर हँस पड़ी अंजलि–"क्या? कौन? कौन शन्नो।" हालाँकि उसे आश्चर्यचकित होकर यह बोलना चाहिए था लेकिन होता है ऐसा कभी-कभी–बोले गए डायलाग और मुखमुद्रा में साम्य नहीं रहता है। महाकाल बाबा की भी मुखमुद्रा गड़बड़ा गई थी, हड़बड़ाई-सी आवाज में बोले–"नहीं, नहीं, कोई नहीं, दरअसल तुम्हारा राशिनाम होना चाहिए था शन्नो, तुम्हारे लिए शुभ होता।" बाबा ने सेल्समैनशिप दिखाई थी। जैसे तेल, साबुन, शैम्पू बेचनेवाले को उनके प्रॉडक्ट की कोई खामी बताइए तो दाएँ-बाएँ करके मैनेज करते हैं। अंजलि ने फिर कहा मुस्कराकर–"आप कहेंगे तो हम रखने सकते हैं अपना नाम वही–शन्नो, अभी से ही।" फिर वही खिल-खिल और थोड़ी छोटी मोटी-सी नाक का सिकुड़ना और छोटी-सी नथ का हिलना ऊपर-नीचे. ..जादूलोक में प्रवेश कर चुके थे महाकाल बाबा–"आइए, चाय ले जाइए।" पत्नी की हाँक से जादू टूटा।

अंजलि हँसती हुई तकरीबन दौड़ती-सी किचन में चली गई सीधे–"लाइए भाभीजी, हम ले जाते हैं न। इतना-सा तो हम भी करने सकते हैं न आप भी आइए न, साथ ही पिएँगे चाय।"

उसकी पत्नी को भी अच्छी लगी थी उजली हँसी अंजलि की। वह भी मुस्कराई थी बहुत दिनों के बाद फिर...फिर तो अंजलि की आमदरफ्त बढ़ गई थी महाकाल बाबा के आश्रम में...हाँ यही कहता था वह अपने कमरे को आजकल जिसमें सिमट गई थी पूरी गृहस्थी। उसके पिता ने पूरा हिसाब साफ कर दिया था–"सुनो तुम्हारा फटल ढोल अब तुमहीं बजाओ। हम लोग अब कितना दिन खीचेंगे। चार कमरा था मकान में–तीन में तुम लोग तीनों भाई, एक में हम लोग। तनी किचन और बाथरूम के लिए तुम लोग को दूर जाना पड़ता है यही न? अब सुशील का भी शादी-बियाह होगा–उसकी वाइफ तो अटैचवाला खोजेगी न। तुमरे साथ ही था न पाण्डे जी का बेटा शम्भू कहाँ से कहाँ चला गया–तुमरा वही सब लफ्फाशूटिंगवाला हिसाब–कभी पत्रकार, कभी बाबागिरी..."

"बोल चुके हुडुकलुल्लुवाला बात सब। कुछ माँगते हैं। आपसे माँगते हैं? नहीं तो जाइए मूत के सुत रहिए। मिलिए रहा है पचीस लाख–पाँच सुनीलवा का–बीस सुशीलवा का, ऐश कीजिए जाके–हम लोग को रहने दीजिए ऐसे ही।"

"सुनीलवा को के देगा पाँच लाख? करता है कोनची, कभी इ नेता का गाँड़ धो रहा है कभी उसका। कोनची तो कारगिल शहीद सहायता समिति-उमिति बनाके भटकता

रहता है चन्दा चिट्ठा में, बोलता है देशभक्ति का मसला अभी एकदम हाट है। और इ लड़की का बाप का राँची रिटर्न (पागल) है जो पाँच लाख दे देगा और दे भी दिया तो सुनीलवा छूने देगा एक्को पैसा...''

''काहे गया वाला पार्टी को तो आप ही बता रहे थे कि लड़का वकील है गढ़वा कि गुमला में।''

''अरे कहीं से ससुर लॉ का डिग्री जुगाड़ लिया है। करिया कोट पहिन के फोटो खिंचवा के बड़ा करवा के बीचवाला रूम में लगा भी दिया है।'' उसके पिता ऐसी काइयाँ हँसी भी हँस सकते हैं आज उसे मालूम हुआ। इ हुडुकलुल्लु बुढ़वा पाँच लाख से कम नहीं माँगेगा–मोल-तोल होके जो मिल जाए। और सुनील तो सचमुच एक पैसे की भी गंध नहीं लगने देगा। अब बुढ़ऊ का सारा भरोसा तो सुशील पर ही है। जैसा नाम वैसा ही काम। साफ्टवेयर प्रोफेशनल है दिल्ली में। उसकी फर्म उसे अमेरिका भेजनेवाली है इसी महीने। पिता को कुछ दिन पहले ही कम्प्यूटर खरीदकर, इण्टरनेट लगवाकर ई-मेल वगैरह करना सिखा कर गया है। अमेरिका से सुविधा रहेगी सम्पर्क करने में। उसी पर आजकल खिचड़ी पकती रहती है बाप-बेटे में जिसकी गंध तक बाहर नहीं आ पाती। उसके कमरे से उसके पिता के कमरे की दूरी इतनी ज्यादा बढ़ गई थी कि बहुत सारी सूचनाएँ, पारिवारिक मामलों की खबरें, पड़ोसियों से मिलती थीं। हाल ही में शम्भू बता रहा था कि उसके घर के एकमात्र हीरे की यानि सुशील की शादी वही ठीक करवा रहा है–कोयला क्लब के एक बड़े सदस्य की बेटी के साथ ही। वहीं दिल्ली में पढ़ती है, एम. सी. ए. कर रही है–बीच-पच्चीस लाख तो आराम से देगा। साथ में गाड़ी अलग, नहीं, नहीं मारुति-फारुति नहीं–होण्डा सिटी या फोर्ड आइकन या कुछ ऐसा ही... ।''

अंजलि आजकल रोज आती कमरे में खुशबूदार पंखुड़ियाँ बिखेरकर चली जाती। कभी बच्चों के साथ लूडो खेलकर उन्हें खुश करती कभी नल्ले पर से सत्यनारायण का बर्रा घुसका (यहाँ की प्रसिद्ध रेसिपी) लाकर बच्चों के साथ बच्चों की अम्मा को भी खुश कर देती–''भाभी जी आज प्याज का पकौड़ा बनाइए। आपके हाथ का, वाह! हम तो बहुत कोशिश किए आपके जैसा नहीं बना सकते हैं।'' और आश्चर्य कि पत्नी खुशी-खुशी बनाकर ले आती। वह भीष्म पितामह की तरह शरशय्या (चौकी) पर लेटा-लेटा अपने आसपास झरती पंखुड़ियों को देखता रहता। अंजलि को चाहिए होती थीं सिर्फ कुछ सूचनाएँ–आसपास के गाँवों के सामाजिक आर्थिक जीवन के बारे में उससे जो उसने अपने पत्रकारिता जीवन के दौरान–शुक्र है भगवान का। कुछ जमा किए थे...काफी डिटेल्स बताता–किन लोगों की मदद मिलेगी...किनसे कान्टैक्ट करना चाहिए–आजकल स्वयं सहायता समूह (सेल्फ हेल्प ग्रुप्स) का निर्माण करवा रही थी अंजलि, उसके एन.जी.ओ. की प्रायोरिटी लिस्ट में थी ये अभी–बांग्लादेश के अभिनव प्रयोग की पुनरावृत्ति–आजमूदा फार्मूला गाँवों की औरतों के विकास का...वर्ल्ड बैंक भी रुचि ले रहा था आजकल...वह भी रुचि लेने

लगा था उसके काम में तभी अंजलि ने एक दिन संता-बंता के सामने रख दिया प्रस्ताव–"सर! एक आदमी है मेरी नजर में जो हमारे आर्गनाइजेशन का पी.आर. बढ़िया देखने सकता है। जर्नलिस्ट था...अभी छोड़ दिया है...।"

दोनों दुष्ट ग्रह आज कुछ अच्छे मूड में होंगे तभी वे मिलने को तैयार हो गए। अभी कम ही पैसों पर काम देखने को तैयार हो गया वह भी जिसमें था पत्नी का जोर–"हर महीना कुछ तो आवेगा घर में, अकाश (आकाश) ताक के तो नहीं रहना पड़ेगा।" वहीं पर शायद ये पहलू भी रहा होगा कि अंजलि का साथ रहेगा ज्यादा से ज्यादा और पंखुड़ियों का रंग, उनकी खुशबू–उसके बेरंग लम्हों को फिर से इन्द्रधनुषी कर दें.. .शायद...अंजलि खुश थी और उसकी खुशी संक्रामक–"कल चलेंगे ओरिया गाँव, वहाँ कुछ प्राब्लम चल रही है। वैसे संजय कोशिश कर रहा है लेकिन कल हम दोनों चलेंगे साथ-साथ...।"

ओरिया पहुँचते ही अफरातफरी का माहौल नजर आया। अंजलि को महिलाओं ने घेर लिया और बताने लगीं कि कैसे उनके समूह की एक अत्यन्त सक्रिय सदस्य चमनी भुईयाँ को कल गाँव में सरेआम बेइज्जत किया गया–डायन कहकर मैला पिलाने एवं निर्वस्त्र करके घुमाने की कोशिश की गई। संजय भैया ने जोरदार विरोध किया तो उनको लाठी लग गई–माथे पर पट्टी बाँधकर लेटा है घर में–संजय ने उन्हें देखते ही उठने की कोशिश की जो कामयाब नहीं हुई बल्कि आसपास बैठी कई महिलाओं ने कामयाब होने नहीं दी...

"अरे संजय तुम!!"

"अरे आप!!!" वार्तालाप से ही साफ हो गया था कि संजय कोई और नहीं, संजय मेहता ही था। "कैसे हुआ ये सब"–के जवाब में पूरी कहानी तफसील से सुनाई उसने–कैसे चमनी भुईयाँ जो एक वोकल किस्म की महिला है समूह की, उसका बढ़-चढ़ के बोलना गाँव के कुछ दबंग लोगों को रास नहीं आया। सो एक दिन हो गया वही सब–किसी की बाछी मर गई, किसी का गर्भ गिर गया। किसी की डायरिया से मौत–बस डायन है चमनी भुईयाँ।"

"गाँव के लड़कों ने नहीं किया विरोध"–उसने बेवकूफाना प्रश्न किया।

"विरोध!" संजय मेहता अभी तक ठीक वैसे ही व्यंग्य से मुस्कराता था–"अब तो इ वर्डबे सुनाई नहीं पड़ता कहीं–सब जगह समझौता है, दलाली है। के करेगा विरोध? तरह-तरह का रस्ता निकल गया है खाओ-पकाओ का। सब नौजवान भी भिड़ल हैं इसी में। के करेगा विरोध? प्राब्लम है भूख का, इलाज हो रहा है एड्स का। होता है विरोध? वर्ल्ड बैंक फंडवे एड्स के लिए देता है भूख के लिए थोड़े देता है। काहे अंजलि जी, ठीक बोलते हैं न हम। विरोध!!!" संजय मेहता थक गया था जैसे किसी नाटक का एक लम्बा-सा संवाद बोला है उसने। अंजलि उस अभिनेत्री की तरह इधर-उधर ताक रही थी जो अपना अगला संवाद ही भूल गई हो।

हिम्मत बँधाने की फार्मलिटी हो सकती थी सो हुई। रास्ते में अंजलि कुछ

अन्यमनस्क-सी रही। कुछ हल्का करने के लिए उसने कहा–"मैडम! अब औरतें ही कर सकती हैं कुछ। संजय मेहता की तो जान बचा ली औरतों ने ही। वैसे भी आशा नाम औरत का ही तो होता है।" मुस्कराई थी अंजलि–बादल छंटे, चाँदनी छिटक गई उजली मुस्कान की। फिर तो गाँव-दर-गाँव उसके और अंजलि के पाँव, कभी धूप कभी छाँव, कभी गुपचुप कभी काँव-काँव–इसी बीच 'मन्नो' नाम से पुकारने का अधिकार कब हैण्डओवर कर चुका था अंजलि को वह बिना कागज बिना पत्तर...उसे खुद ठीक से पता नहीं चला कब...क्यों...कैसे...

पत्र आ गया था इन्स्पेक्शन का वर्ल्ड बैंक की लिंक एजेन्सी का। यानि महत्त्वपूर्ण दिन उसके एन.जी.ओ. का। संता-बंता (अंजलि की देखादेखी वह भी उन्हें इसी नाम से पुकारने लगा था, ऑफकोर्स गायबाने में) ने बुलवाया उसे–"पी.आर. मैनेजर को बुलाओ।"

"देखिए, एड इण्डिया के रिप्रेजेन्टेटिव्स आए हुए हैं इन्स्पेक्शन के लिए। होटल स्काईलार्क–रूम नं. थ्री सेवण्टी फाइव एण्ड सिक्स। आप जाके थोड़ा इण्टरटेन कीजिए। हमारे लिए कितने इम्पार्टेण्ट हैं वे आप समझते हैं न। जरा कपड़े वगैरह ढंग के पहन के जाइएगा और देखिएगा किसी चीज की कमी न हो। उनके फुल सैटिस्फैक्शन पर ही हमारा इस प्रोजेक्ट का एड डिपेण्ड करता है। आपसे नहीं तो हो अंजलि को भी ले लीजिएगा साथ। शी इज स्मार्ट एण्ड बोल्ड। शी विल इण्टरटेन देम वेल।" संता-बंता ने मिलकर ये कोरस गाया था और उसे लगा था कि उस वक्त उन दोनों के चेहरों पर बड़ी अर्थगर्भा मुस्कान आ गई थी। जुगुप्सा-सी महसूस हुई थी उसे जैसे किसी ने उसके चेहरे पर बलगम चिपका दिया हो। फूट पड़ा उसका विसंवादी स्वर–"लुक मिस्टर, क्या हूँ मैं पी. आर. मैनेजर कि दलाल हूँ रण्डी का? कई बार से रंग-ढंग ठीक दिख नहीं रहा है तुम लोगों का। कभी साला दारू पहुँचाओ कभी लड़की पहुँचाओ–यही काम रह गया है मेरा? हुड़ुकलुल्लुगिरी सिखाते हो हमको।"

संता-बंता–"देखिए नौकरी..."

"मूतते हैं तुम्हारी नौकरी पर, साला हुड़ुकलुल्लु सब!" और जोश में बाकायदा अभिनय भी कर दिखाया था उसने। संता-बंता थोड़ा पीछे भी हट गए कि सचमुच आवेश में अपनी योजना को कार्यरूप न दे दे वह। 'अर्द्धसत्य' फिल्म के ओमपुरी की तरह निकला था वह लेकिन घर पहुँचते-पहुँचते कुछ मुकरी टाइप की चीज हो गया था। पत्नी से भरपूर झगड़ा हुआ। बच्चे सहमे, दुबके रहे, पत्नी ने अन्तिम फैसला सुनाकर करवट बदल ली थी–"आपसे कुच्छो नहीं कबड़नेवाला है। हम लोग सबका जीवन नरक बना दिए हैं। हमार करमें फूटल वा।"

इसके बाद बहुत दिनों तक अंजलि भी नहीं आई। वह भी रजाई में मुँह-सिर लपेटे पड़ा रहने लगा। फिर से शीत निष्क्रियता का दौर–ये निष्क्रियता बीच-बीच में रगड़े-झगड़े से ही टूटती थी और उस दिन रात को जोरदार झगड़े के बाद पिता को खाना मिल पाया था। माँ थी गाँव में। इस साल पानी पड़ा नहीं, रोपा बहुत देर से हो रहा था।

पिता अकेले, तबियत भी थोड़ी नरम, उसने कहा–ये चार रोटियाँ दे आए गरम, बस गरम हो गई थी पत्नी–"काहे कोन खजाना लिख दिए हैं। आपको कुतवा जैसा तो दुरदुरा दिए हैं।" बेटे से भिजवा दीं चार रोटियाँ, थोड़ी भुजिया आलू की और एक कटोरी दाल। बेटे ने ही आकर बताया कम्प्यूटर से कुछ कर रहे थे–वही होगा सुशील को ई-मेल का चक्कर–सुबह फिर बेटे ने ही वह बुरी खबर दी हालाँकि वह समझ नहीं सका था कि दादा जी कुर्सी पर से नीचे कैसे आ गए हैं, ठीक वहीं जहाँ पर कम्प्यूटर का सी. पी. यू. रखा है न वहीं पर गिरे हुए हैं। फिर तो दौड़-भाग–गाँव में आदमी दौड़ाना–मित्रों से कुछ रुपये उधार लेकर सारे इन्तजाम वगैरह, माँ को सँभालना–सब तो उसी के जिम्मे आ गया था। सुशील तो वहाँ बैठा था अमेरिका में और सुनील भी जाने कौन-सी रैली थी वोट क्लब पे तो दिल्ली में साथ था सांसद महोदय के–लटक में कहा जाता जिसे–सुशील को मेल किया, सुनील को सेल (फोन) किया।

किसी का आना तय नहीं हुआ बल्कि सुशील ने तो जवाबी मेल भेजा–"अभी कुछ ही रोज पहले नौ बटा ग्यारह हुआ है तो अभी तो नामुमकिन है आना। फिर नौकरी भी तो छोड़कर आना ही पड़ेगा। तो एकाउण्ट नम्बर दे दो, मनी ट्रांसफर कर दूँगा जो श्राद्ध वगैरह में खर्चा आएगा।" पढ़कर उसके मुँह से निकला–"बिल गेट्स का दलाल बन गया है हुडुकलुल्लु।" तो सम्पन्न हो ही गईं सारी चीजें सिर्फ विपन्न हो गया वह।

जाड़ों के दिन थे और पहाड़ियों की वजह से जाड़ा कुछ ज्यादा ही पड़ता था यहाँ। कुछ करने की तबियत नहीं होती थी। शुद्ध पर गए बाल अभी ठीक से उगे भी नहीं थे–ठण्ड ज्यादा लगती थी तो रजाई में घुसकर बैठा था वह–पत्नी बच्चों को लेकर मायके चली गई थी–अपने भाई की शादी में–बाकायदा झगड़े-वगड़े की रस्म निभाकर गई थी। वह जानबूझकर गया नहीं–दामाद के जाने में खर्चे ज्यादा थे तो पत्नी को ही बचे-खुचे रुपये देकर भेज दिया था। उदासी की रंगत चढ़कर बैठी थी उसके ऊपर तभी रंग बिखेरने आ गई अंजलि। हू हू हू करती हुई सीधे उसी की रजाई के अन्दर–वह चौंककर उठ बैठा–अंजलि के चेहरे पर उल्लास–"मन्नो, मुँह मीठा कराओ, एक गुड न्यूज है। कहाँ हैं भाभी जी अरे! नहीं हैं। खैर तुम्हें ही सुना दूँ। वर्ल्ड बैंक की एड मिल गई है और इस बीच मैंने भी एड इण्डिया के रिप्रेजेंटेटिव्स से अच्छा लिंक बना लिया है। जब हमारा एन.जी.ओ. होगा तो पूरा मदद करेंगे। ऐसा बोलके गए थे। अब हम लोग शुरू कर सकते हैं अपना काम।" हू हू करती हुई उसके हाथों को अपने हाथों में लेकर रगड़ने लगी थी–"बड़ा गरम है हाथ आपका।" पुराना मुहावरा रंग दिखाने लगा था–आँच के करीब घी पिघलनेवाला था–हाथ से हाथ फिर पाँव पर पाँव। तुरन्त बजे मृदंग की तरह हल्का-हल्का काँप रहा था वह। चेहरा अंजुरी में भर लिया था अंजलि ने–तभी अचानक रजाई फेंक दी थी उसने और थरथराते लफ्जों में ये शायराना बात कही थी कि जिसे अंजलि ने कायराना समझा था–"नहीं, शन्नो, प्लीज! उस मासूम सपने को मैं चटकता हुआ नहीं देख सकता। शन्नो के साथ...नहीं प्लीज जाओ तुम।" पता नहीं

मन के किस अँधेरे गोशे से निकलकर ये अहसास तारी हो गया था उस पर, जिसका अफसोस बहुत दिनों बाद भी होता रहा, उस वक्त तो अंजलि दनदनाती हुई सीधे अपनी स्कूटी पर खिर्र र्र...

खिर्र खिर्र करके एक गाड़ी के रुकने की आवाज थी। आवाज मद्धम थी मतलब कीमती और बड़ी गाड़ी रही होगी। शम्भू पाण्डे की हाँकती-सी आवाज–''अरे कहाँ है ढुकियो भाय। हाँ! तनी हमर हाथ देखके बताओ न पौलटिक्स में हमर कैसन स्कोप हौ। हौ कि पहले एगो एन.जी.ओ. खोलियौ...वह व्यस्त हो उठा–''अरे शम्भू भइया तोंय?!!!''

''हाँ भाय, बड़ा माथापेची (माथापच्ची) हौ।''

''काहे भइया, कोयला के कामधाम...''

''अरे मार सरवा, अब ई में बरक्कत नाय हौ। बड्डी ठेलाठेली, माथापेची, जब से इ नयका राज बन गैलो न, इ झारखण्ड, सब छोटभैयन नेतवन बन गेलथु बड़का नेता...बड़का, बड़का खलीता (कुर्ता) सिला लेलथु सब। जकरा पटना में कुतवो ना पूछौ हलौ उ राँची में बन गेलौ मंतरी-संतरी। सब सरवैन (साले) लगल हथु बटोरे पर। अब उ सब बड़का-बड़का मुँह फाड़ै लगलौ तो इ.एस.पी. तैसपी तो हमनिए के पेट पर न लात मारतथु। इहै से कहौहियौ बड़ी माथापेची के धंधा हो गेलौ इ।''

''त का करबहा अब?'' उसने मूर्खों की तरह पूछा।

''अभी झारखण्ड में एन.जी.ओ. वाला धंधा में बड़ी फैदा है। फेर पैसवे सब कुछ नाय हौ जी। इज्जत भी तो कमाय पड़तौ। तोर तो बड़ी एन.जी.ओ. वालेन से लिंक हौ। कोय आदमी दे न हमरो। कुछ दिन समाज सेवा फेर...''

'फेर' का मतलब वह समझता था। समाज सेवा के जम्पिंग बोर्ड से सीधे पौलटिक्स के स्वीमिंग पूल में–''ई अंजलि कैसन लड़की हौ बाबू?'' उसे एकदम अच्छा नहीं लगा अंजलि पर शम्भू पाण्डे की नजर पड़ना–''अरे नहीं! उ थोड़े सँभाल पाएगी अभी एन.जी.ओ. का पूरा काम...''

''काहे! ओतना बड़ा एन.जी.ओ. के काम देखो है तो हमर नाय पारतौ? (सकेगी) देखिहौ बात करके। ओकरे आल इन आल बना देबौ। अबकी भेटैतो तो करिहौं बात...''

पर बात करने की नौबत ही कहाँ आई। जल्द ही एक सुबह उसके कानों में दो अलग-अलग गानों की आवाजें एकसाथ एकदम पड़ोस से ही आकर घुसती-सी लगीं, एक गाना था–''बहारो फूल बरसाओ मेरा महबूब आया है''–और दूसरा था, ''वतन की राह में वतन के नौजवाँ शहीद हों।'' उसके बेटे ने बताया कि पहला गाना शम्भू अंकल के यहाँ बज रहा है और डेकोरेशन भी हो रहा है, और दूसरा गाना मटवारी मैदान में बज रहा है जहाँ एक विशाल पण्डाल बन रहा है। पूरी खबर दी सुनील ने–''शम्भू पाण्डे, अंजलि नाम के आदिवासिन ने बियाह कर लिया है। बुढ़वा पाण्डे भी अब बदल गया। संस्कार का बात भुला गया है अभी। कहता है शास्तर के

अनुसार है पहले भी होता था ये सब—अनुलोम-विलोम कोन-कोन बियाह होता था—ब्राह्मण के घर आ जाएगी तो ब्राह्मणी न हो जाएगी, साला...बोल न सीधा-साधी कि आदिवासिन से बियाह करके ई राज में पौलटिक्स का लाइन किलियर (क्लीयर) कर रहा है शम्भुआ।''

दूसरी खबर—''बड़ा भारी पण्डाल बनवाया है शम्भुआ यहीं मटवारी मैदान में। रिसेप्शन भी है और कोन तो एन.जी.ओ. खोलेगा दोनों प्राणी मिलके—उसी का उद्‌घाटन भी है—आजे। कार्ड भी दिया है हमको—ई देखो, तुमको नहीं दिया क्या? सांसद महोदय का प्रोग्राम तो हमीं न फिक्स करवा दिए। बोला था शम्भुआ।''

कार्ड हाथ में लिया उसने—इस अवसर पर मुख्य अतिथि के रूप में उपस्थित रहेंगे माननीय सांसद महोदय फलाना बाबू और विशिष्ट अतिथि होंगे आई. जी. श्रीयुत् वही पुराने एस.पी. साहब...इस पावन संध्या में सांस्कृतिक कार्यक्रमों का आयोजन चमन बाबू एवं अनिमेष एण्ड पार्टी करेगी जिसमें मुख्य आकर्षण होगा फैशन शो एवं हॉट डांस रिमिक्स।

जब निवेदकों का नाम पढ़ रहा था वह—शम्भू पाण्डे एवं अंजलि जोसेफिन कुजूर—तब तक गाना बदल चुका था—*जवाँ हो यारो तुमको हुआ क्या...ये माना अभी है खाली हाथ...रहेगी सदा नहीं ये बात...मेरी मानो, मेरे प्यारो...मेरे यारो प्यारो...*

लेकिन उसने सुना मेरे हुडुकलुल्लुओ—और खुद को एक बड़े साइज के हुडुकलुल्लु-सा महसूस करने लगा वह—पर अब भी ये मत पूछिएगा कि आखिर ये हुडुकलुल्लु होता क्या है?

❑ ❑ ❑